Christian Kraus

Der Seele dunkle Seite

Ein Ellert & Richter Krimi

Prolog

Der Junge erwacht und ist nicht allein. Sie sind wieder da. Hässliche Fratzen mit entstellten Gesichtern. Zahnlose Mäuler unter leeren Augenhöhlen, die ihn angrinsen und ihm zuflüstern. Flüchtige Körper aus Nebelschwaden, aus denen sich Klauen und Krallen bilden, die nach ihm greifen. Sie haben ihn von allen Seiten eingekreist. Sie lauern und warten.

Der Teufel ist mitten unter ihnen. Er steht weiter hinten, aber seine baumhohe Gestalt überragt die anderen mühelos. Er blickt herüber. In seinen toten Augen herrscht die ewige Nacht. Die schwarzen Löcher ziehen den Jungen in ihren Bann, zerren an seinem Verstand und seiner Seele.

Der Teufel öffnet das Maul. Spitze Zähne blecken daraus hervor, dazwischen windet sich eine lange, dünne Zunge. Der mächtige Brustkorb hebt sich, und aus dem tiefen Schlund schwillt ein höllenhaftes Gebrüll. Ein donnernder Befehl, der alles durchdringt und die Welt vibrieren lässt.

Die Armee der Schreckgestalten setzt sich in Bewegung. Sie kommen näher. Der Junge spürt ihre Eiseskälte auf seiner Haut, riecht den Odem von Tod und Verwesung. Eine Krallenhand ist direkt vor seinem Gesicht. Die Krallen öffnen sich, schießen auf ihn zu, greifen nach ihm und ... prallen gegen eine unsichtbare Barriere.

Der Griff geht ins Leere. Die Gestalten kommen nicht an ihn heran. Sie kratzen an der unsichtbaren Hülle, die den Jungen wie eine Glaskugel von allen Seiten umgibt. Sie schlagen und treten dagegen. Aber sie sind unfähig, sie zu durchdringen.

Der Teufel in ihrem Rücken feuert sie an. Er reckt die Fäuste in die Höhe. Er brüllt, er ist zornig, hasserfüllt. Aber machtlos.

Voll Wut und Verzweiflung rennen die Kreaturen immer wieder gegen die Schutzhülle an, finden aber keinen Weg hindurch. Sie verlieren ihren Schrecken. Schließlich ziehen sie sich zurück.

Bereits nach kurzer Zeit sind alle weg. Keine schaurigen Geräusche mehr, keine Kälte. Alles ist leer. Der Junge spürt die Präsenz der Glaskugel, die ihn umhüllt und beschützt. Er ist in Sicherheit. Endlich.

1

„Viel Spaß dann, Doc."

Der Vollzugsbeamte mit dem ungepflegten Dreitagebart saß in einem hoch gesicherten Büro, einem kleinen Kasten aus zehn Zentimeter dickem Panzerglas, in dem er selbst die Explosion einer Handgranate unbeschadet überstehen würde. Er nickte dem Besucher zu, dann fiel die schwere Stahltür ins Schloss.

Jan Decker war allein. Wie immer war ihm hier unbehaglich zumute. Das grelle Licht der Neonlampen brannte in den Augen, und nur widerwillig atmete er die abgestandene Luft ein. Er durchschritt den schmalen Gang und betrat durch eine weitere Tür das kleine, fensterlose Vernehmungszimmer. Weder das Licht noch die Luft waren hier merklich besser.

Er fühlte sich unbeobachtet und dehnte seinen verspannten Nacken, indem er den Kopf nach links und rechts neigte, die Arme streckte und die Hände hinter dem Kopf verschränkte.

Schon besser.

Er setzte sich auf einen der beiden schlichten Stühle vor einen ebenso einfachen Holztisch, öffnete seine Aktentasche und nahm Kugelschreiber und Schreibunterlage heraus. Dann holte er eine dicke, mit rotem Karton eingebundene Akte hervor und schlug das Deckblatt auf.

> Vermisstenanzeige: Vermisst seit 24 Stunden wird die 21-jährige Corinna Petzke …

Eine Freundin aus dem Milieu hatte sich nach dem Verschwinden der jungen Frau Sorgen gemacht und die Polizei informiert. … Stripteasetänzerin, Gelegenheitsprostitutierte, polizeibekannt wegen kleinerer Verstöße gegen das Betäubungsmittelgesetz, kein bekannter Wohnsitz, keine Angehörigen …

Eines der traurigen Schicksale, wie es sie in einer Großstadt wie Hamburg tausendfach gibt, dachte er. Die nächste Seite:

> Polizeibericht: Nach dem Hinweis eines Spaziergängers wurde am frühen Vormittag in Alsternähe die Leiche einer jungen Frau gefunden ...

Er blätterte weiter. Die Fotos vom Fundort. Inmitten eines Gebüschs, spärlich mit Laub, Dreck und Zweigen bedeckt, lag ein nackter Körper. Achtlos hingeworfen wie ein altes Fahrrad, waren Arme, Beine, Hals und Kopf unnatürlich abgewinkelt. Jan wusste, was als Nächstes kam, und presste die Lippen zusammen. Eine Seite weiter.
Die Nahaufnahme der Leiche.
Das Gesicht der Frau sah aus, als würde sie schlafen. Blonde Haarsträhnen fielen auf ein zartes, mit Erde und Staub beschmutztes Gesicht. Die Augen waren geschlossen, die Lippen blass und wie zu einem Seufzer leicht geöffnet.
„Hübsches Mädchen", huschte es durch seinen Kopf, dann konnte sein Verstand nicht länger die schrecklichen Details der Großaufnahme ausblenden: rötlich blaue Würgemale am Hals, mit Blutschorf verkrustete Stichverletzungen im Genitalbereich und Hämatome an Armen, Beinen, Bauch und Brüsten.
Instinktiv schaltete er um auf professionelle Sachlichkeit. Laut gerichtsmedizinischem Bericht gab es „eindeutige Hinweise auf eine vaginale Vergewaltigung mit gewaltsamer Penetration ohne Nachweis von Täter-DNA oder anderen Ejakulatspuren": Wahrscheinlich hatte der Täter ein Kondom benutzt. Aus dem Bericht ging hervor, dass die Frau bereits einige Stunden tot gewesen war, bevor sie in der Hecke versteckt wurde, verblutet an einer der Stichverletzungen, die eine Beckenarterie durchtrennt hatte.
Die nachfolgenden Aktenseiten gaben Aufschluss über den Verlauf der Ermittlungen. Der entscheidende Hinweis kam von der Freundin des Opfers, die auch die Vermisstenanzeige aufgegeben hatte. Beide Frauen arbeiteten als Prostituierte in der Süder-

straße, einem Straßenstrich in einer der trostlosen Wohn- und Gewerbesiedlungen Hamburgs. Die Frauen dort unterstützten sich gegenseitig und notierten die Autokennzeichen, wenn ihre Kolleginnen zu einem Freier ins Auto stiegen.
Die Polizei konnte den Besitzer des verbeulten BMW Kombi, in dem die junge Frau am Abend davongefahren war, anhand des Kennzeichens schnell ermitteln. Der sechsundsechzigjährige, früher als Psychiater tätige Hauptverdächtige Dr. Vladimir Victor hatte sich bei der Festnahme ruhig und kooperativ verhalten, als hätte er mit seiner Verhaftung gerechnet.
Laut Ermittlungsbericht der Polizei war Dr. Victor Ende der Neunzigerjahre ins Straucheln gekommen. Falsche Atteste, Gefälligkeitsgutachten für „Freunde“ aus dem Milieu, dazu Alkohol, Drogen und Prostituierte. Ein Sumpf, in dem er versank. Im Jahr 2000 wurde Victor verhaftet, saß zwei Jahre hinter Gittern und verlor seine Zulassung als Arzt. Seit seiner Entlassung aus dem Gefängnis lebte er in einer Absteige auf St. Pauli und bezog eine bescheidene Rente.

Ein metallenes Geräusch ließ Jan hochschrecken. An der Stahltür auf der gegenüberliegenden Seite des Verhörzimmers wurde ein Riegel zurückgeschoben. Die Tür ging auf, und ein junger Vollzugsbeamter mit pickligem Gesicht steckte den Kopf herein.
„Wir können ihn jetzt herbringen, Herr Doktor.“
„Ja, in Ordnung. Ich bin so weit.“
Jans Neugierde wuchs. Sein Blick wanderte zwischen der Stahltür und den verbleibenden Seiten der Ermittlungsakte hin und her.
Keine Vorstrafen wegen sexueller Übergriffe oder Gewalttaten. Polizeilich war Dr. Victor seit seiner vorzeitigen Haftentlassung wegen guter Führung ein unbeschriebenes Blatt. Nicht einmal ein Eintrag wegen zu schnellen Fahrens.
Schritte näherten sich. Jan klappte die Akte zu. Jemand öffnete die Tür.
„Da lang!“

Der Beamte schob einen älteren Mann mit Bauchansatz ins Zimmer und verschloss hinter ihm die Tür. Der Mann betrat langsam, leicht gebückt und mit kleinen Schritten den Raum und verharrte neben dem bereitgestellten Stuhl, den Blick auf den Boden gerichtet.

Ihm waren die langen Tage und Nächte in der Untersuchungshaft deutlich anzusehen. Mit der blassen Haut und den wirren grauen Haaren, die mit den buschigen Augenbrauen und einem dichter werdenden Bartansatz zu einer Einheit verschmolzen, sah er aus, als wäre er nach Jahren der Einsiedelei gerade aus einer Erdhöhle hervorgekrochen. Er trug eine verdreckte Tuchhose und ein schlichtes Hemd. Der Mann schaute auf und musterte seinen noch immer sitzenden, deutlich jüngeren Besucher aus kleinen, fast schwarzen Augen, die unerwartet wach und kraftvoll aus dem grauen Gesicht hervorblitzten.

„Dr. Victor?" Jan erhob sich von seinem Stuhl. Er überragte den gebückten Mann fast um einen Kopf. Der Grauhaarige ließ sich mehrere Sekunden Zeit, bevor er nickte und antwortete. Seine rauchige Stimme betonte einen unverkennbaren russischen Akzent.

„Das bin ich."

„Ich bin Dr. Decker, forensischer Psychiater. Ich soll Sie im Auftrag der Staatsanwaltschaft begutachten."

Der Ältere ließ sich Zeit, die ihm entgegengestreckte Hand zu ergreifen. Sein Händedruck war unerwartet kräftig und fest, und Jan schoss das Bild der jungen Frau mit den Würgemalen am Hals durch den Kopf.

„Freut mich, Dr. Decker." Die Stimme verriet nicht den Hauch von Nervosität oder Anspannung. Jan zog seine Hand zurück und wies auf den Stuhl. „Bitte, nehmen Sie Platz!"

Der Verdächtige ließ sich auf den Stuhl sinken, ohne seinen Besucher aus den Augen zu lassen. Jan wusste, dass viele ihn aufgrund seines wuscheligen Haarschopfs und seines jungenhaften Gesichts jünger und unerfahrener einschätzten, als er mit seinen achtunddreißig Jahren war. Er ließ die offensichtliche Musterung über sich ergehen.

„Sie waren darüber informiert, dass ich kommen würde, und Sie wissen, worum es geht?“

Die schwarzen Augen wandten sich endlich ab.

„Sie sollen herausfinden, ob ich schuldfähig bin oder ob mich der Wahnsinn in diese Tat getrieben hat, nicht wahr?“ Die Augen blitzten, und auf dem blassen Gesicht deutete sich der Hauch eines Grinsens an.

Jan rückte dichter an den anderen heran und schaute ihm in die Augen. „Und, hat der Wahnsinn Sie getrieben, Herr Kollege?“

Victor wich dem Blick aus, schmunzelte unmerklich. „Nicht so ungestüm, Herr Doktor.“ Er lehnte sich zurück und schlug die Beine übereinander. „Betrachten Sie es nicht als Unhöflichkeit Ihnen gegenüber. Aber ich habe bei der Polizei keine Aussage gemacht und habe auch nicht vor, es hier zu tun. Ich bin schließlich nicht als Hühnerdieb angeklagt.“

Jan griff nach der Ermittlungsakte, schlug sie auf und hielt seinem Gegenüber die Großaufnahme des toten Mädchens vors Gesicht. „Als Hühnerdiebstahl kann man das hier in der Tat wohl kaum bezeichnen.“

Der Blick des Grauhaarigen wanderte über das Farbfoto. Er verzog die Mundwinkel. „Ich habe dieses Bild bereits gesehen, Dr. Decker. Ein hübsches Ding. Einundzwanzig Jahre alt, nicht wahr? Sieht jünger aus.“ Victor drehte das Gesicht von der Akte weg und schaute auf den abgetretenen Linoleumfußboden. „Weiß man etwas über Freunde oder Familie?“

Jan suchte vergeblich nach Zeichen von Zynismus oder Kälte in der Stimme des Mannes. Er war versucht, auf die aufrichtig klingende Frage zu antworten, entschied sich aber dagegen. Wahrscheinlich versuchte der alte Fuchs, sich in ein sympathisches Licht zu rücken.

„So wie ich die Situation beurteile, sprechen die Indizien eine eindeutige Sprache.“ Jan ließ seinen Gesprächspartner nicht mehr aus den Augen. „Das Fasergutachten weist eindeutig nach, dass das Mordopfer auf dem Beifahrersitz Ihres Autos gesessen hat.“

„Ich kenne das Ergebnis des Fasergutachtens.“

„Und es belegt auch, dass die Frau nach ihrer Ermordung im Kofferraum Ihres Kombis gelegen hat. Es wurden Blutspuren gefunden.“
Victor nickte. Er kniff die Lippen zusammen und schwieg, an seinen Schläfen und der Stirn bildeten sich kleine rote Flecken.
„Sie haben Ihr Auto nicht als gestohlen gemeldet, Dr. Victor. Und es weist auch keine Einbruchsspuren auf.“
„Hören Sie auf damit. Ich habe Ihnen bereits gesagt, dass ich …“
„Ich frage mich wirklich, warum Sie den Mord nicht einfach zugeben und sich und den Ermittlern damit viel Zeit und Mühe …“
Mit einer Schnelligkeit, die Jan dem älteren Mann nicht zugetraut hatte, sprang dieser vom Stuhl auf und schoss bis auf wenige Zentimeter an den jungen Psychiater heran. „Ich habe gesagt, Sie sollen damit aufhören!“ Jan spürte den Atem des Mannes in seinem Gesicht. „Ich allein bestimme, was ich sage und wem ich etwas sage. Haben Sie mich verstanden, Dr. Decker?“
Jan verzog keine Miene. Jetzt hat er Zähne gezeigt, dachte er. Victor hatte für einen Augenblick die Beherrschung verloren. Er hatte sich sofort wieder gefangen, aber in diesem Bruchteil einer Sekunde hatte er Jan einen unfreiwilligen Einblick in seine Emotionen gewährt. Jan war verwirrt. Hinter der aufgesetzten Gelassenheit brodelten nicht Hass, Mordlust und Perversion. Seine wütende Reaktion war das Knurren eines in die Ecke gedrängten Hundes, nicht das angriffslustige Fauchen einer hungrigen Raubkatze. Der russische Psychiater ließ es sich nicht anmerken, aber er war zutiefst verängstigt und verzweifelt.
Jan nickte. „In Ordnung.“ Victor zog sich auf seinen Stuhl zurück, und die roten Flecken verblassten in dem einheitlichen Grau seines Gesichts.
„Ich denke, als Psychiater wissen Sie, wie so eine Begutachtung abläuft“, sagte Jan. „Natürlich haben Sie das Recht, keine Angaben zu den Tatvorwürfen zu machen. Wollen Sie etwas zu Ihrer Lebenssituation und Ihrer Biografie sagen?“

Victor wollte, und in der folgenden Stunde berichtete er Jan Details aus seinem Leben. Er war zur Zeit des Zweiten Weltkriegs in Weißrussland zur Welt gekommen. Nach Kriegsende hatte eine Tante den Sechsjährigen nach Deutschland gebracht. Es folgten Aufenthalte in verschiedenen Heimen und, trotz zunächst mangelnder Sprachkenntnisse, eine erfolgreiche Schulzeit. Schließlich ein Uni-Stipendium und das Medizinstudium in Hamburg.

Victor erzählte kühl und distanziert, als hätte er sich mit den Höhen und Tiefen seines Lebens abgefunden. Seine Kontakte ins Rotlichtmilieu reichten in die frühen Siebzigerjahre zurück.

„Eine schillernde Welt, Dr. Decker. Geld, Drogen, Frauen. Da kann man schon mal den Boden unter den Füßen verlieren. Ich habe nicht erkannt, worauf ich mich da eingelassen hatte." Seine Miene verfinsterte sich. „Ich habe Fehler gemacht, Dr. Decker. Schwere Fehler."

Jan wurde unruhig. Er schaute auf die Uhr. „Es ist schon spät. Wir sollten morgen weitersprechen."

Er erhob sich, aber der grauhaarige Mann ignorierte die Ankündigung. Er rückte dicht an Jan heran.

„Haben Sie Kinder, Dr. Decker?"

Jan blieb neben seinem Stuhl stehen und schwieg.

„Ich weiß, Sie werden mir darauf nicht antworten, das verstehe ich. Ich möchte Ihnen etwas sagen."

Der zwingende Tonfall, mit dem Victor sprach, der Hauch von Nervosität in seiner Stimme und seine angespannte Körperhaltung erweckten noch einmal Jans Neugierde, und er setzte sich wieder.

„Es gibt Dinge im Leben, Dr. Decker, die haften einem an, im Guten wie im Schlechten. Sie können sie ignorieren oder versuchen, davor wegzulaufen. Sie können versuchen, sie wiedergutzumachen. Aber irgendwann, Dr. Decker, irgendwann tauchen sie wie aus dem Nichts wieder auf und lassen Sie nicht mehr los." Victor beugte sich vor. Er sprach leise, beinahe im Flüsterton. „In meiner Heimat gibt es ein Sprichwort: КАК ВОЛКА НИ КОРМИ, ОН ВСЁ В ЛЕС ГЛЯДИТ."

Die fremd klingenden Worte krochen wie ein geheimer Fluch durch den kleinen Raum. „Verstehen Sie Russisch, Dr. Decker?“
Jan hatte es in der Schule gelernt, aber das war lange her.
„Sagen Sie mir, was es heißt!“
„Man kann es etwa so übersetzen: Wie viel man dem Wolf auch zu fressen gibt, er wird trotzdem zum Wald hinschauen.“
Beide schwiegen. Victor schien mit sich zu ringen, fuhr sich mit der Hand über Mund und Kinn.
„Sie möchten etwas sagen, Dr. Victor?“
Der Angesprochene biss sich auf die Lippe, schüttelte schließlich den Kopf und rückte von seinem Gesprächspartner ab.
„Kommen Sie wieder, Dr. Decker, und Sie werden erfahren, was Sie wissen müssen.“

„Viel Spaß dann, Doc.“ Der müde Beamte schien vergessen zu haben, dass er Jan am Vortag mit genau dem gleichen Satz eingelassen hatte. Jan saß zu morgendlicher Stunde im Vernehmungszimmer der Untersuchungshaftanstalt, kämpfte gegen seine Nackenverspannung und wurde langsam ungeduldig. Das Vorführen des Gefangenen dauerte ungewöhnlich lange. Jan hatte sich seine Unterlagen zurechtgelegt und war mehrmals seine Liste mit Fragen durchgegangen, die er mit Dr. Victor besprechen wollte. Er war neugierig, wie es weitergehen würde und ob der geheimnisvolle Kauz seine Andeutung, mehr zu erzählen, wahr machen würde. Zum wiederholten Mal schaute er auf die Uhr.
Endlich hörte Jan von draußen Schritte. Der Riegel wurde zurückgeschoben, und ein ihm bisher nicht bekannter Vollzugsbeamter betrat das Zimmer. Er schloss die Tür hinter sich.
„Dr. Decker?“ Der Angesprochene nickte.
„Ich fürchte, wir können Ihnen den Gefangenen Victor nicht vorführen.“
Jan verstand nicht. „Will er nicht? Ist er krank?“
Der Beamte schüttelte den Kopf. „Weder noch. Vladimir Victor ist tot. Er hat sich heute Nacht in seiner Zelle erhängt.“

Die schwere Stahltür schloss sich hinter Jan und schob ihn hinaus auf den Bürgersteig des Holstenglacis. Er trat aus dem Schatten der hinter ihm aufragenden, mit NATO-Draht, vergitterten Fenstern und Wachtürmen gesicherten Mauern der Untersuchungshaftanstalt. Jan blinzelte. Auf der gegenüberliegenden Straßenseite erhoben sich die grellweißen Rückwände der östlichen Messehallen und blendeten ihn.
Er winkte ein Taxi heran und stieg nach kurzer Fahrt am nördlichen Nebeneingang des Universitätsklinikums Eppendorf aus. Das weitläufige Gelände wirkte mit seinen Betten- und Funktionsgebäuden, Vorlesungssälen und Einkaufszeilen wie eine von Patienten, Ärzten, Pflegepersonal und Studenten bevölkerte Kleinstadt. Im Gegensatz zum hektischen Treiben am Haupteingang, wo der stete Strom aus Rettungs- und Krankenwagen, Patienten und Besuchern niemals abzureißen schien, verirrten sich nur wenige Menschen zu dem abseits gelegenen Zugang.
Jan konnte nicht fassen, dass der russische Psychiater tot war. Er sah Dr. Victor vor sich, erregt und aufgebracht von Jans provozierenden Fragen. Er hatte die Verzweiflung dieses Mannes gespürt, in dem winzigen Augenblick, als er die Fassung verloren hatte. Hatte er seinen Entschluss zum Suizid zu diesem Zeitpunkt schon gefasst? Victor war im weiteren Verlauf des Gesprächs immer gelassener geworden. Jan wusste jetzt, warum, und die Gewissheit darüber packte ihn wie eine kalte Hand am Genick. Victor war nicht mit sich und seinem Leben im Reinen gewesen. Er hatte bereits mit seinem Leben abgeschlossen.
Zwischen zwei Baracken zweigte ein unscheinbarer Sandpfad von der asphaltierten Straße ab. Nach wenigen Schritten öffnete sich der Weg, und Jan hatte wie so oft das Gefühl, eine andere Welt zu betreten. Bewacht von einem gewaltigen Ahornbaum wucherten auf kleinstem Raum wilde Blumen, Sträucher und meterhohe Brennnesseln. In Jans Grübeleien drängten sich die Geräusche singender Vögel und brummender Insekten. Ein sanfter Windhauch rauschte durch das hoch über ihm schwebende Blattwerk des Baumes. Jan steuerte auf ein baufällig wirkendes zweigeschossiges Gebäude zu, dass sich hier am Rande

des verwilderten Parks vor dem modernen Neubau im Zentrum des Klinikgeländes zu verstecken schien. Dichter Efeu bewucherte die rot verklinkerten Vorder- und Seitenfassaden und sparte lediglich die Fenster aus, von deren hölzernen Rahmen bereits die Farbe blätterte. Ein neben der Eingangstür befestigtes Schild kennzeichnete das Haus als Sitz des Instituts für Forensische Psychiatrie.

Jan betrat den schmalen Eingangsflur des Gebäudes. Rechts lag das Sekretariat. Marie Kießler, seit vielen Jahren die gute Seele des Instituts, saß am Schreibtisch. Ihre Finger flogen über die Computertastatur, scheinbar ferngesteuert von der unsichtbaren Stimme aus dem Kopfhörer, die ihr den Text diktierte. Jan winkte durch die geöffnete Tür. Kießler blickte auf. Sie lächelte beim Anblick des Arztes und nickte ihm zu. Aus dem benachbarten Zimmer drang die gedämpfte Stimme seines Chefs in den Flur. Die Tür war angelehnt, Professor Schmauch telefonierte. Das Erdgeschoss beherbergte noch eine kleine Bibliothek, eine Teeküche und, schräg gegenüber, Jans eigenes Arbeitszimmer. Eine Treppe im hinteren Bereich führte in den ersten Stock, in dem sich die Büroräume eines weiteren Arztes und zweier Psychologen befanden. Jan schloss sein Zimmer auf, als sein Chef, der sein Telefonat offenbar beendet hatte, den Kopf aus der Tür steckte.

„Jan, Sie sind schon zurück. Kommen Sie doch auf einen Kaffee herein."

Jan folgte dem zierlichen Mann und betrat dessen geräumiges Arbeitszimmer. Der Chef machte offenbar einen Bürotag. Er trug eine Cordhose, eine Strickweste und ausgetretene Lederpantoffeln, und Jan hatte fast das Gefühl, seinen Chef in dessen heimisches Wohnzimmer zu begleiten.

„Bitte Jan, nehmen Sie Platz. Wenn es Ihnen zu frisch ist, schließen Sie ruhig die Tür."

Er wies ihm einen Ledersessel im hinteren Teil des Zimmers zu. Die offene Terrassentür gab den Blick frei auf einen kleinen Garten an der versteckten Rückseite des Gebäudes. Frühlingsluft und Vogelgesang drangen herein.

„Nein, alles wunderbar so.“
Professor Volker Schmauch war seit fast zwanzig Jahren Chef des Forensischen Instituts. Seine Glanzzeit als Gutachter und Wissenschaftler war vorbei, das wusste keiner besser als er selbst, dennoch genoss der sanftmütige Mann bei Kollegen, Studenten und Patienten nach wie vor den Ruf eines integren und scharfsinnigen Therapeuten und Gutachters.
Schmauch räumte einen Stapel Akten und ein Diktiergerät vom Beistelltisch und deponierte alles auf einem Schreibtisch aus rustikalem Kiefernholz, der die gesamte Seitenwand des Raumes dominierte.
„Schwarz, wie immer?“
„Ja, danke.“
Schmauch verließ das Zimmer und klapperte in der Teeküche mit Tassen. Von seinem Platz aus hatte Jan eine wundervolle Sicht. Sein Blick streifte über ein gutes Dutzend Rosenstöcke und -sträucher, die gleichmäßig auf der kleinen Fläche angeordnet waren. Eine dichte, sorgfältig geschnittene Hecke aus Kirschlorbeer schirmte den Garten vom Rest des Geländes ab.
Der Garten war das Refugium des Chefs. Vor drei Jahren, nach dem Krebstod seiner Frau, hatte er sich des bis dahin brach liegenden Geländes angenommen. Zunächst zögerlich und heimlich, später immer selbstverständlicher, hatte der Professor viele Abende und Wochenenden damit zugebracht, das Gestrüpp zu bändigen, den Rasen von Unkraut zu befreien und kleine Beete anzulegen. Er hatte nie darüber gesprochen, aber seine Mitarbeiter hatten gespürt, dass er auf diesen wenigen Quadratmetern, auf denen er mit der Aufzucht von Strauch- und Edelrosen begonnen hatte, neben Trost und Abstand auch seine innere Ruhe wiedergefunden hatte. Als der Klinikvorstand im Rahmen des Krankenhausneubaus den Abriss der meisten Altgebäude beschloss, hatte Schmauch wie ein Löwe um den Erhalt des Pavillons gekämpft und das Haus kurzerhand unter Denkmalschutz stellen lassen.
Der Professor kam mit einem kleinen Tablett zurück und füllte zwei Tassen mit dampfendem Kaffee. Er stellte Jan einen

Aschenbecher hin und setzte sich auf den zweiten Ledersessel. „Und, haben Sie mit Victor gesprochen?"
Er gab sich keine Mühe, seine Neugierde an dem Fall zu verbergen. Schmauch kannte Victor von früher, sie hatten zeitgleich an derselben Klinik ihre Assistenzarztzeit verbracht, der Hauptgrund, warum er den brisanten Fall nicht selbst übernommen, sondern seinem frischgebackenen Oberarzt übertragen hatte.
Jan nahm einen Schluck. Er stellte die Tasse zurück. Seine Hand zitterte.
„Victor ist tot."

Der Kaffee war nur noch lauwarm, als Jan seine Erzählung unterbrach und sich eine Zigarette anzündete. Schmauch hatte aufmerksam gelauscht. Er stand von seinem Sessel auf, stellte sich an die Terrassentür und schaute gedankenverloren auf seinen Rosengarten.
„Schrecklich. Victor war schon immer ein eigenwilliger Kauz. Überaus ehrgeizig, unnahbar und gefühlskalt, mit einem Hang zur Arroganz. Nie sehr beliebt unter den Kollegen. Er hungerte schon immer nach Anerkennung und Erfolg. Hat sich blenden und verführen lassen von der Möglichkeit, schnelles Geld zu machen. Victor hat in seinem Leben hoch gepokert und am Ende alles verloren."
Schmauch schloss die Tür und zog die Gardine vor. „Welcher Teufel hat ihn bloß geritten? Ihm muss klar gewesen sein, dass es für ihn angesichts der erdrückenden Beweislast kein Entrinnen gab. Für einen Narzissten wie ihn muss die Vorstellung einer erneuten Verurteilung eine ungeheure Demütigung bedeutet haben. Dann lieber ein schneller, einsamer Abgang. Er verschwindet still aus dieser Welt und lässt außer ein paar Fragen und Zweifeln nichts zurück."
„Nicht ganz", sagte Jan. Er bemerkte Schmauchs fragenden Blick, zog ein zusammengefaltetes Blatt aus seiner Aktentasche und legte es auf den Tisch.
„Vladimir Victor hat mir einen Abschiedsbrief geschrieben."

Lieber Dr. Decker. Ich bedaure zutiefst, Sie versetzt zu haben, aber ich bin nach langer Überlegung zu dem Ergebnis gekommen, dass mir meine Situation keine Wahl lässt. Sie erinnern sich an meine Worte? An das russische Sprichwort?

Ein einsamer, zorniger Wolf ist ein unerbittlicher Jäger, Dr. Decker. Er lauert auf seine Beute, stellt ihr nach, wartet auf seine Chance. Und wenn die Zeit gekommen ist, schlägt er zu, ohne Furcht, ohne Gnade. Er weiß, er hat nichts zu verlieren.

Ein solcher Wolf, Dr. Decker, ist kein Tier mehr, kein Lebewesen. Er ist ein Dämon, und Sie können ihn weder fangen noch vernichten. Sie können nur abwarten und hoffen, dass er weiterzieht, bevor er Ihre Witterung aufgenommen hat.

Sie halten mich für einen Feigling? Vielleicht haben Sie recht. Wahrscheinlich haben Sie recht. Für mich blieb nur ein einziger Weg, diesem Dämon zu entkommen. Hüten Sie sich davor, seinen Weg zu kreuzen.

Ihr Vladimir Victor

Jan saß in seinem Büro und las zum wiederholten Mal Victors Abschiedsbrief, den ihm der Vollzugsbeamte als Kopie überlassen hatte.

Ein Geräusch seines Computers kündigte eine neue E-Mail an. Jan legte den Brief beiseite, setzte sich vor den Bildschirm und öffnete seinen Posteingang:

Bitte um Rücksprache wegen V. V. Heute Nachmittag,
15.30 Uhr, Eingang Rechtsmedizin?
Dr. S. Pohlmann, Rechtsmed.

V. V.? Vladimir Victor. Jan kannte keinen Dr. Pohlmann und fragte sich, was die Rechtsmedizin mit dem Fall zu tun hatte. Er klickte auf den Antwortbutton des E-Mail-Programms.

Werde kommen.
Dr. J. Decker, Psych.

Aus dem Eingangsbereich des Instituts für Rechtsmedizin ergoss sich ein nicht enden wollender Strom von Medizinstudenten.
Jan drängelte sich zwischen ihnen hindurch und gelangte in das schmucklose Foyer, das sich innerhalb kurzer Zeit leerte. Es war fünf nach halb vier.
Der wird schon kommen, dachte Jan. Er lehnte sich gegen eine Betonsäule und wartete.
Aus einem seitlich gelegenen Gang drangen Schritte und aufgeregte Stimmen. Eine junge Frau trat mit energischen Schritten ins Foyer, ihr weißer Kittel war bis zum Kragen zugeknöpft. Dicht hinter ihr folgten drei Studenten, die lautstark auf sie einredeten. Ohne Vorwarnung machte die Ärztin auf dem Absatz kehrt und drehte sich zu ihnen um. Ihre Stimme übertönte mühelos die der drei anderen. „Wie oft soll ich mich wiederholen? Durchgefallen ist durchgefallen. Sie kennen die Spielregeln. Lernen Sie vernünftig Ihren Stoff, dann bekommen Sie beim nächsten Mal auch keine Probleme."
Die Frau blickte durch das Foyer und bemerkte Jan, der noch immer an der Säule lehnte und die vier beobachtete. Sie wandte sich an die Studenten. „Das war mein letztes Wort. Sie gehen besser, bevor ich mir Ihre Gesichter merke."
Sie ließ die drei stehen und kam zu Jan herüber. Die hohen Absätze ihrer Schuhe klackten auf den Fliesen. Sie hatte eine sportliche Figur und war deutlich kleiner als der Psychiater. Ihre langen, dunkelbraunen Haare waren zurückgekämmt und zu einem festen Knoten gebunden, was ihren eigentlich zarten Gesichtszügen eine gewisse Strenge und Unnahbarkeit verlieh.
„Dr. Decker?" Ihre Stimme klang betont förmlich. Sie streckte ihm die Hand entgegen.
„Ich bin Stephanie Pohlmann. Nett, dass Sie kommen konnten."
Die drei Studenten schlichen an ihnen vorüber und warfen der Ärztin düstere Blicke zu.
„Na, mit denen haben Sie es sich wohl verscherzt", sagte Jan.
„Die haben es sich mit mir verscherzt. Abschlussprüfung Rechtsmedizin. Die wussten die einfachsten Sachen nicht."

Jan fühlte sich unangenehm an seine eigene Studienzeit erinnert, aber er verkniff sich jeden weiteren Kommentar und wechselte das Thema. „Was haben Sie für Informationen über Vladimir Victor? Ich habe nicht gewusst, dass Ihr Institut noch an dem Fall beteiligt ist."

Die Frau setzte sich in Bewegung, Jan folgte ihr.

„Ich habe vor zwei Wochen das Vergewaltigungsopfer obduziert. Und gestern hatte ich Ihren Psychodoktor auf dem Tisch."

„Ich hatte noch am Tag vor seinem Suizid mit ihm gesprochen", sagte Jan. „Er hat weder bei mir noch gegenüber den Gefängnisbeamten Selbstmordabsichten geäußert."

„Wundert mich nicht", sagte Pohlmann, ohne sich umzudrehen. „Er hat sich mit dem Ärmel seines Nachthemds stranguliert, das er am Gitter des Zellenfensters befestigt hatte. Es erfordert eine enorme Willenskraft, um so aus dem Leben zu treten. Man erstickt sehr langsam und hat viel Zeit, es sich anders zu überlegen und sich zu befreien. Ihr Psychologe hat es ernst gemeint."

Über eine Treppe gelangten sie in das Untergeschoss des Gebäudes. Die Luft war unangenehm abgestanden und durchdrungen vom beißenden Geruch großzügig eingesetzter Desinfektionsmittel.

Die Ärztin führte Jan in einen fensterlosen Raum. Der Boden und die Wände waren mit hellen Fliesen verkleidet. In der Mitte stand ein gut zwei Meter langer Tisch aus Edelstahl, an dessen Ende ein Waschbecken integriert war. Auf Beistelltischen und Wandregalen warteten sorgfältig sortierte Sägen, Zangen und Skalpelle unterschiedlicher Größe auf ihren nächsten Einsatz. Metallflächen und Fliesen reflektierten matt das künstliche grelle Licht, das zwei über dem Tisch herabhängende Deckenlampen in den Raum ergossen. Der Sektionsraum.

„Psychiater."

Pohlmann drehte sich zu ihm um. „Wie bitte?"

„Victor war Psychiater, nicht Psychologe."

„Ach."

„Psychiater sind Ärzte, haben also Medizin studiert und sich nach dem Studium auf Psychiatrie spezialisiert. Psychologen hingegen haben …"
„Dann sind Sie also auch Arzt." Es war eine Feststellung, keine Frage, und Jan verstand es als Aufforderung zum Schweigen. Pohlmann streifte sich einen grünen Kittel und hellgelbe Latexhandschuhe über und öffnete eine von gut einem Dutzend durchnummerierter Türen an der Vorderseite eines deckenhohen Stahlschranks. Es war ein Kühlfach, aus dem kalte, trockene Luft in den Raum strömte. Sie zog eine Metallwanne heraus und knallte den Behälter auf den Seziertisch. Der Geruch von Blut und Fleisch stieg Jan in die Nase.
„Also, Herr Kollege. Was meinen Sie, was das ist?" Sie musterte den Inhalt des Behälters.
Jan wurde unbehaglich zumute. Weniger wegen der an eine Prüfungssituation erinnernden Frage, sondern wegen der blassroten Fleischklumpen in der Wanne. Er versuchte, nicht zu tief einzuatmen, und kramte in seinen Pathologiekenntnissen. Er glaubte, unter den Eingeweiden zwei Nieren und eine Harnblase identifizieren zu können. „Wenn das eine Einladung zum Barbecue ist, muss ich leider ablehnen. Ich bin gerade Vegetarier geworden."
„Das sind die Beckenorgane von Dr. Victor", sagte die Ärztin, ohne aufzublicken. „Nieren, ein Teil der Harnblase, Harnleiter, ein paar wenige Lymphknoten, ein Stück Beckenaorta und Darm."
„Sehr schön", sagte Jan.
„Wichtiger ist, was fehlt", sagte Pohlmann und blickte Jan an. „Keine Prostata, keine Samenbläschen. Keine lokalen Lymphknoten."
„Hm", machte der Psychiater. „Das heißt?"
„Radikale Prostatektomie", sagte Pohlmann. „Dr. Victor wurde operiert. Er muss ein metastasierendes Prostatakarzinom gehabt haben."
Jan dämmerte, was dieser Befund bedeutete. „Soll das heißen, dass …"

„Krebs. Dr. Victor hatte Prostatakrebs."
„Danke für die Lateinstunde, Frau Professor. Was ich wissen wollte: Wie weit war es metastasiert?"
„Wahrscheinlich lokal ins gesamte kleine Becken. Deswegen die fehlenden Lymphknoten. Jedoch keine Knochenmetastasen. Es lässt sich nicht mehr sagen, denn er ist bereits vor einiger Zeit operiert worden. Das der Prostata aufliegende neurovaskuläre Bündel wurde komplett entfernt, aber wahrscheinlich haben sie trotzdem nicht alle Tumorzellen erwischt."
Jan strich sich übers Kinn. „Die Entfernung des Gefäß-Nervenbündels dürfte sich nicht gerade förderlich auf seine Sexualfunktion ausgewirkt haben."
„Das ist noch milde ausgedrückt. Der Typ war total impotent. Der hätte nicht einmal eine Frau vergewaltigen können, wenn er vorher eine ganze Familienpackung Viagra eingeschmissen hätte. Ihr Psychodoktor ist definitiv nicht der Täter."
„Na ja." Jan wollte sich nicht ohne Weiteres von der resoluten Ärztin übertrumpfen lassen. „Vielleicht hat er dem Opfer auf andere Weise die vaginalen Verletzungen zugefügt. Und wenn er ein sexueller Sadist war, hat er es möglicherweise besonders grausam getrieben, weil er hoffte, dadurch doch eine sexuelle Erregung zu empfinden."
„Glauben Sie wirklich? Das klingt doch sehr konstruiert." Sie stellte die Wanne zurück in das Kühlfach und zog Handschuhe und Schutzkittel aus.
„Denkbar ist das schon. Hat es alles schon gegeben." Jan dachte an den gebückten, grauhaarigen Mann im Verhörzimmer der Untersuchungshaftanstalt und an dessen betroffenes Gesicht beim Betrachten des Tatortfotos. „Aber Sie haben schon recht. Wahrscheinlich ist es nicht."
Sie verließen den Sektionsraum und gingen zurück Richtung Foyer. Jan sprach mehr zu sich selbst als zu der vor ihm gehenden Ärztin. „Nur warum hat er die Tatvorwürfe nicht abgestritten und auf seine Operation hingewiesen? Damit hätte er sich entlasten können." Und lauter, zu der Kollegin gewandt: „Hatte er Schmerzen durch den Krebs? Kann das der Grund für sei-

nen Selbstmord gewesen sein? Wie lange hätte er noch zu leben gehabt?"

Pohlmann drehte sich beim Sprechen nicht um. „Eher wenig Schmerzen. Wegen der fehlenden Knochenmetastasen. Ich habe noch keinen histologischen Befund, aber wahrscheinlich ist der Krebs nur langsam gewachsen. Der hätte sicher noch etliche Jahre ohne Beschwerden leben können. Aber ich finde eine andere Sache viel wichtiger."

„Na?"

Die Rechtsmedizinerin blieb stehen und wandte sich um. Mit festem Blick musterte sie den Psychiater.

„Wenn Victor nicht der Täter ist, heißt das, dass der Mörder der Tänzerin noch frei herumläuft."

2

Hans-Werner Bullinger, von allen nur „der Bulle“ genannt, verließ am frühen Morgen seinen Club. Er hatte in seinen mehr als fünfundvierzig Jahren auf dem Kiez viele gute und mindestens ebenso viele schlechte Nächte erlebt. Die letzten Nächte waren schlechte gewesen. Ganz besonders schlechte.

Er ignorierte den förmlichen Gruß des Türstehers und trat ins Freie. Tief liegender Frühnebel über St. Pauli ließ der Morgendämmerung bisher wenig Chance, die Dunkelheit zu vertreiben. Nimmermüde Nachtschwärmer torkelten aus den benachbarten Bars und Clubs auf die Straße. Auf den Holzbänken des gegenüberliegenden Spielbudenplatzes tummelten sich Grüppchen von Trinkern. Sie lachten und grölten und leerten ihre letzten Flaschen.

Ihm war kalt. Der Bulle schnippte seine halb gerauchte Zigarette weg und knöpfte den Kragen seiner Lederjacke bis zum Hals zu. Er schob seinen massigen Körper im weiten Bogen um einen schlafenden Obdachlosen herum, der mitten auf dem mit rot glänzenden Ziersteinen gepflasterten Bürgersteig sein Nachtlager aufgeschlagen hatte, und bog rechts in die Hein-Hoyer-Straße ein. Abseits der schillernden Hochglanzfassaden der Reeperbahn begann hier die triste Seite des Kiez. Schmuddelige Sexkinos reihten sich an heruntergekommene Stundenhotels und Billigkneipen.

Bullingers Gedanken gruben Sorgenfalten in sein ohnehin zerklüftetes Gesicht. Sein Club stand kurz vor der Pleite. Nach der Ermordung einer seiner Tänzerinnen waren er und der Club in die Schlagzeilen geraten. Tagelang hatten die Zeitungen über die miesen Arbeitsbedingungen der Mädchen berichtet, die sich auf dem Straßenstrich zusätzliches Geld verdienen mussten. Die Kundschaft war weggeblieben, und die ohnehin schwachen

Umsätze waren dramatisch eingebrochen. Lange würde er eine solche Durststrecke finanziell nicht überleben.
Vor der Auffahrt einer Tiefgarage blieb er stehen und zog einen kleinen Handsender aus der Jackentasche. Das Tor rollte hoch, das Licht in der Garage ging automatisch an. Er schlenderte die Zufahrt hinunter, in Richtung des Stellplatzes seines Wagens.
Seine Stimmung besserte sich schlagartig beim Anblick des Autos. Der breite, verchromte Kühlergrill funkelte im Licht der Deckenlampe. Die matte Beleuchtung zauberte einen glühenden Schimmer auf die kupferrot lackierte Frontpartie. Die kantigen Kotflügelspitzen, unter denen in tiefen Höhlen die vorderen Doppelscheinwerfer eingelassen waren, und der dominante Frontspoiler erinnerten an den Kopf eines Hais.
Bullinger blieb vor seinem Auto stehen, seiner einzig wahren Liebe, wie er manchmal sagte: ein Ford Mustang GT, Baujahr 1969.
Damals war er einer der Ersten gewesen, die sich einen Mustang aus den Staaten beschafft hatten. Seine Kiezkollegen waren da noch mit aufgemotzten Opel Admiral unterwegs, und erst Jahre später kamen die Corvettes.
Damals …
Er schritt an dem Auto entlang, strich mit der Hand über die wuchtige Fahrertür mit dem verchromten Türgriff und fuhr zärtlich über den nach vorn ausgerichteten, dezent in eine Vertiefung an der hinteren Flanke eingesetzten Lufteinlass.
Damals war er groß im Geschäft gewesen. Die goldenen Jahre auf dem Kiez. Er und eine Handvoll Kollegen hatten den Bezirk unter sich aufgeteilt und richtig Geld gemacht. Erst Mädchen und Bars, später Drogen, gelegentlich Waffen. Keiner hatte ihnen was gekonnt. Polizei und Justiz hatten mitverdient oder hilflos zugesehen.
Seine Hand glitt über eine Unebenheit im Lack, und eine raue Kante an einer aufgeplatzten Stelle am hinteren Teil des Heckflügels, die bereits Rost ansetzte, schnitt ihm in den kleinen Finger. Er zog die Hand weg.

Der Lack ist ab.
Er brauchte sich nichts vorzumachen. Die goldenen Zeiten waren lange vorbei. Seine damaligen Kollegen waren entweder tot oder vor Jahren ausgestiegen. Er allein hatte durchgehalten, und sein Club war alles, was ihm geblieben war. Der Kiez gehörte jetzt anderen. Die Albaner waren stark geworden, ebenso die Russen und andere Osteuropäer. Sogar die Chinesen mischten mit. Die alten Regeln galten nicht mehr. Und er selbst, ein Relikt der alten Zeit, wurde von den anderen bestenfalls geduldet. Ein Oldtimer, der in der Garage stehen bleiben durfte, solange er niemanden störte.
Er zog den Schlüssel aus der Jackentasche, schloss die Fahrertür auf und quetschte sich hinter das Lenkrad. Er genoss das vertraute Gefühl des kühlen Schalthebels aus Edelholz in der rechten Hand, während die linke über das griffige Lederlenkrad strich. Er startete den Motor. Wie eine noch müde, aber immer hungrige Raubkatze, die sich erwartungsvoll streckt und knurrt, erwachte der Mustang aus seinem Schlaf. Die sanft brummende Kraft der einhundertzwanzig Pferdestärken schien auf Bullinger überzugehen.
Ein blinkendes Licht im Fußraum auf der Beifahrerseite erregte seine Aufmerksamkeit.
Er schaltete den Motor wieder ab und wuchtete sich aus dem Wagen heraus. Er musste sich mit dem Oberkörper voran weit in den Innenraum beugen, bis er den Fremdkörper sehen konnte. Unter dem Beifahrersitz stand ein flacher Kasten, aus dessen matt glänzender Oberfläche eine rote Leuchtdiode ragte, die im Sekundentakt blinkte.
„Scheiße."
Er kannte sich mit Höllenmaschinen nicht aus, aber sofort stand für ihn fest, dass er seinen Ford Mustang nicht aufgeben würde. Vielleicht konnte er das Ding rechtzeitig entfernen.
Aus den Augenwinkeln bemerkte er einen Schatten hinter der Windschutzscheibe. Am oberen Ende der Garagenauffahrt tauchte eine Gestalt auf. Ein kräftiger Kerl in einer schwarzen Lederkombi, mit schweren Stiefeln und Handschuhen. Er trug

einen Motorradhelm mit dunklem Visier, hinter dem das Gesicht nicht zu erkennen war. Wie ein Gespenst stand er da und beobachtete Bullinger dabei, wie der sich schnaufend im Innenraum seines Wagens zu schaffen machte.

Bullinger hatte keinen Zweifel, dass das der Kerl war, der ihm die Bombe untergejubelt hatte. Eine Mordswut stieg in ihm auf, aber er widerstand der Versuchung, sich blindlings auf ihn zu stürzen. Er hatte eine bessere Idee.

Mit der rechten Hand öffnete er das Handschuhfach und ertastete den Lauf seiner Smith & Wesson. Er hatte den kleinen Revolver lange nicht mehr gebraucht, ihn aber immer geladen im Auto liegen lassen. Man konnte schließlich nie wissen. Die durchschlagsstarken Neun-Millimeter-Patronen würden dem Kerl ein ordentliches Loch in den Schädel pusten, Motorradhelm hin oder her.

Er zog die Waffe heraus, behielt dabei den Motorradfahrer im Blick, der noch immer regungslos in der Auffahrt stand und zu ihm rüberschaute. Gut so.

Er robbte rückwärts vom Fahrersitz, legte mit dem Daumen den Sicherungshebel des Revolvers um und schob den Zeigefinger vor den Abzug.

Der Bulle stand mit beiden Füßen wieder fest auf dem Betonboden. Er richtete sich auf und zog im letzten Augenblick die Hand mit dem Revolver hinter der Fahrertür hervor. Er zielte mit der Waffe auf die Gestalt in der Auffahrt.

„So, du verdammter Hurensohn. Komm runter und nimm den Helm ab, ich will deine Scheißfresse sehen, bevor ich dich abknalle."

Tatsächlich setzte der andere sich in Bewegung und schlenderte die Auffahrt herunter. Doch statt zum Helm fasste er mit der Hand in die Seitentasche seiner Lederkombi.

„Fehler!" Der Bulle zielte auf die rechte Schulter des Mannes und drückte ab.

Das mechanische Klicken des Revolvers hallte durch die Tiefgarage. Kein Schuss. Bullinger hatte das Gefühl, der Boden unter seinen Füßen würde nachgeben.

Als hätte er alle Zeit der Welt, zog der Mann etwas aus der Jackentasche. Er öffnete die Hand und drehte sie herum. Mehrere Revolverpatronen purzelten vom Handschuh herunter und klimperten auf den Betonboden.
Der Bulle kochte. „Was willst du? Gehörst du zu den Albanern? Dein Boss wird dir das hier nicht durchgehen lassen. Du bist erledigt, hörst du?"
Der Mann holte nun ein schlankes Handy aus der Tasche und drückte auf eine Taste. Der Kasten im Wagen hörte auf zu blinken. Stattdessen schoss eine kleine Stichflamme aus einem Spalt an einer Seitenwand hervor.
„Scheißkerl!" Bullinger sprang von seinem Auto weg. Ein Lichtblitz erhellte die Tiefgarage, und der Mustang ging fauchend in Flammen auf. Mit einem lauten Knall zerbarsten die Scheiben, die Scheinwerfer platzten aus ihren Fassungen, und nacheinander explodierten die Reifen.
Der Bulle kauerte sich auf den Boden und hielt schützend die Hände über den Kopf. Eine Welle aus Hitze, Flammen und Glassplittern überrollte ihn. Die Feuerwalze saugte ihm alle Luft aus den Lungen, verbrannte ihm Kleidung, Haare und Haut. Blind vor Schmerz und Wut robbte er voran, erreichte eine Betonsäule, kroch weiter Richtung Ausgang. Mit letzter Kraft erreichte er die rettende Auffahrt und zog sich die Rampe hinauf. Ihn trennte noch ein halber Meter vom Ausgang der Tiefgarage, als er Benzingeruch in der Luft bemerkte und im gleichen Augenblick der Tank des Mustangs explodierte.

Das hochfrequente Pfeifen in Bullingers Ohren wurde nur durch die regelmäßigen Pumpgeräusche einer automatischen Blutdruckmanschette unterbrochen. Der Bulle lag auf einer Trage im Schockraum einer nahe gelegenen Notfallambulanz. Eine Krankenschwester stand neben ihm und nahm Einstellungen am EKG-Monitor vor. Schläuche in seinen Armen und an seiner Nase pumpten Infusionen, Sauerstoff, Kreislaufmedikamente und Beruhigungsmittel in seinen Körper. Eine Rauchvergiftung, ein Knalltrauma, Verbrennungen, Schnittverletzungen

und Prellungen hatte der Arzt diagnostiziert. Die Medikamente wirkten zum Glück, die Schmerzen hatten nachgelassen, und er hatte sich beruhigt.
Es klopfte, und jemand quetschte sich durch die Tür.
Der dicke Dieter machte mit seiner Körperfülle seinem Spitznamen alle Ehre. Inzwischen wusste niemand mehr, wann er zu seinem Spitznamen gekommen war, aber als er den Bullen vor über dreißig Jahren kennengelernt hatte, war Dieter noch muskulös und durchtrainiert gewesen. Als begeisterter Kung-Fu-Kämpfer war er gern bereit, für den aufstrebenden Bullinger die Drecksarbeit zu erledigen. Hinter ihm betrat Walter Meyer den Raum und nickte Bullinger zu. Meyer war studierter Jurist und hatte früher als Rechtsanwalt gearbeitet. Der dünne, drahtige Mann war eine der wenigen echten Vertrauenspersonen des Bullen und besaß hervorragende Kontakte im Milieu.
Die Krankenschwester hastete hinaus. Die Männer stellten sich zu Bullinger ans Bett. Keiner wusste, was er sagen sollte.
„Fehlt nur noch meine Mutter und ein Pfaffe, dann könnte es auch meine Beerdigung sein“, sagte Bullinger.
„Gut, dass es dir besser geht, Bulle. Dich haut so schnell nichts um, was?“ Das aufmunternd gemeinte Lächeln wirkte wie ein Fremdkörper in Dieters grobschlächtigem Gesicht. Meyer trat mit ernster Miene ans Kopfende der Trage, die Hände hinter dem Rücken verschränkt. „Sag uns einfach, was du weißt, Boss, und wir erledigen alles Nötige.“
Mit knappen Worten, unterbrochen von Hustenanfällen, berichtete Bullinger, was ihm widerfahren war. Am Ende seiner Schilderung wurde er nachdenklicher und sprach mehr zu sich selbst als zu den anderen. „Der wollte mich nicht ausknipsen, sonst hätte er es gemacht. Die Sau wollte mich demütigen, mich am Boden sehen.“ Das verrußte Gesicht des Bullen verfinsterte sich noch mehr. „Findet diesen Schwanzlutscher für mich. Aber lasst was von ihm übrig. Ich will ihm eigenhändig das Herz rausreißen.“
„Wir haben da noch was, Boss.“ Walter Meyer reichte ihm eine Pappschachtel.

„Hat vor der Tiefgarage gelegen, wir haben es einkassiert, bevor die Bullen da waren. Ist sauber, hab schon reingeguckt. Wird dir aber nicht gefallen."
Bullinger nahm den Deckel von der Schachtel und schaute hinein. „Das ist doch ..." Er zog die Hand weg und ließ die Schachtel los, als hätte sie jemand unter Strom gesetzt. Sie fiel herunter und klapperte über den Linoleumfußboden. Ihr Inhalt fiel nicht mit, sondern schwebte für einen Augenblick in der Luft, genau in Höhe von Bullingers kreidebleichem Gesicht. Das EKG-Gerät an seinem Bett fing an zu piepen, weil seine sprunghaft angestiegene Herzfrequenz die Alarmschwelle überschritten hatte.
Seine Männer schauten zu ihrem Boss, dann zurück zu der großen weißen Feder, die in einer Kreiselbewegung langsam zu Boden sank und neben der Schachtel liegen blieb.
Bullinger brauchte einige Sekunden, um seine Fassung wiederzuerlangen. Seine Stimme klang trocken und hohl. „Ich muss so schnell wie möglich zurück in den Club." Er erhob sich von der Trage und begann, an den Kabeln und Schläuchen zu zupfen, womit er weitere Alarmsignale auslöste. „Und ich brauche ein sauberes Handy."

„Guten Morgen, Herr Staatsrat."
Alexander von Meuren trat vor den Eingang seiner prachtvollen Jugendstilvilla am Blankeneser Elbufer. Eine dunkle BMW-Limousine wartete mit laufendem Motor in der Einfahrt. Der Chauffeur eilte zu dem hochgewachsenen Mann herüber, griff nach dem Aktenkoffer des Staatsrats und trug ihn zum Wagen. „Ein wundervoller Tag, nicht wahr?"
Von Meuren runzelte die Stirn. Ihm war nicht nach Small Talk zumute, aber er tat seinem Fahrer den Gefallen und blickte sich um.
Eine kräftige Morgensonne vertrieb die letzten Nebelschwaden aus dem blauen Himmel und warf erste Strahlen in den weitläufigen, mit sorgfältig beschnittenen Sträuchern und Zierbäumen bepflanzten Vorgarten. Von der nahe gelegenen Elbe drang

das tiefe Brummen eines in den Hafen einlaufenden Containerschiffs zu ihnen herauf.
„Ja, sehr schön."
Um die Hausecke stürmte ein bellendes Knäuel aus weißem und schwarzem Fell. Drei Dalmatiner sprangen auf die Männer zu. Von Meuren lächelte beim Anblick seiner Hündinnen. „Lina, Kara, Stella. Aus und Platz!" Lina, die älteste der drei, gehorchte sofort, aber die beiden anderen rannten einfach weiter und beschnupperten aufgeregt ihr Herrchen und den Chauffeur. Der Staatsrat beugte sich zu den Tieren herunter und klopfte ihnen liebevoll die Flanken. „So, und jetzt ab zurück ins Haus!"
Die Hunde trollten sich davon, und von Meuren nahm auf dem Rücksitz der Limousine Platz.
„In die Innenbehörde, Herr Staatsrat?"
Von Meuren brummte zustimmend. Der BMW rollte aus der Einfahrt und bog rechts in die Elbchaussee ein, auf der sich bereits zu früher Stunde im steten Strom Autos von den feinen Elbvororten Richtung Stadtzentrum schoben.
Von Meurens Mobiltelefon klingelte.
„Ja?"
„Moin Alex! Entschuldige, ich wollte sagen: Guten Morgen, Herr Staatsrat." Eine tiefe, knurrige Stimme. „Ist die Verbindung sauber?"
„Wer sind Sie?"
„Bullinger. Dein alter Kumpel. Hans-Werner Bullinger."
„Bullinger ..." Sein Gedächtnis sträubte sich, sich an den Namen zu erinnern. Unwillkürlich hielt er das Telefon vom Ohr weg, als würde es eine ansteckende Krankheit übertragen. „Wie kannst du ... wie können Sie es wagen, mich anzurufen?"
„Nenn' es den Gefallen eines alten Freundes. Und den Hilferuf eines Verbündeten. Wagner ist wieder aufgetaucht."
„Wag... Was sagen Sie da?" Flüsternd, als befürchte er, einen Dämon heraufzubeschwören, sprach er den Namen aus. „Wagner."
Von Meuren gewann die Fassung zurück. „DER Wagner? Das ist unmöglich. Wie kommen Sie auf so einen Unsinn?"

„Er hat mir einen Erinnerungsgruß geschickt. Und er hat unserem alten Freund Victor mächtig Dampf unterm Hintern gemacht."

Mit versteinerter Miene lauschte der Staatsrat den Erzählungen Bullingers, strich sich mit der Hand immer wieder durch das schüttere Haar. Schließlich antwortete er: „Also, hören Sie mir gut zu. Ich weiß nicht, wer Sie sind, und dieses Gespräch wird es nie gegeben haben. Aber um der alten Zeiten willen, und wegen gewisser, na ja, nennen wir es Verbindlichkeiten, werde ich sehen, was ich tun kann. Okay?"

Der Staatsrat beendete das Gespräch. Er sah zu dem Chauffeur, der entspannt im Fahrersitz saß und auf die Straße blickte. Er wurde gut dafür bezahlt, seine Sinne ausschließlich auf den Verkehr zu konzentrieren.

Eine halbe Stunde später bestellte von Meuren seinen persönlichen Assistenten in sein Büro in der Hamburger Innenbehörde.

„Ich benötige eine Akte aus dem Archiv des Verfassungsschutzes. Kümmern Sie sich bitte sofort darum." Er reichte dem Mann einen Zettel mit einer Aktennummer und der Autorisation.

Kurz darauf hielt er einen versiegelten Umschlag in den Händen. Er brach das verstaubte Siegel mit der Aufschrift des Hamburger Landesamts für Verfassungsschutz, zog einen als „Streng geheim" deklarierten Aktenordner aus dem Umschlag und blätterte durch die Seiten.

Wagner, dachte er. Dass er ein gefährlicher Killer ist, war auch damals kein Geheimnis. Sein erneutes Auftauchen dürfte vielen Leuten schlaflose Nächte bereiten.

Von Meuren lächelte bitter. Er musste den Kerl loswerden. Schnell und unauffällig. Er würde jemanden brauchen, der sich die Hände schmutzig machte.

3

„Was ist ein Psychopath?" Jan blickte in die teils belustigten, teils verunsicherten Gesichter der etwa sechzig Studenten, die sich trotz guten Wetters zur Vorlesungsreihe „Einführung in die Forensische Psychiatrie" in einem Nebensaal des Uni-Hauptgebäudes versammelt hatten.

Verhaltenes Gemurmel ging durch die Reihen.

„Nur zu, was fällt Ihnen ein?"

Ein Jurastudent aus der zweiten Sitzreihe, der mit seinem sonnengebräunten Teint und einem teuren Markenpoloshirt aussah, als käme er direkt vom Golfplatz, traute sich als Erster. „Ein Asozialer, ein Penner. Ein Psycho eben." Das breite Grinsen unter dem schnurgeraden Seitenscheitel ließ keinen Zweifel daran, was der junge Golfspieler von diesem Schlag Mensch so hielt.

„Soso. Gibt es weitere Meinungen?"

Eine junge Frau aus einer hinteren Sitzreihe hob die Hand. „Die sind doch psychisch krank. Alkohol, Drogen, Psychosen und so."

Die erste Verunsicherung war vorüber, und es kamen weitere Wortmeldungen.

„Das hat doch was mit Kriminalität zu tun."

„Straftäter. Psychisch kranke Straftäter."

„Ist das nicht ein Schimpfwort?" Die Kommentare gingen durcheinander.

„Vielen Dank. Sehr gut." Jan wartete, bis es ruhig war. „Viele Begriffe in der Psychiatrie haben im Verlauf der Geschichte in einem abfälligen Sinn Einzug in den Alltagswortschatz gefunden. Denken Sie an Worte wie ‚Schwachsinn', ‚Idiot' oder ‚Hysterie'. Ähnlich ist es mit der Psychopathie. In der Forensischen Psychiatrie versteht man hierunter die besonders starke Ausprägung antisozialer Persönlichkeitszüge wie Kaltherzigkeit, das Fehlen von Schuldgefühlen, Impulsivität, eine Neigung, andere zu manipulieren und auszunutzen und so weiter. Menschen, auf die diese Merkmale zutreffen, haben ein extrem hohes Risiko, immer wieder gefährliche Straftaten zu begehen."

„So 'ne Art Hannibal Lecter", kam ein Kommentar von hinten. Lachen im Hörsaal. Jan huschte das Bild von Vladimir Victor durch den Kopf.

„In der Romanfigur des Hannibal Lecter vereinigen sich, psychiatrisch gesehen, eine psychopathische Persönlichkeit, ein schwerer charakterlicher Sadismus und die bestens bekannte kannibalistische Neigung. Wenn in der Realität eine psychopathische Persönlichkeit mit charakterlichem, oder noch schlimmer, sexuellem Sadismus zusammentrifft, was gar nicht mal so selten vorkommt, haben Sie es mit einem besonders gefährlichen, skrupellosen Sexualstraftäter zu tun. Das ist dann jemand, der nicht nur rücksichtslos und gefühlskalt ist, sondern der ein sexuell motiviertes Verlangen hat, andere Menschen zu erniedrigen, zu verletzen oder zu töten. So jemandem möchten Sie nachts nicht auf der Straße begegnen."

Im Hörsaal herrschte eine gespannte Stille.

„Die psychische Welt eines solchen Menschen, die inneren Bilder von sich und anderen sind archaisch und brutal. Wie bei einem Raubtier. Es gibt nur Jäger und Gejagte. Das Leben ist ein permanenter Kampf. Entweder ist man der Sieger oder der Besiegte. Es gibt kein Erbarmen, kein Mitgefühl, keine Liebe. Und die Betroffenen merken so gut wie nie, dass sie eigentlich immer nur gegen ihre eigenen inneren Dämonen ankämpfen. Sie sind psychisch wie eingeschlossen in ihrer erbarmungslosen Welt und haben die fatale Tendenz, den Krieg in ihrem Kopf in die Außenwelt zu verlagern."

Keiner wagte, etwas zu sagen. Ein lautes Knarren zerriss die Stille, und die Hörer in den hinteren Reihen zuckten erschrocken zusammen. Jemand stieß die Tür des Vorlesungsraums auf. Zu Jans Überraschung betrat Stephanie Pohlmann den

Hörsaal. Die Gerichtsmedizinerin trug einen hellen Hosenanzug und hielt eine Aktentasche unterm Arm. Jan nickte ihr zu. Sie lächelte, ging an den Bänken entlang und setzte sich auf einen freien Platz am Rand der zweiten Reihe.

Jan drückte einige Knöpfe an der Seite seines Pults. Jalousien fuhren herab und verdunkelten den Hörsaal, ein an der Decke befestigter Beamer sprang an, und auf der Leinwand erschien das dreidimensionale Modell eines menschlichen Gehirns.

„Persönlichkeitsmerkmale haben immer eine genetische Grundlage und werden durch Erziehung, Lernen und Lebenserfahrung weiter ausgebildet und verändert. Aber gerade bei der Psychopathie ist der biologische Einfluss sehr groß."

Er betätigte eine Taste seines Laptops. Der vordere Teil des Gehirns leuchtete rot auf. „Untersuchungen an Psychopathen und Gewalttätern legen nahe, dass bei diesen Personen eine Beeinträchtigung der Frontalregion des Gehirns vorliegt. Das ist ein Bereich, der für die Hemmung impulsiven Verhaltens mitverantwortlich ist. Dazu kommt ..." Das Gehirn auf der Leinwand erhielt auf Knopfdruck Augen und Ohren und wurde mit EEG-Nadeln gespickt. Auf einem virtuellen Monitor erschienen Kurven von Hirnströmen.

„Psychopathen haben lange zerebrale Antwortlatenzen, ein geringes Arousal und somit eine überaus hohe Reizschwelle. Das heißt, Situationen, in denen Sie und ich heftige Affekte wie Angst, Scham oder Erregung erleben, lassen Menschen mit psychopathischer Persönlichkeit im wahrsten Sinne des Wortes kalt. Sie erleben wenig oder gar nichts dabei. Aber da die meisten Menschen intensive Affekte erleben wollen, heißt das im Umkehrschluss, dass Psychopathen oft Situationen herausfordern, die sie in extremer Weise stimulieren. Das ist das sogenannte ‚sensation seeking behavior', also sensationssuchendes Verhalten. Schnallen Sie sich bitte an."

Die Leinwand erwachte plötzlich zum Leben. Man sah ein Paar Füße über einem Abgrund. Ein lauter Schrei, und der Körper stürzte in die Tiefe. Erst spät tauchte das Bungeeseil im Blickfeld auf, das den freien Fall auf halbem Weg sanft abfing. Die

Leinwandfläche teilte sich auf, parallel zum Bungeesprung erschien ein zweiter Filmausschnitt. Lautes Motorengeräusch. Auf dem Lenkrad eines Motorrads befestigt, raste die Kamera mit atemberaubendem Tempo über eine Landstraße, fuhr waghalsige Überholmanöver und heizte in halsbrecherischen Slalomfahrten zwischen Autos hindurch. Die Bildfläche teilte sich weiter auf. Es folgten Ausschnitte aus Computerspielen, in denen sich Spieler aus täuschend echten Perspektiven dramatische Schussgefechte lieferten. Den Abschluss bildete eine realistisch nachgespielte Szene, in der drei Männer ein junges Mädchen brutal misshandelten und vergewaltigten. Die aufregenden und erschreckenden Bilder und Geräusche durchdrangen jeden Winkel des Hörsaals.
Nach einigen Sekunden beendete Jan das Spektakel. Der Beamer an der Decke erlosch, die Jalousien fuhren hoch, und die Sonne kehrte zurück in den Raum.
„Wenn Sie eben zum ersten Mal am heutigen Tag richtig wach geworden sind, sollten Sie vielleicht mal einen Test machen."

Pohlmann trat zu Jan ans Pult, nachdem dieser seine Vorlesung beendet hatte.
„Hallo Dr. Decker." Die Gerichtsmedizinerin lächelte schon wieder. „Gute Vorlesung. Etwas dick aufgetragen, aber es macht Spaß, Ihnen zuzuhören."
„Vielen Dank." Jan hängte sich die Tasche über die Schulter und klemmte den Laptop unter den Arm. „Was verschafft mir die Ehre Ihres Besuchs? Haben Sie sich das mit der Einladung zum Barbecue noch mal überlegt?"
„Nein." Pohlmann zog einen braunen Umschlag aus der Tasche. „Aber ich habe den Abschlussbericht über die Obduktion Ihres Psychiaters." Jan nahm die Unterlagen entgegen.
„Laut Histologie war es ein langsam wachsendes Karzinom", sagte sie. „Durch die OP und eine postoperativ durchgeführte Strahlentherapie konnte nicht der gesamte Tumor entfernt werden, aber Schmerzen dürfte er durch den Krebs nicht gehabt haben."

Sie verließen den Hörsaal und durchquerten die menschenleeren Gänge des Vorlesungsgebäudes. Die Ärztin redete weiter. „Sicher, es lässt sich nicht ausschließen, dass Victor die Frau ermordet und sich dem Prozess durch seinen Selbstmord entzogen hat. Aber so richtig passt es nicht zusammen."
Sie traten durch den Haupteingang nach draußen und standen vor dem Uni-Hauptgebäude. Eine Baumreihe schirmte den Vorplatz des prächtigen alten Kuppelbaus aus der Jahrhundertwende von der Edmund-Siemers-Allee ab. Eine der Schlagadern im Verkehrsnetz der Stadt, durch die im Takt der Ampeln Tag und Nacht der Autoverkehr pulsierte. Vom nahe gelegenen Dammtorbahnhof drang das Quietschen der an- und abfahrenden S-Bahnen und Fernzüge herüber.
Jan sah sich zu Pohlmann um, die ihre Augen geschlossen hatte und die warmen Sonnenstrahlen genoss. Einzelne dunkle Haarsträhnen hatten sich aus dem am Hinterkopf hochgesteckten Zopf befreit und umspielten ihr Gesicht. Ihre schlanke Nase und ein schmaler Mund unterstrichen die eigenartige Strenge, hinter der sich gelegentlich, so dachte Jan, eine natürliche Herzlichkeit und Offenheit hervorwagte. Er stellte sich vor, wie sie mit offenen Haaren aussehen würde, und das Ergebnis gefiel ihm ausnehmend gut.
Die Ärztin öffnete die Augen und sah ihn an. Jan fühlte sich ertappt, weil er sie so unverhohlen gemustert hatte.
„Sie sind doch nicht in meine Vorlesung gekommen, nur um mir Ihren Bericht zu geben und mir von Ihren Zweifeln zu berichten, oder?"
„Um ehrlich zu sein, wollte ich Sie um Unterstützung bitten."
„Unterstützung? Wobei?"
„Nun …" Sie überlegte offenbar, wo sie beginnen sollte. „Ich habe einen Bekannten bei der Kripo. Er ist Kommissar bei der Mordkommission und war an den Ermittlungen zum Mord an der Tänzerin beteiligt."
„War?"
„Das ist es ja. Die Staatsanwaltschaft hat angeordnet, sämtliche Ermittlungen in diesem Fall einzustellen. Gegen die ausdrück-

liche Empfehlung der Mordkommission. Offiziell bleibt Victor der Mörder."

Jan zuckte mit den Achseln. „Die werden ihre Gründe haben. Wenn es keine heißen Spuren in dem Fall mehr gibt, ist ein toter Sündenbock immer noch besser als gar keiner."

„Das ist noch nicht alles. Die Staatsanwaltschaft hat mein rechtsmedizinisches Gutachten aus dem Verkehr gezogen, noch bevor die Mordkommission davon Kenntnis erhalten hat. Das ist ein absolut ungewöhnlicher Vorgang."

Jan dämmerte, worauf die Ärztin hinauswollte. „Und warum, glauben Sie, haben die das gemacht?"

„Mein Bekannter ist sicher, dass da jemand etwas vertuschen will."

„Jemand?"

„Na ja. Irgendjemand von weiter oben."

Jan runzelte die Stirn. „Irgendjemand. Von weiter oben."

Pohlmann stemmte die Hände in die Hüften und musterte das gutmütige Lächeln in Jans Gesicht. Ihre Augen blitzten. „Sehen Sie mich gefälligst nicht an, als wäre ich eine Patientin, die Ihnen etwas von Außerirdischen und kosmischen Strahlen erzählt."

Jan grinste. „Ein bisschen klingt es schon nach einer Verschwörungstheorie." Er schüttelte den Kopf. „Ich mische mich ungern in die Angelegenheiten der Justiz ein. Als Sachverständige haben wir einen klaren Auftrag, und wenn der erledigt ist, ist es Sache der Justiz, was sie daraus macht. Es rächt sich, sich zu sehr den Kopf anderer zu zerbrechen. Und selbst wenn an der Theorie Ihres Polizisten etwas dran ist: Was haben Sie vor, und welche Rolle soll ich dabei spielen?"

„Nur eine kleine Sache. Mein Bekannter hätte gerne Einblick in Ihr Gutachten. Und dann bleibt noch die Frage, ob Sie darin Ihre Zweifel an der Täterschaft Victors äußern. Das würde zumindest den Druck auf die Staatsanwaltschaft erhöhen, das Verfahren doch weiterzuführen. Mir zumindest ist sehr unbehaglich bei dem Gedanken, dass der Mörder dieser Frau noch frei herumläuft und die Kripo nicht einmal mehr nach ihm suchen darf."

Jan nickte. „Das geht in Ordnung. Bezüglich Victor teile ich Ihre Zweifel und werde das im Gutachten auch deutlich machen. Und für Ihren Polizisten wird sich ein Weg finden lassen."

„Vielen Dank." Die Empörung wich aus ihrem Gesicht. „Und entschuldigen Sie bitte meinen Kommentar von eben."

Die Sonne schien auf Pohlmanns Gesicht und ließ ihre dunkelgrünen Augen geheimnisvoll funkeln.

„Lust auf einen Latte macchiato, Frau Doktor?"

Sie setzten sich an einen der Außentische des Café Campus, das Jan noch aus seiner eigenen Studienzeit kannte. In der sonnigen Schneise am Rande des Unigeländes traf die akademische Kühle des Campus auf das quirlige Leben der Grindelallee mit ihren Buchläden, Copyshops und Kneipen. Jan blickte neidisch zu den Studenten, die an den umliegenden Tischen in kleinen Gruppen beieinander saßen, rauchten und die Sonne und cremigen Milchkaffee genossen. „Das waren noch Zeiten", sagte er und steckte sich selbst eine Zigarette an.

„Dass die nichts Besseres zu tun haben." Pohlmann rümpfte die Nase und musterte die feine Rauchwolke, die von Jans Zigarette aufstieg.

„Sind Sie bei allem, was Sie tun, so ehrgeizig und engagiert?", fragte er.

„Ist das wieder so eine Psychiaterfrage?" Pohlmann lehnte sich in ihrem Stuhl zurück und schlürfte Milchschaum aus ihrem Glas. „Meistens schon, ja. Ich mache ungern halbe Sachen."

Sie erzählte von ihrem Studium in Heidelberg, das sie in Rekordzeit absolviert und mit Auszeichnung abgeschlossen hatte. Sie hatte nach dem Studium zwei Jahre in Frankfurt gearbeitet und war nach einem einjährigen Aufenthalt in England nach Hamburg gekommen.

„Und, leben Sie schon lange in Hamburg, Dr. Decker?"

Jan setzte sein verschmitztes Lächeln auf. „Wenn Sie schon intime Fragen zu meinem Privatleben stellen, Frau Doktor, müssen Sie schon Jan und Du zu mir sagen."

Pohlmann zögerte, nickte dann. „Okay. Ich heiße Stephanie, aber die meisten nennen mich Steph." Sie lächelte zurück.
„Ich bin vor drei Monaten als Oberarzt an Schmauchs Institut gekommen, war vorher lange Assistenzarzt in Berlin. Allerdings kenne ich Hamburg sehr gut aus meiner Studienzeit."
„Karrieresprung?", fragte sie. „Oder hat es Ihnen … ich meine, hat es dir in Berlin nicht mehr gefallen?"
„Von beidem etwas." Jan überlegte, was er sagen sollte. „Es gab private und berufliche Gründe. Ich bin in Berlin aufgewachsen und zur Schule gegangen und zum Studieren nach Hamburg gekommen." Jan erzählte, dass er bei Schmauch seine Doktorarbeit geschrieben hatte. Der Professor hätte Jan gerne gleich nach dem Studium an sein Institut geholt, aber Jan wollte damals zurück nach Berlin und hatte eine Stelle an der Charité angenommen.
„Meinem Vater ging es damals sehr schlecht, und ich dachte, es wäre besser, in seiner Nähe zu sein."
Jan und Professor Schmauch waren weiter in Kontakt geblieben, und als Schmauch mitbekam, dass Jan aus Berlin weg wollte, hatte er ihm kurzerhand die frei gewordene Oberarztstelle an seinem Institut angeboten.
„Schmauch ist ein wirklich feiner Kerl", beendete er seine Erzählung.
Stephanie schaute auf die Uhr. „Ich fürchte, ich muss langsam zurück ins Institut."
„Für mich wird es auch Zeit", sagte Jan und stand auf. „Ich sitze morgen als Sachverständiger im Gericht und muss mich noch vorbereiten. Sonst verspeist mich der Verteidiger zum Frühstück. Teilen wir uns ein Taxi?"
Sie fuhren zurück in die Klinik. Jan schaute der Ärztin hinterher, als sie die Stufen zum Eingangsbereich des Instituts für Rechtsmedizin hinaufstieg und in der Tür verschwand. Er beobachtete ihre Umrisse hinter der getönten Glasscheibe und war sich fast sicher, dass sie sich noch einmal zu ihm umgedreht hatte.

4

Der Verhandlungssaal des Hamburger Landgerichts platzte aus allen Nähten. Der Mordprozess eines jungen Bankierssohns, der seinen Nebenbuhler im Kokainrausch erschossen hatte, lockte unzählige Kamerateams und Zeitungsreporter in das Strafjustizgebäude am Sievekingplatz. Jan hatte sein Gutachten über den Hauptangeklagten vorgetragen, und Rechtsanwalt Drießling, ein dickbäuchiger Endfünfziger mit aufgedunsenem Gesicht, erhob sich von seinem Platz, um seine Fragen zu stellen. Der Angeklagte, ein einundzwanzigjähriger sportlicher Schönling im teuren Nadelstreifenanzug, war während Jans Gutachtenerstattung immer unruhiger auf seinem Stuhl hin und her gerückt. Jan hatte ihm keinerlei strafmildernde Umstände zugestanden und ihn für voll schuldfähig erklärt.

Drießling blätterte gelassen durch seine Notizzettel und musterte Jan über den Rand seiner Lesebrille aus kleinen, blitzenden Augen.

„Dr. Decker, was haben Sie für einen Bezug zu illegalen Drogen?“ Überraschtes Gemurmel drang aus dem abgetrennten Zuschauerraum hinter ihm.

Jan konnte sein Erstaunen über die Frage kaum verbergen. „Dies ist eine ungewöhnliche Frage an einen Sachverständigen. Ich weiß nicht, was …“

Der Anwalt fiel ihm ins Wort. „Haben Sie selbst schon mal Drogen konsumiert?“

Der bohrende Blick des Verteidigers suchte in Jans Gesicht nach Zeichen von Schwäche und Unsicherheit. Aus den Augenwinkeln sah Jan den Angeklagten, der sich entspannt in seinem Stuhl zurücklehnte und das sich anbahnende Schauspiel offenbar mit sadistischer Freude genoss.

Jan wurde nervös. Nicht in die Defensive geraten, dachte er, doch Drießling setzte nach. „Antworten Sie auf meine Frage. Haben Sie schon einmal gekokst, Dr. Decker?"
Jan schnaufte. Er wollte sich von diesem schmierigen Anwalt auf keinen Fall vorführen lassen wie ein blutiger Anfänger. Er atmete tief durch und wählte seine Worte mit Bedacht. „Ich habe meine Qualifikation als Gutachter umfassend dargestellt. Zu meiner Privatperson werde ich keine Angaben machen. Sie können aber sicher sein, dass keine Umstände vorliegen, die meine Eignung, als Sachverständiger in diesem Gerichtsverfahren aufzutreten, in Zweifel ziehen. Wenn Sie also keine Fragen zum Gutachten haben, dann ..."
Der Verteidiger hob ein Blatt Papier in die Höhe. „Sagt Ihnen der Name ...", er neigte den Kopf und schielte durch die tief auf seiner Nase sitzende Brille, „... ‚Club Belldini' etwas?"
Der Name des Clubs traf Jan wie ein Tritt in den Magen. Er wurde bleich und sank in seinem Stuhl zusammen.
„Sie haben meine Fragen noch immer nicht beantwortet, Dr. Decker. Haben Sie schon mal Kokain konsumiert?"
In Jans Kopf setzte sich ein Karussell von Eindrücken in Bewegung. Trockener Staub in der Nase, ein leichtes Brennen, ein kribbeliges Gefühl in der Nasenschleimhaut. Dann die Explosion im Kopf. Ein Feuerball aus Euphorie und Ekstase, der jegliche Selbstzweifel, Unsicherheit und Trübsal wegpustet. Ein Rausch aus Macht, Stärke und Dominanz.
„Es war in Berlin, nicht wahr? Und zwar am ...", erneut das umständliche Schielen durch die Brille, „... 15. August, vor einem Jahr. Wollen Sie nicht etwas dazu sagen, Dr. Decker?"
Jan wurde schwummrig, und er schnappte nach Luft. Um ihn drehte sich alles. Das Bilderkarussell im Kopf weitete sich auf den Gerichtssaal aus. Die bohrenden Fragen des Verteidigers, der schadenfrohe Blick des Angeklagten, das aufgebrachte Gemurmel der Zuschauer. Doch es regte sich ein Rest von Trotz und Gegenwehr.
„Das sind keine zulässigen Vorhaltungen an den Sachverständigen." Jans Blick suchte den Vorsitzenden Richter, der weit

entfernt von Jans Sitzplatz, am erhöhten Richtertisch, saß, umringt von zwei Beisitzern und den Schöffen. Der Richter verzog keine Miene.
Das Karussell drehte sich schneller, und neue Bilder schossen auf Jan ein.
Schummriges Rotlicht, dröhnende Musik und stampfende Bässe. Ein kleiner Nebenraum. Der Geruch nach Alkohol, Schweiß und Parfüm. Glucksendes Gekicher. Ein blonder Haarschopf über einem niedlichen Frauengesicht erhebt sich im Zeitlupentempo von der gläsernen Tischplatte, auf der nur eine feine Pulverschicht zurückbleibt. Die Blonde wischt sich mit der Hand über die Nase und schaut ihn an, die Augen leer und zugedröhnt. Sie kichert, kommt dicht an ihn heran. Ihre Lippen finden die seinen, fordernd schiebt sie ihm die Zunge in den Mund. Sie schmeckt nach Nikotin und Whisky, und er saugt gierig ihre Geilheit in sich auf.
Über die dröhnende Musik und das empörte Gemurmel der Zuschauer erhob sich die Stimme des Verteidigers.
„Es gab eine Razzia und eine polizeiliche Durchsuchung, nicht wahr? Es wurden Drogen in nicht unerheblicher Menge sichergestellt und mehrere Personen verhaftet."
Die kleine Blonde liegt, im Halbschlaf noch immer lustvoll stöhnend, halb nackt neben ihm, als die Musik abrupt verstummt und im Nebenzimmer Hektik ausbricht. Jemand ruft: „Die Bullen, schafft das Zeug hier raus!" Die Tür wird aufgerissen, und Jans Kumpel stürmt herein. „Jan, die Polizei. Wir müssen sofort weg."
Wie in Trance zieht er die Hose hoch, greift sich sein durchgeschwitztes Hemd, sein Kumpel zieht ihn unsanft weg, schubst ihn durch einen Gang und raus in eine dunkle Gasse. Kälte und Nieselregen dringen an seine Haut. Sie eilen zwischen zwei Hauswänden entlang, entfernen sich vom Club, aber das Stimmengewirr, die Polizeisirenen und blitzendes Blaulicht bleiben, lassen sich nicht abschütteln und verfolgen Jan bis in den Gerichtssaal. Er blickt an sich herunter, und er trägt sein Hemd von damals, das noch immer feucht an seinem Körper klebt.

„Wie oft waren Sie da? Zehnmal, zwanzigmal?"
Drießling grinst und weist auf einen riesigen Aktenstapel auf dem Tisch vor sich. „Kokain und Nutten. Sie haben es immer wieder getan."
Alle wissen über ihn Bescheid. Es gibt kein Entkommen. Jans Wille und Kampfeskraft sind erloschen. Er senkt den Kopf, reuevoll, geständig, demütig bereit, das Urteil entgegenzunehmen.
Der Richter steht von seinem Stuhl auf. Das Gemurmel im Zuschauerraum verstummt. Der Richter erhebt seine Stimme.

Jan hörte ein Klicken neben sich und eine monotone Männerstimme, erst weit entfernt, dann immer näher.

Es ist 6.30 Uhr, Sie hören die Nachrichten ...

Jan fuhr hoch. Sein Herz pochte. Sein Pyjama klebte schweißnass auf dem Körper, Bettdecke und Laken hingen zerwühlt über der Bettkante. „Oh Mann, Scheiße!" Er rieb sich mit der Hand über die Augen und massierte sich die Schläfen, brauchte einige Sekunden, bis er das Radio leiser drehen, aufstehen und sich Richtung Dusche schleppen konnte.

5

Der Alarmton ihres Bereitschaftshandys riss Stephanie Pohlmann aus dem Schlaf. Unwillig drehte sie sich im Bett herum und hoffte, noch halb schlafend, dass der Weckruf nur Teil eines Traums gewesen sei. Vergeblich, das Handy piepte unerbittlich weiter. Fluchend warf sie ihre Bettdecke von sich, knipste eine Nachttischlampe an.

„Wehe, es ist nichts Wichtiges." Sie legte Zettel und Stift zurecht und knurrte ins Telefon: „Pohlmann, Rechtsmedizin."

„Einen wunderschönen guten Morgen, Frau Doktor. Hier ist Ihr freundlicher Weckdienst der Polizei Hamburg."

„Hallo Karl." Ihr war unverständlich, dass der Hauptkommissar der Mordkommission mitten in der Nacht so gute Laune haben konnte. „Was gibt es denn?"

„Tut mir furchtbar leid um deinen Schönheitsschlaf ... ich meine ...", er tat, als wäre er verlegen, „nicht dass du den nötig hättest, also was ich sagen will ..."

„Karl! Komm zur Sache." Trotz ihres strengen Tonfalls musste sie schmunzeln.

„Wir haben einen Leichenfund. Wahrscheinlich Mord. Wir schicken das große Aufgebot hin. Also auch ein Fall für Dr. Pohlmann."

„Wo?"

„Talstraße 32, St. Pauli. Zweiter Stock. Ist eine Modelwohnung. Vermutlich ein Freier."

„Also bis gleich." Sie trennte die Verbindung. Die Aussicht auf Schlaf konnte sie begraben. Anfahrt, Leichenschau, Todeszeitbestimmung, Bericht schreiben und klönen mit Karl, das würde bis weit in den Vormittag dauern.

Die Polizei hatte die schmale Seitenstraße der Reeperbahn vorsorglich abgesperrt. Das Blaulicht der Einsatzfahrzeuge blitzte durch die Morgendämmerung und ließ die blassen Fassaden der heruntergekommenen Altbauten gespenstisch aufleuchten. Stephanie wies sich aus und durfte passieren. Der große, im alten Hamburger Polizeigrün lackierte Transporter der Spurensicherung parkte direkt vor dem Hauseingang 32. Beamte in Zivil entluden das Fahrzeug und trugen die Ausrüstung in Koffern und Taschen ins Treppenhaus.

Stephanie quetschte ihr Auto hinter den grünen Wagen, zog ihre Arbeitstasche aus dem Kofferraum und stapfte zum Hauseingang. Sie erkannte Karl Weber bereits von Weitem an seiner rosa Windjacke, die sich unvorteilhaft über den gedrungenen Leib des Polizisten spannte. Weber kam ihr entgegen. Er lächelte sie an, Stephanie dankte es ihm mit einem mürrischen Gruß. Sie hatte dunkle Ringe unter den Augen, und viele ihrer Haarsträhnen hingen aus dem nachlässig zusammengebundenen Knoten, der die sonst übliche Strenge vermissen ließ.

„Ich glaube, ich nehme das mit dem Schönheitsschlaf wieder zurück“, sagte Weber. „Ich besorge dir mal einen Kaffee.“

„Vielleicht deine einzige Chance, damit ich dich nicht sofort erwürge.“

Er rief einen entfernt stehenden Streifenpolizisten, deutete eine Trinkbewegung mit der Hand an und zeigte auf die neben ihm gehende Ärztin. Der Polizeibeamte nickte. Weber berichtete.

„Ein anonymer Anrufer hat sich bei der Polizei gemeldet. Hat gesagt, er sei im Haus gewesen und habe sich über die offen stehende Wohnungstür gewundert. Ihm hat nicht gefallen, was er dort fand.“

Sie betraten das muffige Treppenhaus des dreigeschossigen Altbaus. Der uniformierte Polizist hastete hinter ihnen her, redlich darum bemüht, nichts aus dem dampfenden Plastikbecher zu verschütten. „Ihr Kaffee, Frau Doktor.“

Stephanie nahm den Becher wortlos entgegen und trank einen Schluck. Nicht allzu stark, aber immerhin heiß. Weber erzählte weiter.

„Ich war nur kurz drin. Ein Mann, Anfang sechzig. Ist noch nicht identifiziert, war aber offensichtlich als Freier hier. Keine Ausweispapiere, aber etwas Geld, Zigaretten und zwei Tablettenschachteln in der Jackentasche. Und, man höre und staune, einen großkalibrigen Revolver, schussbereit und geladen."
Stephanie wurde hellhörig. „Tabletten? Welche?"
Der Hauptkommissar zog einen Notizblock aus der Tasche. „Me-to-pro-lol-tar-trat", las er mühsam vom Zettel ab. „Ist wohl ein Herzmittel. Und Sil-de-nafil, also Viagra."
„Oh. Dann geht's vielleicht doch schnell hier." Stephanie schöpfte Hoffnung, doch noch zu Schlaf zu kommen. „Betablocker und Viagra können zusammen den Blutdruck gefährlich senken und bei Herzinfarktkandidaten zu kritischen ..."
Weber drehte sich zu ihr um und schüttelte den Kopf. „Ich fürchte, da muss ich dich enttäuschen. So niedrig kann kein Blutdruck sein, um so etwas anzurichten."
Sie blieben vor einer geöffneten Wohnungstür im zweiten Stock stehen. Ein Streifenpolizist, der den Zugang bewachte, nickte ihnen zu. Stephanie stellte ihre Arbeitstasche und den Kaffeebecher ab, und sie und Weber streiften sich weiße Schutzanzüge aus Plastikfolie über. Zuletzt zogen sie sich Latexhandschuhe an.
Der schmale Eingangsflur führte nach wenigen Schritten in das einzige Zimmer der Wohnung. Der schmuddelige Raum war mit einer Matratze auf einem nackten Bettgestell, einem Nachtschrank und einem kleinen Tisch schlicht, aber offenbar zweckmäßig ausgestattet. Die Leute von der Spurensicherung hatten eine Halogenlampe aufgestellt, die dunkle Schmutzflecken an den Wänden sichtbar werden ließ. Ein Polizist in Schutzkleidung inspizierte das zerknüllte, mit Blut befleckte Bettlaken. Ein zweiter Beamter machte sich auf der gegenüberliegenden Seite des Bettes zu schaffen, ein dritter Polizist schritt durch den Raum und fotografierte die Leiche aus unterschiedlichen Perspektiven.
Ein dicker, nackter Mann lehnte am Kopfende der Matratze. Sein wuchtiger Oberkörper drückte wie ein Sack Mehl gegen

das Bettgitter, der Kopf hing schlaff zur Seite. Das Gesicht war aufgedunsen und blau verfärbt, die aufgerissenen Augen starrten ins Leere. Der Mund stand offen, die blau angelaufene Zunge lugte zwischen den Zahnreihen hervor. Ein dünner, hinter dem Toten am Bettrahmen befestigter Metalldraht schnürte sich straff um den Hals des Mannes und hielt die Leiche in halb sitzender Position. Beide Arme hingen am Körper herab, Unterarme und Hände waren angeschwollen und ebenfalls blau verfärbt.

„Seine Finger sind gebrochen. Jeder einzeln, siehst du?“ Stephanie war ans Bett getreten, um den Leichnam aus der Nähe zu betrachten. Weber blieb dicht hinter ihr. Die Finger beider Hände waren in unnatürliche Richtungen abgespreizt, zersplitterte Knochen stachen durch die blutig verkrustete Haut.

„Aua!“, sagte Weber. „Geht ein bisschen weit für ein Sadomasospiel.“

„Vergessen Sie die hier nicht.“ Der Beamte auf der anderen Seite des Bettes meldete sich zu Wort. Beim Nähertreten sah Stephanie, dass hinter dem Bett eine zweite Leiche lag. Es war eine junge Frau, deren üppige Oberweite nicht zum zierlichen Körperbau passte. Sie lag auf dem Rücken, war nackt und wies keine äußeren Verletzungszeichen auf, abgesehen vom Kopf, der weit über die anatomischen Möglichkeiten der Halswirbelsäule hinaus gedreht und umgeknickt war.

Stephanies Interesse war erwacht, und sie machte sich konzentriert an die Arbeit. Sie untersuchte die Körpertemperatur und die Verteilung der Leichenflecken und stellte fest, dass beide Tote erst vor wenigen Stunden gestorben waren. Ihr erster Eindruck von der Frauenleiche bestätigte sich nach einer genaueren Untersuchung.

„Glatter Genickbruch, sonst nichts“, sagte sie an Weber gewandt.

„Reicht ja wohl auch.“

Stephanie wandte sich der Männerleiche zu. Die Halsfesselung ließ dem Mann so gut wie keinen Bewegungsspielraum, der Draht war aber nicht so stramm angelegt, dass er die Blut- oder

Luftzufuhr zum Kopf unterbrochen und dadurch den Mann getötet hätte. Die Ärztin durchtrennte den Draht, und sie und Weber legten den Leichnam auf dem Bett ab. Der Tote gab ein tiefes, gurgelndes Geräusch von sich, und ein intensiver Geruch nach Blut und Fleischbrühe stieg über seinem Gesicht auf.
„Na danke." Der Hauptkommissar wandte angewidert den Kopf ab. Sein Handy klingelte, und er nutzte die Gelegenheit, um das Zimmer zu verlassen.
Stephanie untersuchte Kopf und Hals des Mannes. „Was haben wir denn da?" Mit einer Taschenlampe und einer Pinzette machte sie sich am Mund des Toten zu schaffen. Erst beim dritten Versuch gelang es ihr, das sperrige Etwas aus dem Rachen der Leiche herauszuziehen: gute zwanzig Zentimeter lang, dünn, mit Schleim und Blut verklebt. Sie legte das Ding in eine Plastikschale.
„Wir haben ihn!" Weber kam ins Zimmer zurück und schwenkte aufgeregt sein Handy in der Luft. „Der Mann ist identifiziert. Da ist uns ein wirklich dicker Fisch an die Leine gegangen."
Vier Augenpaare waren auf den Kommissar gerichtet.
„Er heißt Hans-Werner Bullinger, ist in gewissen Kreisen aber besser unter dem Namen ‚der Bulle' bekannt. Für einen Kiezzuhälter vom alten Schlag doch eine angemessene Art zu sterben." Er trat näher und betrachtete neugierig das schmierige Etwas in der Schale. „Sag mal, ist das eine Vogelfeder?"

Das Orchester setzte ein. Die Streicher intonierten einen hohen, nervösen Klangteppich, auf dem nach wenigen Augenblicken, begleitet von dumpfen Paukenschlägen, die tiefen Blasinstrumente das Grundthema des „Fliegenden Holländers" anstimmten. Die zittrigen Geigen griffen das Thema auf und führten die schlichte Melodie in eine dramatische Variation, die bereits nach wenigen Takten abebbte und für die Dauer eines Atemzugs in eine erwartungsvolle Stille überging.
Der Mann hob seine Hände seitlich an den Kopf und drückte sie auf die Ohrhörer seines MP3-Players, als wollte er die ver-

hallende Melodie festhalten und bewahren. Er schloss die Augen, hielt den Atem an und lauschte, um nicht den kleinsten Augenblick des nachfolgenden Gesangs zu verpassen.
Dann, kraftvoll und klar, aus der Stille aufsteigend wie der erste Windhauch des Morgens über der noch schlafenden See, die Sopranstimme:

> Johohoe! Johohohoe! Johohoe! Johoe!
>
> Traft ihr das Schiff im Meere an,
> blutrot die Segel, schwarz der Mast?
> Auf hohem Bord der bleiche Mann,
> des Schiffes Herr, wacht ohne Rast.
> Hui! – Wie saust der Wind! – Johohe.
> Hui! – Wie pfeift's im Tau! – Johohe.
> Hui! – Wie ein Pfeil fliegt er hin,
> ohne Ziel, ohne Rast, ohne Ruh'! –

Senta, die Tochter des Kapitäns, sitzt in einer Gruppe von Mädchen, die an Spinnrädern arbeiten. Träumerisch versunken und verliebt betrachtet sie ein Porträt des Fliegenden Holländers und besingt dessen tragisches Schicksal.

Der Mann lauschte mit geschlossenen Augen dem intensiven Gesang. Er saß, nur mit einer Unterhose bekleidet, auf dem Dielenfußboden eines weiten, unmöblierten Raumes. Die Augen noch immer geschlossen, griff der Mann nach einem weißen Seidenkleid, das zusammengeknüllt vor ihm auf dem Boden lag, und strich sich damit sanft über Gesicht und Hals.

> Doch kann dem bleichen Manne Erlösung einstens noch werden,
> fänd' er ein Weib, das bis in den Tod getreu ihm auf Erden!
> Ach! Wann wirst du, bleicher Seemann, es finden?
> Betet zum Himmel, dass bald ein Weib Treue ihm halt'!

Der Mann sank auf die Seite. Die Hände in dem weißen Stoff vergraben, lauschte er weiter.

Bei bösem Wind und Sturmes Wut
umsegeln wollt' er einst das Kap;
Er flucht' und schwor mit tollem Mut:
„In Ewigkeit lass' ich nicht ab!" –
Hui! – Und Satan hört's – Johohe.
Hui! – nahm ihn beim Wort – Johohe!
Hui! – Und verdammt zieht er nun
durch das Meer ohne Rast, ohne Ruh'! –
Doch dass der arme Mann noch Erlösung fände auf
Erden,
zeigt Gottes Engel an, wie sein Heil ihm einst könne
werden!
Ach, könntest du, bleicher Seemann, es finden!
Betet zum Himmel, dass bald ein Weib Treue ihm halt'!

Der Mann begann, im Rhythmus des Gesangs mit dem ganzen Körper auf dem Boden hin und her zu rollen. Leise summte er die Melodie. Die ersten Tränen rannen ihm aus den Augen, liefen übers Gesicht und tropften auf das Kleid.

Vor Anker alle sieben Jahr',
ein Weib zu frei'n, geht er ans Land:
er freite alle sieben Jahr',
noch nie ein treues Weib er fand.
Hui! – „Die Segel auf!" – Johohe.
Hui! – „Den Anker los!" – Johohe!
Hui! – „Falsche Lieb', falsche Treu'!
Auf in See, ohne Rast, ohne Ruh'!"

Der Gesang in den Ohrhörern verstummte, aber der Mann wiegte sich weiter hin und her. Erst nach einer Weile verlangsamten sich seine Bewegungen.

Die Schreckgestalten sind verschwunden, und die Landschaft verwandelt sich. Aus kargen Felsen und vertrockneten Böden sprießen Blumen und Bäume. Die Finsternis weicht, es wird warm und hell.
Der Junge liegt auf einer grünen Wiese. Die Sonne scheint von einem wolkenlosen Himmel. Es ist ruhig, lediglich die Geräusche summender Insekten, zwitschernder Vögel und der Atem des Windes, der über die Wiese streicht, dringen an sein Ohr. Es riecht nach Blumen und Gras. Am Rand der Wiese erhebt sich eine dichte Baumreihe, dahinter erstrecken sich endlose Getreidefelder. Er streckt die Beine aus und genießt, wie Wärme, Ruhe und Frieden ihn durchströmen.
Er bemerkt, dass er sich mitsamt seiner schützenden Hülle bewegen kann. Vor und zurück, sogar in die Höhe. Gesteuert durch die Kraft seiner Gedanken erhebt er sich in die Luft. Zunächst nur wenige Zentimeter, dann wird er mutiger und steigt höher. Er blickt über die angrenzende Baumreihe, weiter über die Felder.
Der Junge setzt sich in Bewegung und entfernt sich von der Wiese. Er fühlt sich großartig. Frei, kraftvoll. Er fliegt schneller. Das Tempo berauscht ihn. Die Landschaft rast unter ihm hinweg.
Er fliegt über eine Stadt, und sein Herz pocht vor Aufregung. Er will zurück zu den Menschen.
Er schwebt hinab und wartet in einer abgelegenen Seitenstraße. Ein alter Mann schlurft heran, der Junge fasst sich ein Herz und spricht ihn an.
„Entschuldigen Sie, können Sie mir bitte weiterhelfen?" Der Mann schaut durch den Jungen hindurch, als wäre er Luft. Ohne aufzublicken, setzt er seinen Weg fort.
Der Junge schwebt auf einen belebten Platz und stellt sich in die Gehrichtung einer Fußgängerin. Er winkt ihr zu und ruft: „Hallo! Hallo!" Die Frau ist mit Einkaufstaschen bepackt und offensichtlich auf dem Weg nach Hause. Sie verzieht keine Miene und geht, ohne ihn zu beachten, in einem weiten Bogen um ihn herum. Er wiederholt seinen Versuch. Wieder und wieder. Spaziergänger ändern, scheinbar ohne es selbst zu bemerken, ihre Gehrichtung, Fahrradfahrer weichen ihm aus, nicht einmal Hunde oder Vögel nehmen Notiz von ihm.

Er drückt von innen gegen seine Schutzhülle, schlägt mit den Fäusten und rennt mit dem Kopf dagegen an, aber die Hülle federt jede Berührung sanft ab. Er brüllt den Menschen zu, flucht und schreit. Aber niemand hört ihn, niemand kann ihn sehen.
Der Junge ist zornig. Er fühlt sich missachtet, vom Leben der anderen ausgesperrt und in seiner Glaskugel gefangen.
Er schwebt auf eine Straßenkreuzung. Ein Lastwagen braust heran. Hinter der Frontscheibe sitzt ein junger Mann mit fettigen Haaren und ungezügeltem Bartwuchs, der an seinem Mobiltelefon hantiert. Er hält eine Hand lose am Lenkrad und hat die Fahrbahn nur flüchtig im Blick. Jetzt reißt der Fahrer die Augen auf. Blinzelt. Seine Pupillen weiten sich zu großen, runden Spiegelflächen, aus denen nackte Angst starrt.
„Er sieht mich! Endlich!“, denkt der Junge. Aber der auf ihn zu donnernde Lkw verjagt seine Freude. Er hält die Arme schützend vor sich und schreit. „Nein!“
Eine Kraft geht von ihm aus, mächtig und gezielt. Sie trifft den Lastwagen und knüllt das Fahrerhaus wie eine Blechdose zusammen. Der Lkw schleudert in die Höhe und überschlägt sich. Die Druckwelle stößt nachfolgende Autos zurück und schiebt sie ineinander. Spaziergänger und Radfahrer in der Nähe wirbeln wie Spielzeugfiguren umher. Blechteile und Glassplitter schwirren durch die Luft. Es dauert viele Sekunden, bis es ruhiger wird.
Der Junge steht unversehrt in seiner Schutzhülle und betrachtet die Zerstörung um sich herum. Tote und Verletzte, brennende und zertrümmerte Fahrzeuge, überall Scherben und zerborstenes Blech.
Das hat er nicht gewollt.
Verängstigt mustert er die Menschen inmitten des Chaos, die geschockt herumstehen, Verletzten helfen oder neugierig gaffen. Niemand nimmt ihn zur Kenntnis. Aus der Ferne tönt Sirenengeheul. Weitere Passanten tauchen auf, endlich Rettungskräfte der Feuerwehr und Polizisten. Ihn beachtet weiterhin niemand.

6

Jan kniff sich auf dem Weg zum Landgericht mehrfach in den Oberschenkel. Inzwischen war er sicher, wach zu sein, aber die Szenen seines Traumes ließen ihn nicht los. Er versuchte, die unliebsamen Erinnerungen an Berlin abzuschütteln, um für die Gerichtsverhandlung einen klaren Kopf zu haben.
Jan betrat den Saal und begrüßte den Staatsanwalt, der lustlos in seinem Strafgesetzbuch blätterte. Der Zuschauerraum, mit einer Glasscheibe vom eigentlichen Gerichtssaal abgetrennt, war zur Hälfte gefüllt.
Zu seiner Überraschung saß Stephanie Pohlmann am Tisch der Sachverständigen. Sie wühlte sich durch einen Aktenstapel und kritzelte unleserliche Notizen auf einen DIN-A4-Zettel. Zwischendurch griff sie zu einem halb leeren Kaffeebecher aus Pappe und trank ein paar eilige Schlucke. Jan trat an den Tisch.
„Hallo Steph, du tauchst immer da auf, wo man dich am wenigsten erwartet."
Sie blickte auf. „Oh, hallo Jan." Ihr Gesicht war blass und unter ihren Augen zeichneten sich dunkle Ringe ab. „Ich musste hier kurzfristig einspringen, eine Kollegin ist krank geworden. Ich hatte Nachtdienst, den dritten in dieser Woche. Ich könnte im Stehen einschlafen." Ihre Augen blitzten auf. „Ich komme gerade von einer Tatortbesichtigung. Ein Doppelmord. Vielleicht kann ich dir nachher davon erzählen, dürfte dich interessieren. Dagegen ist das hier der reinste Streichelzoo."
Der Staatsanwalt räusperte sich bei Stephanies Bemerkung und deutete zur Tür. Rechtsanwalt Drießling betrat den Saal. Er zog einen Aktenkoffer hinter sich her, nickte den Anwesenden zu und breitete sich mit seinen Ordnern auf dem Verteidigertisch aus.
„Ich bin mies vorbereitet", tuschelte Stephanie ihrem Kollegen zu. „Zu wenig Zeit. Ein Haargutachten und eine Blutuntersu-

chung, beides mit Kokainspuren. Hältst du ihn für voll schuldfähig?"

Jan nickte.

Durch eine mit schweren Riegeln gesicherte Seitentür führten zwei Justizvollzugsbeamte den Angeklagten herein. Der junge Mann begrüßte seinen Anwalt wie einen alten Freund mit Handschlag und Schulterklopfen und nahm an seiner Seite Platz. Beide begannen flüsternd ein Gespräch, wobei sie immer wieder zum Tisch mit den beiden Gutachtern blickten.

Eine separate Tür hinter dem Richtertisch öffnete sich. Das Getuschel im Saal und im Zuschauerraum verstummte, und die drei Richter der Schwurgerichtskammer betraten in dunklen Roben den Saal, gefolgt von zwei Schöffen in Zivilkleidung. Die Verfahrensbeteiligten und die Zuschauer erhoben sich und wurden vom Vorsitzenden Richter begrüßt.

Stephanie saß als einzige Neue im Prozess, und der Richter bat sie, ihre Personalien anzugeben. „Dr. Stephanie Pohlmann, vierunddreißig Jahre alt, Fachärztin für Rechtsmedizin, mit dem Angeklagten nicht verwandt oder verschwägert und mit den Aufgaben eines Sachverständigen vor Gericht vertraut", spulte sie die Formel herunter.

Der Vorsitzende Richter nickte ihr zu. „Vielen Dank, dass Sie hier kurzfristig einspringen konnten. Wenn keine Anträge gestellt werden, möchte ich den psychiatrischen Sachverständigen um die Erstattung seines Gutachtens bitten." Staatsanwalt und Verteidiger schwiegen, sodass der Richter Jan das Wort erteilte.

Jan legte sich seine Unterlagen zurecht, erhob sich von seinem Platz und blickte in die Runde.

„Ich habe zur Vorbereitung des Gutachtens drei längere Explorationsgespräche mit dem Angeklagten geführt ..."

Jan legte los, und er hatte sich rasch warmgeredet. Der verwöhnte Sprössling einer angesehenen Hamburger Bankiersfamilie hatte sich auf der privaten Wirtschaftsakademie unsterblich in eine Kommilitonin verliebt. Als die ihn wegen seiner Drogeneskapaden und wiederholten cholerischen Ausbrüche verlassen und mit einem anderen Studenten angebändelt hatte, hatte sich der zutiefst gekränkte Mann kurzerhand eine Pistole besorgt, bei seinem Nebenbuhler an der Wohnungstür geklingelt und ihm ohne Vorwarnung das gesamte Magazin in den Kopf geschossen.

„Eine narzisstische Persönlichkeitsstörung mit einem störanfälligen Selbstbewusstsein und hoher Kränkbarkeit, dissoziale Persönlichkeitszüge, ein mehrjähriger schädlicher Gebrauch von Stimulanzien, geringgradige Alkoholisierung und Drogenwirkung zum Tatzeitpunkt", kam Jan nach gut zwanzig Minuten zum Ende seiner Ausführungen, „alles keine Gründe, aus denen sich eine Einschränkung der Steuerungsfähigkeit und somit eine Schuldminderung ergibt."

„Vielen Dank, Dr. Decker." Der Vorsitzende Richter ließ nicht erkennen, ob er mit dem Gutachten zufrieden war. Er stellte einige klärende Fragen und erteilte dem Verteidiger das Wort.

Rechtsanwalt Drießling ließ sich viel Zeit damit, seine Unterlagen zu ordnen. Dann stand er auf, zog einen Zettel hervor und schielte über den Rand seiner Brille zu dem Psychiater hinüber.

„Dr. Decker ..."

Jan merkte, dass sein Herz schneller schlug.

„Dr. Decker, müssen wir nicht zwingend davon ausgehen, dass sich mein Mandant in einem seelischen Ausnahmezustand befunden hat und nicht Herr seiner Sinne war, als es zu diesem furchtbaren Unglück gekommen ist?"

Jan räusperte sich. „Er war frustriert und wütend. Aber nicht psychisch krank."

„Ach ja?" Die Augen des Strafverteidigers blitzten. „Wenn jemand auf seinen Nebenbuhler ein ganzes Pistolenmagazin abschießt, sieht das für mich wie eine klare Affekttat aus."

„Ihr Mandant hat genau gewusst, was er tat. Er hat sich die Waffe zwei Tage vor der eigentlichen Tat besorgt, hat offensichtlich den Tatzeitpunkt gezielt ausgewählt und versucht, nach der Tat seine Spuren zu vertuschen und das Ganze wie einen Einbruch aussehen zu lassen. Eine Affekttat mit einem so hohen Maß an Planung gibt es nicht, verehrter Herr Verteidiger."

Drießling schnaufte, blätterte in seinen Unterlagen, schwieg jedoch.

Der Vorsitzende Richter erteilte der Rechtsmedizinerin das Wort. Stephanie erstattete kurz und knapp das toxikologische Gutachten: Die Haarprobe des Bankierssohns wies Abbauprodukte von Kokain auf. Die geringe Konzentration deutete auf einen regelmäßigen, aber nicht exzessiven Kokainkonsum hin. In der Blutprobe, die bei der Verhaftung wenige Stunden nach der Tat entnommen wurde, wurden Alkohol- und Kokainspuren in geringer Menge nachgewiesen. Stephanie schloss aufgrund der Ergebnisse eine schwere Form von Kokainabhängigkeit und einen starken Rausch zum Tatzeitpunkt aus.

Der Richter hatte keine Fragen, aber der Verteidiger ruckte bereits auf seinem Stuhl hin und her.

„Frau Dr. Pohlmann, wurden die Haare meines Mandanten auch auf Spuren von Amphetaminen untersucht?"

„Amphetamine? Nun, soweit ich weiß ..." Sie blätterte durch ihre Zettel und las den entsprechenden Bericht laut vor. „In der vorliegenden Haarprobe wurden keine Spuren von Amphetaminen nachgewiesen." Stephanie legte den Bericht zur Seite und schaute zu dem Verteidiger hinüber. „Wobei man dazu sagen muss, dass der Nachweis von Amphetaminen in Haaren aufgrund der schwachen Bindung dieser Substanz an die Haarstruktur fehlerbehaftet und unsicher ist."

„Verstehe ich Sie richtig", sagte Drießling, „dass mein Mandant also auch Amphetamine konsumiert haben könnte?"

„Zumindest lässt sich dies anhand einer Haarprobe nicht hundertprozentig widerlegen."

Der Verteidiger schaute die Ärztin an wie ein Oberlehrer seine Schülerin, die ihre Hausaufgaben nicht gemacht hat. „Wenn ich Sie auf die polizeiliche Vernehmung meines Mandanten hinweisen darf, da hat er ausdrücklich gesagt, nicht sicher gewusst zu haben, was das für ein weißes Pulver war, das er vor der Tat konsumiert hat."

Stephanie zuckte mit den Achseln.
„Aber vielleicht konnten Sie das nicht wissen. Schließlich waren Sie nicht bei der gesamten Hauptverhandlung anwesend, und wenn Sie dann die Akte nicht gründlich gelesen haben …"
Stephanie presste die Lippen zusammen. „Ich weiß genau, wie ich mich auf eine solche Hauptverhandlung vorzubereiten habe, und muss mich da nicht von einem …" Sie bremste sich und sprach langsamer weiter: „… von Ihnen belehren lassen. Mit dem Vorsitzenden war abgesprochen, dass ich hier als Vertretung einspringe, obwohl ich nicht an der gesamten Hauptverhandlung teilgenommen habe."
„Immerhin stellen Sie sich hierher und schließen die Möglichkeit einer schweren Drogenintoxikation kategorisch aus, gleichzeitig räumen Sie nun ein, dass Sie einen Konsum von Amphetaminen nicht ausschließen können. Was gilt denn nun?"
Stephanie war verwirrt. „Nun ja, streng genommen …"
Drießling grinste. „Aber wenn Sie gerade aus dem Nachtdienst kommen, könnten wir auch so lange warten, bis Sie ausgeschlafen sind."
Aus dem Zuschauerraum klang verhaltenes Gelächter, und der Bankierssohn, der die Demontage der Ärztin mit sichtlicher Genugtuung verfolgt hatte, lachte laut auf. Der Vorsitzende Richter ermahnte den Verteidiger zur Sachlichkeit. Stephanie atmete schwer. Drießling war für einen Augenblick abgelenkt, Jan stupste seine Kollegin von der Seite an und raunte ihr zu: „Die Blutanalyse!" Stephanie stutzte, dann verstand sie und nickte unmerklich.
„Ihr Mandant wird es Ihnen sicher danken, dass er zwar keine vernünftige Verteidigung, aber zumindest ein paar Clownerien von seinem Anwalt bekommt." Der Bankierssohn verstummte, und auch aus Drießlings Gesicht verschwand das Grinsen.
„Zu Ihrer Frage ist zu sagen, dass in der Blutprobe, die wenige Stunden nach der Tat entnommen wurde, keinerlei Spuren von Amphetaminen nachgewiesen wurden. Und im Gegensatz zu Haaren lassen sich Amphetamine im Blut sehr gut nachweisen.

Somit lässt sich sicher ausschließen, dass Ihr Mandant zum Tatzeitpunkt unter dem Einfluss von Amphetaminen stand."

„So ein Mist!" Stephanie stapfte an Jans Seite aus dem Gerichtsgebäude. „Ein peinlicher Auftritt. Dieser Kerl hat doch von Anfang an gewusst, dass er damit nicht durchkommt. Der hat gemerkt, dass ich in einer miesen Verfassung war, und wollte mich vorführen."
Jan klopfte ihr aufmunternd auf die Schulter. „Du hast es ja gerettet. Die Familie dieses Bürschchens zahlt Drießling wahrscheinlich ein Vermögen als Honorar, und dafür wollte er seinem Mandanten ein bisschen Show bieten."
„Na ja." Sie beruhigte sich und schaute auf die Uhr. „Gerade mal halb drei." Die hektischen Flecken wichen langsam aus ihrem Gesicht. Sie lächelte Jan an. „Kann ich dich zu etwas einladen? Immerhin hast du mir gerade das Leben gerettet."

7

Das Schwanennest am südlichen Ufer der Außenalster war ein wahrer Publikumsmagnet. Unterhalb der viel befahrenen Kennedybrücke, inmitten einer feuchten Wiese aus Wasserrosen und Schilfhalmen, zog ein Schwanenpärchen drei dunkelbraun gefiederte Küken groß. Der stolze Schwanenvater patrouillierte zwischen Nest und Ufer auf und ab und fauchte Spaziergänger und Jogger an, die sich zu dicht ans Wasser wagten. Die Schwanenmutter ruckte unruhig im Nest hin und her und zupfte mit ihrem Schnabel an den Gräsern und Zweigen herum. Die Küken saßen eng aneinandergedrängt neben ihr und dösten.

Oberhalb des Ufers, lässig an das Geländer der Kennedybrücke gelehnt, beobachtete ein Mann das Geschehen. Irgendwann griff er in seine Hosentasche, zog ein Mobiltelefon heraus und drückte auf eine Taste. Er schaute weder aufs Display, noch hielt er das Handy ans Ohr. Er steckte es einfach wieder zurück und schlenderte am Brückengeländer entlang, ohne das Vogelnest aus den Augen zu lassen.

Ein lautes Zischen ließ die Schwanenmutter hochfahren. Das Männchen reckte den Kopf in die Höhe und fauchte, konnte aber die vermeintliche Bedrohung nicht orten. Aus dem unteren Teil des Nests drang Rauch. Eine Stichflamme schoss seitlich aus dem Bauwerk hervor, dann explodierte es in einem gewaltigen Feuerball. Die feinen Äste, Schilfhalme und Blätter der Behausung fingen sofort Feuer und stoben auseinander. Die Küken wirbelten als kreischende Flammenknäuel durch die Luft. Der Druck der Explosion hob die Schwanenmutter senkrecht in die Luft. Sie breitete die Flügel aus und schwebte für einen kurzen Augenblick wie eine Lichtgestalt über dem lodernden Nest. Das brennende Tier schaffte nur wenige Flügelschlä-

ge. Die Flammen fraßen sich in das Gefieder des Vogels, der als zuckendes Bündel am Ufer aufschlug.
Eine junge Frau wurde von brennendem Nestmaterial getroffen. Sie kreischte, sprang herum und versuchte, die glühenden Teile von ihrer Kleidung und aus ihrem Haar zu schütteln. Ein kleines Kind weinte. Spaziergänger riefen laut um Hilfe und schüttelten entsetzt den Kopf. Angelockt von dem Knall und dem Geschrei tauchten immer mehr Spaziergänger auf.
Der Schwanenvater schwamm zwischen den im Wasser dampfenden Einzelteilen seines früheren Zuhauses umher. Er gab klägliche Laute von sich, als wolle er seine verschwundene Familie rufen.
Der Mann auf der Kennedybrücke hatte seinen Beobachtungsplatz zu diesem Zeitpunkt wieder verlassen. Niemand hatte ihn beim Weggehen beobachtet, und niemand hatte das zufriedene Lächeln auf seinem Gesicht gesehen.

Stephanie streckte die Beine aus, wühlte mit den nackten Zehen im feinkörnigen Sand und nippte an ihrem dritten Caipirinha. Ihr Blick verlor sich in den Wellen, die auf der glitzernden Wasseroberfläche tanzten. Im Minutentakt fuhren Boote an ihnen vorbei. Segeljachten, Lotsenschiffe, kleinere Motorboote bis hin zu haushohen Containerriesen. Von der gegenüberliegenden Flussseite drangen die Geräusche schwerer Maschinen herüber. Ein Kreuzfahrtschiff lag im mächtigen Trockendock der Werft Blohm + Voss und wurde von Dutzenden Montagekränen belagert, die wie gigantische Tentakel an dem Schiff herumfingerten.
Der Beach-Club am Elbufer lockte bereits am Nachmittag viele Sonnenhungrige an. Aus kleinen, auf dem Clubgelände verteilten Lautsprecherboxen klang unaufdringliche Loungemusik, und eine Handvoll Kellner hatte gut zu tun, die in Strandkörben, auf Stühlen oder einfach im Sand sitzenden Besucher mit Cocktails, Bier und Szenegetränken zu versorgen.
Die Gerichtsverhandlung war schnell abgehakt, nachdem das Taxi Jan und Stephanie unten am Hafen abgesetzt hatte. Die

Gerichtsmedizinerin hatte von der Tatortanalyse der letzten Nacht erzählt, dann waren sie rasch von beruflichen Themen weggekommen.

Stephanie war betrunken und übermüdet. Ihr Kopf und ihr Oberkörper wankten zur Seite und landeten an Jans Schulter. Er legte seinen Arm um sie, und Stephanie vergrub ihr Gesicht an seinem Hals, ihr warmer Atem strich über seine Haut. Jan streichelte über ihre Schulter und ihren Kopf. Seine Hand ertastete ihren Zopf. „Ich habe mich neulich gefragt, wie du wohl mit offenen Haaren aussiehst."

Stephanie schmiegte sich an seine Brust. „Warum probierst du es nicht einfach aus?"

Jan löste ihre Holzspange und strich mit den Fingern durch ihre langen, dunklen Haare, die ungezügelt ihren Kopf und ihren Hals umspielten. Stephanie drehte sich zu ihm und schaute ihm tief in die Augen. Sie kam ihm dabei so nah, dass sich ihre Nasenspitzen fast berührten. Jans Puls fuhr Achterbahn.

„Und?"

„Na ja, also, ehrlich gesagt ..." Sein freches Grinsen verwandelte sich in ein sanftes Lächeln. „Du bist wunderschön." Ihre Lippen suchten seine, aber Jan hielt sie spielerisch zurück.

„Ich würde doch niemals eine Situation ausnutzen, in der eine alkoholisierte und übernächtigte Frau sich zu irgendwelchen Dingen hinreißen lässt. Selbst wenn sie so verführerisch ist wie du."

„Oh bitte, nutze sie aus."

In dem stillgelegten Industriegebiet trieb sich außer herumstreunenden Hunden und Obdachlosen, die vom Rest der Welt vergessen worden waren, niemand herum. Selbst die Bewohner des nahe gelegenen Asylantenheims mieden das zwischen dem florierenden Containerhafen und den südöstlichen Hochhaussiedlungen gelegene Niemandsland, ein tristes Gelände mit verfallenen Lagerhallen und vor sich hin modernden Fabrikgebäuden.

Eine dunkle BMW-Limousine kämpfte sich durch die mit Schlaglöchern übersäte Asphaltpiste. Unter einem Wellblechdach, neben einem abgestellten Kleinwagen, standen der dicke Dieter und Walter Meyer und rauchten. Dieter trat von einem Bein auf das andere und rieb sich mit den Händen über die Oberarme.

„Ich weiß nicht, ob das 'ne gute Idee ist, Walter. Man kann diesen Nadelstreifenfuzzis nicht trauen. Am Ende machen wir die Drecksarbeit, und die lassen uns zum Dank hochgehen."

„Immer cool bleiben, Dicker." Meyer hatte die Hände in den Manteltaschen vergraben und betrachtete den schaukelnden BMW. Der Zigarettenstummel in seinem Mundwinkel schien wie festgewachsen. „Der Staatsrat ist ein alter Kumpel vom Bullen, die beiden haben früher zusammen einige Dinger gedreht. Der will Wagner unter der Erde sehen. Und im Gegensatz zu uns hat er das nötige Kleingeld und Informationen, die uns bei der Jagd helfen werden."

Die Limousine näherte sich. Die Männer ließen ihre Kippen zu Boden fallen und traten die Glut aus.

„Bullinger hätte gewollt, dass wir das hier tun", sagte Meyer.

Sie schritten auf das Fahrzeug zu, das mit ausgeschalteten Scheinwerfern und laufendem Motor vor ihnen stehen blieb. Die abgedunkelte Scheibe auf der hinteren Beifahrerseite glitt hinunter, dahinter tauchten die Umrisse eines Mannes auf. Die zwei traten heran und nickten ihm zu. Er reichte einen dicken Umschlag heraus, den Meyer in seiner Manteltasche verschwinden ließ.

„Freut mich, dass wir ins Geschäft kommen. Betrachten Sie das hier als Anerkennung für Ihre Bemühungen."

„Was ist mit Informationen?", fragte Meyer.

Der Mann im Wagen griff neben sich und hielt einen zweiten Umschlag aus dem Fenster.

„In diesen Unterlagen ist alles, was die Behördenarchive hergeben, und sogar noch ein bisschen mehr. Es sind aktuelle Fotos dabei. Wir sind sicher, dass Wagner bereits seit einigen Wochen in Hamburg ist. Wir haben vage Informationen darüber, mit wem er hier zuletzt in Kontakt stand, aber wir wissen nicht, wo er sich aufhält und wer ihn unterstützt. Vielleicht sind Sie da in

Ihren Kreisen erfolgreicher bei der Informationsbeschaffung. Hören Sie ...“, die Umrisse des Mannes verschwanden im dunklen Innenraum des Wagens, „Sie dürfen ihn auf gar keinen Fall unterschätzen. Nach meinen Erkenntnissen ist Wagner im Laufe der Jahre noch gefährlicher und unberechenbarer geworden. Fackeln Sie also nicht lange, wenn Sie ihn gefunden haben. Und sorgen Sie dafür, dass er auf keinen Fall der Polizei in die Hände gerät. Zumindest nicht lebend.“

Dieter nickte, während Meyer ernst die getönte Autoscheibe betrachtete, die langsam in die Höhe fuhr. Die Limousine setzte sich in Bewegung.

Stephanie wurde am nächsten Morgen von einem Sonnenstrahl geweckt, der durch das offene Kippfenster in der Dachschräge des Schlafzimmers blitzte. Ihr Schädel brummte, und sie brauchte einige Sekunden, um sich zu orientieren. Jan lag neben ihr und schlief. Sie stupste ihn an. „Ach, Entschuldigung. Können Sie mir bitte sagen, wer Sie sind und wie ich hierher gekommen bin?“

Jan räkelte sich, schlug die Augen auf. „Oh je.“ Er fasste sich an den dröhnenden Kopf. „Wenn ich das mal wüsste.“ Er blickte sich um. „Sieht aus wie mein Schlafzimmer.“

Ihre Blicke trafen sich. Keiner mochte etwas sagen.

„Gab es ... na ja.“ Stephanie musterte Schuhe und Oberbekleidung, die quer im Schlafzimmer verstreut lagen. „War hier gestern Nacht etwas, an das ich mich besser erinnern sollte?“

Jan grinste. „Also das Aufregendste, an das ich mich erinnern kann, war dein dritter oder vierter Versuch, ohne fremde Hilfe über die Türschwelle zu treten. Ich wohne dicht beim Hafen. Es waren nur ein paar Gehminuten. Du warst schon eingeschlafen, bevor du richtig im Bett gelegen hast.“ Er sah auf die Uhr. „Schon nach neun. Willst du einen Kaffee und ein Aspirin?“

Stephanie gähnte und streckte ihre Arme nach ihm aus. Jan beugte sich zu ihr herüber, und sie küsste ihn auf den Mund. „Noch nicht“, sagte sie.

8

Auf der anderen Seite des Vorhangs herrschte eine gespenstische Ruhe. Die Zeit schien stillzustehen. Dann donnerte es los. Beginnend, wie so oft, in den unteren Balkonen. Das Parkett stimmte mit ein, dann der ganze Rest. In den tosenden Applaus mischten sich die ersten „Bravo, Bravo"-Rufe. Der Vorhang ging auf.

Eine Woge der Euphorie brandete Sophie Levantes entgegen. Es verschlug ihr den Atem. Sie schwankte und stellte einen Fuß vor, als müsste sie sich der Welle entgegenstemmen, die sie sonst erfassen und rückwärts auf die Bühne und weiter in die Requisiten schleudern würde.

Der Zuschauerraum der ausverkauften Staatsoper war in ein warmes Licht getaucht, eine Wohltat für ihre durch zwei Stunden grelle Scheinwerfer strapazierten Augen. Sophie spürte die Blicke der eintausendsiebenhundert Premierengäste auf sich gerichtet. Alle strahlten sie an. Die Dirigentin und die Musiker im Orchestergraben waren aufgestanden und klatschten Beifall. Der Rest des Ensembles stand seitlich hinter der Bühne und applaudierte ebenfalls.

Sophie verbeugte sich vor ihrem Publikum, das die Geste mit einem noch tosenderen Applaus beantwortete. In die anhaltenden Bravorufe mischten sich die Stampfgeräusche ganzer Reihen von Zuschauerfüßen. Der Lärm wurde ohrenbetäubend.

Von der Seite kam der Regisseur auf die Bühne, in der Hand einen Blumenstrauß. Außer ihm hatte kaum jemand an den Erfolg seiner modernen Fassung des „Fliegenden Holländers" geglaubt, aber der Jubel des kritischen Hamburger Opernpublikums gab ihm jetzt mehr als recht. Er lief freudestrahlend auf Sophie zu, die die tragische Rolle der Senta mit einer Hingabe gespielt und gesungen hatte, die ihr niemand zugetraut hatte. Er

breitete die Arme aus, und ehe Sophie wusste, wie ihr geschah, drückte er sie fest an sich.
Viel zu fest. Viel zu nah.
Der Ekel kroch diesmal langsam heran. Durch den Druck seines massigen Körpers spürte sie auf der Haut ihr eigenes Kleid, das an vielen Stellen bereits nass geschwitzt war und sich auf einmal kalt und fremd anfühlte. Das zunächst wohlige Gefühl der Gänsehaut im Nacken verwandelte sich in Unbehagen. Sie versuchte, den Kopf von seinem schwitzigen Hemdkragen wegzudrehen, doch der Gestank von Schweiß und Aftershave hatte sich bereits in ihre Nase geschlichen.
Er löste die Umarmung, packte sie an den Schultern und schrie sie an: „Bravo, Sophie! Du hast großartig gesungen. Absolut fantastisch!"
Sein nervöser Mundgeruch hüllte sie ein, und sie spürte einzelne Speicheltropfen auf ihrem Gesicht.
Das Premierenpublikum löste sich vor ihr auf, ebenso das Orchester und das übrige Ensemble, das darauf wartete, vor das Publikum zu treten. Die sensationelle Premiere, ihr fantastischer Auftritt, die Staatsoper und die übrige Welt um sie herum verschwanden. Nur noch sie, von ihm fest an den Schultern gepackt, sein Geschrei, sein Geruch, sein Speichel, sein Körper …
Endlich ließ er sie wieder los und trat einen Schritt zurück. Sophie fühlte sich wie betäubt, aber die Welt um sie herum tauchte wieder auf. Der Regisseur stand aufgeregt zappelnd neben ihr. Ein Schauspielkollege sprang auf die Bühne, und der Jubel brandete erneut auf. Er hatte die Rolle des Holländers, jenes ruhelosen Seefahrers auf der ewigen Suche nach Erlösung durch die Liebe einer Frau, mit Bravour gemeistert. Er strahlte über das ganze Gesicht, griff Sophies rechte Hand, und sie verbeugten sich gemeinsam vor den Zuschauern.
Sophie konnte es nicht mehr genießen. Das Ekelgefühl hatte sie fest im Griff und ließ sie nicht wieder los. Alle ihre Sinne fühlten sich wund an, und sie sehnte sich nach Ruhe und Alleinsein. Nacheinander strömten die anderen Darsteller und der Chor auf die Bühne. Das Publikum kam nicht mehr zur Ruhe. End-

lose Minuten später fiel der Vorhang und verschaffte Sophie eine Verschnaufpause. Sie wollte weg. Das ganze Ensemble stand jetzt auf der Bühne, es war viel zu eng und stickig, und sie bekam kaum Luft. Aber schon ging der Vorhang wieder auf, und eine weitere Woge des Jubels hüllte sie ein. Die Musiker der Hamburger Philharmoniker verbeugten sich im Orchestergraben, und die Dirigentin kam zu den Darstellern auf die Bühne.

Tapfer ließ Sophie die weiteren fünf Vorhänge über sich ergehen, ängstlich darum bemüht, dass ihr niemand zu dicht auf den Leib rückte. Sie schüttete rasch hintereinander drei Gläser Champagner herunter und schluckte heimlich auf der Toilette eine Valium. Kurz angebunden nahm sie die Glückwünsche entgegen und überstand ein paar Interviews, bevor sie die Premierenfeier zum frühestmöglichen Zeitpunkt verließ. Zu Hause übergab sie sich, nahm eine Schlaftablette und legte sich vor dem laufenden Fernseher ins Bett.

Am späten Vormittag des folgenden Tages saß Sophie Levantes auf der sonnigen Dachterrasse ihrer Loftwohnung im schicken Hamburger Stadtteil Pöseldorf und nippte an einem Cappuccino. Jenseits der Dächer der Villen und Luxusreihenhäuser funkelte die blaue Wasserfläche der Außenalster, auf der sich bereits die ersten Segelboote und Alsterdampfer tummelten. Sie hatte sich nach ihrem Anfall bei der Premiere wieder gefangen und kostete jetzt ihren Triumph in vollen Zügen aus. Sie fühlte sich stark und selbstbewusst wie selten zuvor. Sie brauchte niemanden. Keine falschen Freunde. Keine Verehrer. Und keine Kollegen, die etwas von ihr wollten.

Sophie blickte auf eine lange Reihe unglücklicher Männerbekanntschaften zurück. Immer wieder ließ sie sich von einem ihrer Musikerkollegen ausführen, und meistens, ohne genau zu wissen warum, nahm sie das Angebot an und begleitete sie nach Hause. Vielleicht fürchtete sie das Gefühl von Leere und Einsamkeit, das sie oft beschlich, wenn sie allein war. Vielleicht konnte sie auch einfach nicht Nein sagen. Sie bereute ihre

Nachgiebigkeit, wenn die Männer später am Abend grunzend auf ihr oder, noch später, schnarchend neben ihr lagen, und der Mund- und Schweißgeruch, den sie ihr ins Gesicht geprustet und auf ihrem Körper hinterlassen hatten, sie anekelte. Sie haute ab, sobald die Kerle schliefen, und bestellte sich draußen vor der Haustür ein Taxi. Die späte Dusche im eigenen Badezimmer vermochte nur bedingt den Ekel und Abscheu von ihr zu waschen, und das bohrende Gefühl von Leere und Einsamkeit war nach wenigen Stunden auch wieder da.

Aber das war jetzt anders. Sophie war glücklich.

Es klingelte an der Wohnungstür. Ein Bote brachte die wichtigsten Tageszeitungen. Aufgeregt nahm Sophie den dicken Stapel entgegen, gab dem jungen Mann ein großzügiges Trinkgeld und eilte zurück auf die Dachterrasse. Schon beim ersten Durchsehen wurde sie fündig. Ein Bühnenfoto von ihr schmückte die Kulturseite einer seriösen Tageszeitung.

„Am Hamburger Opernhimmel erstrahlt ein neuer Stern"

Sie ignorierte das Klingeln ihres Handys, das auf dem Tresen der Küchenzeile lag, und las den Kommentar eines in Fachkreisen ebenso bekannten wie gefürchteten Opernkritikers.

„Die Sopranistin Levantes meisterte die anspruchsvolle Partitur und konnte auch letzte Zweifler von ihrer technischen Brillanz und ihrer überragenden Bühnenpräsenz überzeugen. Mit ihrem facettenreichen Spiel und ihrem sensiblen, aber immer auch kraftvollen Gesang vermittelt sie in der modernen Holländer-Inszenierung die Zerbrechlichkeit der Senta ebenso eindrücklich wie deren Kampfeskraft und unbeugsamen Willen. Die Rolle der Kapitänstocher, die ihr eigenes Leben der Erlösung des von ihr geliebten Mannes opfert, scheint der zarten Künstlerin geradezu auf den Leib geschrieben. Nach Jahren persönlicher Tiefschläge und Krisen steht der neunundzwanzigjährigen Sängerin nun der Weg auf die großen europäischen Bühnen offen …"

Sophie atmete tief durch. Die Kritik war fantastisch.

Sie legte die Zeitungen beiseite, nahm einen Schluck Cappuccino und genoss mit den warmen Strahlen der Vormittagssonne auf dem Gesicht das Gefühl totaler Zufriedenheit und Erleichterung.

„... technische Brillanz ..."

Sie hatte es geschafft.

„... überragende Bühnenpräsenz ..."

Sie hatte es allen gezeigt.

„... nach Jahren persönlicher Tiefschläge und Krisen ..."

Wie ein Schatten senkten sich die Erinnerungen auf ihr Gemüt. Niemand hatte an sie geglaubt. Ihre wechselnden Pflegeeltern ebenso wenig wie Klassenkameraden und Lehrer und später ihre Kommilitonen auf der Musikhochschule. Auch sie selbst nicht. Mehr als einmal hatte sie alles hinschmeißen wollen. Den Gesang, das Musikstudium, sogar ihr Leben. Aber sie hatte sich immer wieder aufgerappelt.

Die Wohnungsklingel riss sie aus ihren Gedanken. Sie stellte die Tasse ab, durchquerte die geräumige Wohnküche und betätigte die Gegensprechanlage. „Ja?"

„Ich bin's. Manfred. Mach auf!"

Mit reflexartigem Gehorsam drückte Sophie auf den Summer und wartete. Manfred Ziethen, ihr Manager, trat durch die Wohnungstür. Dem dicklichen Mann hing das kurzärmelige Hemd halb aus der Hose. Er schob eine Dunstwolke aus Schweiß und Alkohol vor sich her. In einer Hand hielt er zwei Gläser, in der anderen eine halb volle Flasche Champagner. Beides stellte er auf den Küchentresen. Er schwankte auf Sophie zu und tätschelte ihre Schulter. „Hi Sophie, warum gehst du nicht ans Telefon?"

„Ich hab gar nicht gehört, dass es geklingelt hat. Ich war draußen." Ihre Stimme hellte sich auf. „Hast du die Kritik von Mertens in der ‚Rundschau' gelesen?" Sie drehte eine Pirouette und spreizte in einer graziösen Geste eine Hand vor dem Bauch, die andere über dem Kopf. „Technische Brillanz und überragende Bühnenpräsenz." Sie strahlte ihn an. „Bei Mertens ist das eine glatte Eins."

Ziethen kramte in seiner Jackentasche. „Ja, das wird sicher hilfreich sein.“ Er zog ein gefaltetes Blatt Papier hervor. „Aber vielleicht solltest du erst mal das hier lesen!“

Mit teils gespielter, teils aufkommender echter Neugierde blickte sie ihn an. „Was ist es denn?“

„Lies es selbst!“ Er hielt ihr das Papier hin. „Sofern du Italienisch verstehst.“

„Oh mein Gott!“ Sophie kreischte und schlug die Hände vors Gesicht. „Mailand!“

Sie sprang auf ihn zu und griff nach dem Blatt, das er im letzten Moment wegzog und in die Luft hob. Wie ein Kind hüpfte Sophie um ihren dicken Manager herum. Endlich überließ er ihr das Papier, das sie hastig auffaltete und überflog. Ihre Stimme überschlug sich. „Die Mailänder Scala. Ein Vorvertrag.“

„Tja, ich hoffe, du hast im Oktober noch nichts vor. Das berühmteste Opernhaus der Welt erwartet dich.“

„Du bist der größte Schatz der Welt!“ Sie sprang ihm in die Arme und drückte ihm einen Kuss auf die Wange.

Er erwiderte die Umarmung und zog sie fest an sich. Aber statt sie wieder loszulassen, wanderten seine Hände langsam an ihrem Rücken herunter. Sie spürte seine aufkommende Erregung.

Sophie zog ihre Hände von seinen Schultern zurück und versuchte, ihn wegzudrücken. Er ignorierte ihren Versuch, sich von ihm zu lösen, und ließ keinen Millimeter von ihr ab. Er wandte ihr das Gesicht zu und umhüllte sie mit süßem Champagnergeruch. „Nun stell dich nicht an. Diesen Tag müssen wir feiern.“

Er drückte ihr seine Lippen auf den Mund, versuchte sie zu küssen und presste sie mit seinen Händen an ihrem Hintern an sich. Sie öffnete leicht ihre Lippen, und sofort fuhr er mit seiner Zunge dazwischen, während sich eine seiner Hände unterhalb ihres Kleides zwischen ihre Oberschenkel schob.

Irgendwie fing sie an mitzumachen und gab sich große Mühe, es gut zu finden. Küssend arbeitete er sich von ihrem Mund quer über ihr Gesicht, keuchte ihr ins Ohr. „Meine kleine

Sophie. Mein Opernstar. Zusammen können wir alles schaffen."
Ihre Hände streichelten stumpf über seinen Rücken. In ihrem Kopf wurde es leer, und das schwache „Nein" einer Stimme in ihrem Kopf verstummte. Während er sich die Hose auszog, stürzte sie zwei Gläser seines Champagners herunter. Er schmeckte schon fade, die Kohlensäure war raus.

Die Sängerin verließ zu später Stunde das Gebäude der Hamburger Staatsoper durch einen abgelegenen Nebeneingang. Auch die zweite Aufführung des „Holländers" war ein überwältigender Erfolg. Die Hamburger Prominenz, die die Premiere verpasst hatte, schlug sich regelrecht um die besten Karten, und der Opernintendant hatte angeregt, zusätzliche Vorstellungen anzusetzen.
Draußen war es unerwartet kühl, von der Alsterseite wehte ein feuchter Luftzug in die Gasse. Gedämpfter Verkehrslärm drang vom nahe gelegenen Gänsemarkt herüber. Das Taxi, das der Bühnenassistent bestellt hatte, war noch nicht da, und Sophie überlegte, ob sie wieder hineingehen und drinnen warten sollte. Sie entschied sich dagegen, schlang ihre lose um die Schultern geworfene Jacke enger um den Körper und schlenderte Richtung Binnenalster. Unmittelbar vor ihr trat ein Mann aus einem dunklen Hauseingang. Er war groß, mit Anzug und leichtem Mantel bekleidet, und hielt etwas in der Hand. Sophie erschrak und schrie überrascht auf. Der Mann blieb stehen und hob, wie als Zeichen der Entwarnung, die Hände in die Höhe.
„Entschuldigen Sie, ich wollte Sie nicht erschrecken."
Er hatte eine sympathische Stimme, ruhig und tief, aber mit einer angestrengt klingenden Aussprache, als müsste oder wollte er sich beim Sprechen besondere Mühe geben. Im blassen Lichtkegel einer Straßenlaterne erkannte sie eine langstielige Rose, die er in der erhobenen Hand hielt.
„Sie sind Sophie Levantes, nicht wahr?"
Sophie stand nicht im Licht, sodass der Fremde ihr Gesicht nicht erkennen konnte. Er konnte nicht wissen, wer sie war, es

sei denn, er hätte gezielt auf sie gewartet. Sie wich zurück Richtung Nebeneingang.
„Ich habe Ihre beiden Vorstellungen gesehen. Sie sind eine ganz wundervolle Sängerin, Frau Levantes.“ Wie ein unbeholfener Junge, der einem Mädchen seine heimliche Liebe gestehen will, streckte er ihr die Rose entgegen und trat einen Schritt auf sie zu.
Nicht mit ihr. Ein fanatischer Verehrer war das Letzte, was sie gebrauchen konnte. „Sie müssen mich verwechseln“, sagte sie schroff und stellte sich in den beleuchteten Eingang.
Der Fremde blieb stehen. Er hielt die Rose mit beiden Händen wie einen Schutzschild vor sich. „Sie haben heute ... Sie haben anders gesungen. Haben ... traurig geklungen.“
Die Worte trafen Sophie wie ein Schlag. Sie wusste, dass er recht hatte. Nachdem ihr Manager am späten Nachmittag endlich ihre Wohnung verlassen hatte, war von ihrem Glücksgefühl nichts mehr übrig. Sie fühlte sich leer. Tot. Sie selbst war mit ihrem heutigen Auftritt nicht zufrieden, aber sie wusste, wie perfekt sie ihre Stimmungen vor anderen verbergen konnte, und war sich hundertprozentig sicher, dass es außer ihr niemandem aufgefallen war. Ihren Musikerkollegen nicht, der Musikdirektorin nicht, erst recht nicht einem dahergelaufenen Fan.
„Ich weiß nicht, wovon Sie sprechen“, hörte sie sich sagen, aber sie merkte, dass ihre hohlen Worte wie eine Bestätigung klingen mussten.
Das Geräusch eines Dieselmotors.
„Etwas bedrückt Sie. Ich spüre das. Ich weiß, wie Sie sich fühlen.“
Sophie starrte den Mann an. Scheinwerferlicht erhellte die dunkle Gasse und beleuchtete sein Gesicht. Die gepflegte Kleidung des Mannes, den Sophie auf Mitte vierzig schätzte, stand im Kontrast zu seinem derben, von Aknenarben übersäten Gesicht. In den kleinen, dunklen Augen des Fremden glaubte sie, eine ihr wenig bekannte Wärme und Anteilnahme zu erkennen.
Das Taxi hielt vor dem Nebeneingang des Opernhauses.

„Ich muss jetzt gehen." Sie stolperte in Richtung des Fahrzeugs und stieg ein. Als das Taxi kurz darauf durch die Gasse Richtung Alster fuhr, war der Mann verschwunden.
Sophies Gedanken kehrten immer wieder zu der Begegnung mit dem seltsamen Fremden zurück, sie dachte an seine Stimme, seine Worte und seine Augen. Ungeduldig erwartete sie am darauffolgenden Abend das Ende der Aufführung. Zu später Stunde trat sie erneut auf die verlassene Seitenstraße. Der Fremde war nicht da, aber am Ort ihrer ersten Begegnung lag, in durchsichtige Folie eingepackt, eine prachtvolle Rose, die er offensichtlich erst vor kurzer Zeit dort abgelegt hatte. Mit zitternden Händen hob sie die Blume auf. Unter der Folie haftete ein kleiner Zettel. Sie kehrte zurück in den beleuchteten Eingangsbereich, entfernte die Verpackung und betrachtete den Zettel genauer. Darauf stand in krakeliger Schrift eine Handynummer. In ihrer Wohnung angekommen, warf sie ihren Mantel fort, kramte ihr Mobiltelefon aus der Handtasche und wählte die Nummer.
Er ging ran. Sie flüsterte ihren Namen. Wartete ab. Ihr Gesprächspartner schien für einen Augenblick den Atem anzuhalten, bevor er antwortete. Robert heiße er. Er freue sich sehr, dass sie ihn anrufe. Der tiefe Klang seiner Stimme breitete sich als wohliger Schauer in ihrem Körper aus, und als er ein Treffen vorschlug, sagte sie ohne Zögern zu.

9

Jan traf seinen Chef am frühen Abend. Die tief stehende Sonne blinzelte durch die umstehenden Bäume und schickte die letzten warmen Strahlen in den kleinen Rosengarten am Rande des Klinikgeländes. Volker Schmauch hatte sich einen Arbeitskittel über Hemd und Hose gestreift, er trug Gartenhandschuhe und beschnitt einen der prächtigen Rosensträucher. Er sah Jan, und in seinem Gesicht breitete sich ein Lächeln aus.

„Guten Abend, Jan. Kommen Sie her und leisten Sie mir etwas Gesellschaft!"

Jan trat zu ihm. Schmauch strich mit der Hand behutsam über eine der leuchtend rosafarbenen Blüten. „Sie heißt ‚Frühlingszauber' und gehört zu den ersten, die im Frühjahr aufblühen. Sie hat dieses Jahr etwas Frost abbekommen, aber das wird schon wieder." Er ließ die Blüte los, trat einen Schritt zurück und beäugte den gut anderthalb Meter hohen Strauch. „Wissen Sie, Jan, es gibt kaum etwas Befriedigenderes als die Arbeit an Rosen. Sie geben den Pflanzen Wasser, gute Erde, Dünger, Sonne und etwas Pflege, und sie danken es Ihnen, indem sie wachsen und sich zu voller Blüte und Pracht entfalten."

Er löste seinen Blick von dem Strauch und schaute Jan an. „Als junger Arzt habe ich gedacht, dass es auch mit Menschen so gehen kann. Zuwendung und Anteilnahme, hier und da ein Schubs in die richtige Richtung ... Sie wissen selbst, dass es eine naive Vorstellung ist. Menschen sind ganz anders. Komplizierter. Letztlich weiß niemand, in welche Richtung sich jemand entwickelt und was er braucht, um sich zu entfalten. Und viel zu oft kommt nichts Gutes dabei heraus. Forensische Psychiater wissen das vielleicht besser als alle anderen."

Er schüttelte den Kopf, als wollte er seine Gedanken verscheuchen. „Nun ja, ich will nicht sentimental werden."

„Ich glaube, Volker, Sie sind weit davon entfernt, sentimental zu werden. Vielleicht eher ein bisschen … weise?"
Schmauch verzog die Mundwinkel. „Ach nein, Sie schmeicheln einem alten, eitlen Mann. Trotzdem danke!"
Beide lachten.
Die Sonne verschwand hinter den Bäumen, und kühler Schatten legte sich auf den Garten. Der Professor sammelte abgeschnittene Pflanzenteile vom Boden auf, Jan half ihm dabei. Er trug die Holzreste und Blätter in eine Ecke des Gartens, in der Schmauch Zweige und gemähten Rasen aufgeschichtet hatte. Verwelkte Blumen und Blüten waren darauf verstreut. Jan zuckte beim Anblick des länglichen Haufens zusammen. Erinnerungen drängten sich in sein Bewusstsein:
Ein kalter, verregneter Sonntagmorgen im April. Unzählige Regenschirme über den Köpfen dunkel gekleideter Menschen, die vor einem Haufen Blumen und Kränze stehen. Neben ihm seine Mutter, leise schluchzend, mit einem Taschentuch vor dem Gesicht. Jan hält ihr den Regenschirm. Er ist zu klein für sie beide, sodass Jan längst durchnässt ist. Kaltes Regenwasser läuft ihm in den Kragen und an Rücken und Brust hinunter. Nur seine Augen sind trocken. Das Gesicht versteinert. Keine Tränen.

Jan spürte einen Kloß im Hals. Er atmete schwer. Schmauch trat zu ihm. „Jan, ich wollte Sie fragen …" Er stutzte, schaute Jan ins Gesicht und folgte seinem Blick auf den tristen Komposthaufen. Er nickte unmerklich. Seine Stimme klang leise und sanft. „Hm, Sie denken an Ihren Vater."
Jan nickte.
„Sie wissen, dass Sie ihn nicht hätten umstimmen können."
„Er hat mir nie die Chance dazu gegeben." Jan sprach mehr zu sich als zu seinem Chef. „Es hätte noch Therapieoptionen gegeben. Er hatte Depressionen, mein Gott. Keinen Krebs oder so. Depressionen sind heilbar."
Schmauch suchte Jans Blick. „Die hatte er seit über dreißig Jahren, und am Ende wollte er nicht mehr. Er hat allein diese Ent-

scheidung getroffen. Es war sein eigener, sein freier Wille. Sie müssen das akzeptieren."

Jan wich dem Blick seines Chefs aus. „Er hätte das nicht tun dürfen. Er hätte mit mir sprechen müssen."

Schmauch atmete hörbar aus und holte tief Luft. „Wissen Sie, Jan, ich kann mich gut daran erinnern, wie wir uns zum ersten Mal begegnet sind. Sie waren Student in meinem Psychiatriekurs und haben mich mit Ihren klugen, aber auch sehr provokanten Zwischenfragen geärgert. Das hat mir gefallen." Schmauch schmunzelte. „Sie haben mich an mich selbst erinnert. Neugierig und klug, ehrgeizig und frech und, wenn ich das so sagen darf, sehr dickköpfig."

Jan sagte nichts.

„Verzeihen Sie mir, wenn ich so offen rede. Ich glaube, Ihr Vater wusste, dass Sie seine Entscheidung nie akzeptieren könnten. Deswegen hat er mit Ihnen nicht darüber gesprochen."

Jan presste die Lippen zusammen.

„Ich weiß, dass Sie eine schwere Zeit hinter sich haben, Jan. Der Tod Ihres Vaters, Ihr Absturz, die Drogengeschichte und alles, was dem gefolgt ist. Ich weiß, dass Sie sensibel und verletzlich sind, aber ich weiß auch um Ihre Stärke. Akzeptieren Sie seine Entscheidung. Das sind Sie sich und Ihrem Vater schuldig."

Jan schüttelte den Kopf. „Ich bin niemandem etwas schuldig." Er ließ den Gartenabfall auf den Haufen fallen und wandte sich ab. Beim Gehen spürte er den Blick seines Chefs im Rücken.

„Jan!", rief Schmauch ihm hinterher. „Hören Sie mir zu. Ihre Wut verzehrt Sie. Es ist nicht zu spät, um Frieden mit Ihrem Vater zu schließen."

10

Staatsrat Alexander von Meuren saß in seinem Büro in der Innenbehörde und arbeitete sich durch einen Stapel Handakten. Es klopfte an der Tür, und seine Büroleiterin trat ein. In einer Hand hielt sie einen Korb mit Post, in der anderen, sehr zu von Meurens Freude, eine Kanne mit frisch aufgegossenem Tee. Sie stellte die Kanne auf einen kleinen Beistellwagen neben dem Schreibtisch und reichte ihm die vorsortierten und teilweise von ihr geöffneten und durchgesehenen Briefe und Umschläge.

„Was haben wir?“, fragte von Meuren.

„Ein paar Bürgerschaftssachen, zwei eilige Vorlagen des Herrn Senators, etwas Post aus Ihrem Wahlkreis und …“ Die Sekretärin wirkte verunsichert.

„Was denn?“, fragte von Meuren und schlürfte an seinem Earl Grey.

„Eine ungewöhnliche Briefsendung, vor wenigen Minuten von einem Boten gebracht.“ Sie zog einen braunen DIN-A4-Umschlag aus dem Stapel. „Ist als ‚persönlich‘ und ‚dringend‘ gekennzeichnet. Die Postkontrolle hat den Umschlag gecheckt und keine Sicherheitsbedenken geäußert. Soll ich den Brief für Sie einsehen?“

Der Staatsrat nippte an seinem Tee. Fast täglich kamen entsprechend deklarierte Sendungen, die sich zumeist als banale Beschwerden oder kleingeistige Vorschläge übereifriger Bürger herausstellten. Aber selbst die engagiertesten Bürger leisteten sich keinen teuren Expressboten.

„Lassen Sie ihn hier, ich schaue selbst hinein.“

Die Sekretärin verschwand. Von Meuren öffnete den Umschlag. Grimmige Entschlossenheit breitete sich auf seinem Gesicht aus, als er sah, was sich darin befand. Bullinger hatte also recht gehabt.

Er zog die große weiße Feder aus dem Umschlag und hielt sie vor sich in die Höhe.
„Wagner."
Seine Hand ertastete die Konturen des Revolvers, den er seit Bullingers Anruf unter der Weste trug. Der unsichtbare Feind würde in ihm keinen so leichten Gegner finden.
Es klopfte an der Tür, und sein persönlicher Assistent stürmte herein. Der Mann war sichtlich aufgeregt und hielt ein Telefon in der Hand. „Herr Staatsrat, ein dringender Anruf Ihrer Frau. Es hat einen Zwischenfall bei Ihnen zu Hause gegeben. Ihre Hunde wurden vergiftet."

Alexander von Meuren traf am späten Abend zu Hause ein. Von seiner Frau hatte er Genaueres über den schrecklichen Vorfall erfahren. Ein Unbekannter hatte vergiftete Fleischköder auf das Grundstück geworfen. Für zwei seiner drei Dalmatiner war jede Hilfe zu spät gekommen. Der Tierarzt hatte sie von ihren Qualen erlösen müssen. Nur Lina, die älteste der Hündinnen, hatte den Anschlag überlebt.
Die Jugendstilvilla am Hamburger Elbufer glich einer kleinen Festung. Dutzende Polizeibeamte patrouillierten vor dem Haus und im Garten, weitere Beamte hatten feste Wachposten bezogen. Die einbruchssicheren Jalousien in den oberen Stockwerken waren heruntergelassen und fest verschlossen, in den Räumen des Erdgeschosses hielten sich zusätzliche Sicherheitskräfte auf.
Von Meuren begrüßte den Einsatzleiter des Wachkommandos, der ihm vertraulich zunickte. „Wir werden die Angelegenheit ganz in Ihrem Sinne behandeln, Herr Staatsrat."
Lina lag schwer atmend auf einer Decke im Wohnzimmer. Mit feucht glänzenden Augen trat von Meuren zu ihr und strich ihr sanft über den Kopf. Die Hündin schnaufte, atmete dann aber gleichmäßiger. Die Anwesenheit ihres Herrchens beruhigte sie.
Von Meuren trug sie die Treppe hinauf und legte sie an ihren Lieblingsplatz im Flur des zweiten Stocks. Ihre kleine Nische direkt neben dem Schlafzimmer war mit einer flauschigen Decke und weichen Kissen ausgepolstert.

Lina erwachte mitten in der Nacht von einem Geräusch. Sie hatte sofort die Witterung eines fremden Mannes in der Nase. Sie hob den Kopf und öffnete ihre Augen. Die Dachluke im hinteren Teil des Flures stand offen. Im Halbdunkel hangelte sich eine Gestalt aus der Öffnung herunter und setzte lautlos auf dem Boden auf. Lina war mit einem Schlag hellwach. Getrieben von Angst und Wut nahm die Hündin alle Kraft zusammen, brachte aber nur ein gequältes Jaulen zustande. Die Gestalt huschte auf sie zu. Mit kraftlosen Bewegungen versuchte der Dalmatiner, vor dem näher kommenden Mann zurückzuweichen, doch der Fremde war bereits über ihr.
„Pscht …!“ Linas Kopf wurde mit großer Kraft auf den Boden gepresst, und sie spürte einen schneidenden Druck im Schlund, als der Mann ihr Halsband fest zuzog.

Der Staatsrat schreckte in seinem Bett hoch. Etwas stimmte nicht. Mit aufgerissenen Augen schaute er sich im Zimmer um. Die Fenster des Raumes waren von außen mit Stahljalousien verschlossen und von innen mit zwei großen, bis zum Boden reichenden Stoffgardinen verhangen, sodass nur schummriges Zwielicht in das luxuriös eingerichtete Schlafzimmer drang. Von Meurens Blick schweifte über die Umrisse der Polstermöbel in der Sitzecke, den riesigen antiken Kleiderschrank und die Frisierkommode mit dem großen Spiegel.
„Alles in Ordnung“, sagte er sich. Wahrscheinlich hatte er schlecht geträumt. Neben sich hörte er seine Frau, die gleichmäßig atmete und dabei leise schnarchte. Die Sache mit Wagner setzte ihm vielleicht mehr zu, als er gedacht hatte.
Er drehte sich auf die Seite und schloss die Augen, aber ein Druck auf der Blase ließ ihn nicht zur Ruhe kommen. Er stand auf und knipste eine kleine Nachttischlampe an, die auf seiner Seite neben dem Bett stand. Es blieb dunkel, die Glühbirne musste kaputtgegangen sein. Er würde morgen früh dem Zimmermädchen Bescheid geben.
Von Meuren schlüpfte in die bereitgestellten Pantoffeln, schlurfte durch das dunkle Zimmer und öffnete die Tür. In den

Flur drang lediglich über die offene Treppe am anderen Ende etwas Licht nach oben.
Einer inneren Eingebung folgend, drehte er sich um, ging zurück zu seinem Nachtschrank und zog seinen Revolver aus der obersten Schublade. Er vergewisserte sich, dass die Waffe gesichert war, und steckte sie in die Tasche seines Pyjamahemds. Von Meuren trat auf den Flur. In ihrer Nische lag Lina. Sie bemerkte ihn nicht, wahrscheinlich war sie durch die Vergiftung und die Schmerzmittel geschwächt und schlief tief und fest.
Einige Minuten später kehrte er ins Schlafzimmer zurück und verschloss die Tür hinter sich. Irgendetwas irritierte ihn. Im Bett an der gegenüberliegenden Wand erahnte er die Umrisse seiner Frau. Ihr Schnarchgeräusch war verstummt.
Sein Herz pochte bis zum Hals. Seine rechte Hand fuhr in die Pyjamatasche, während die linke nach dem Lichtschalter an der Wand tastete. Das warme Licht der Standleuchte in der Zimmerecke fiel auf das Bett, und von Meuren sah seine Frau. Ihr lebloser Körper lag bis zum Hals zugedeckt im Bett. Der Kopf war seitlich abgeknickt, ihre aufgerissenen Augen starrten ins Jenseits.
Von Meuren riss die Waffe aus der Tasche und fuhr herum. Ein Schatten schoss auf ihn zu, ein heftiger Schlag traf ihn an der Kehle, und nur Bruchteile von Sekunden später hing er in einem erbarmungslosen Würgegriff und schnappte nach Luft. Kräftige Finger in einem Lederhandschuh schlossen sich wie ein Schraubstock um die Hand mit dem Revolver, ein Knochen knackte, und die Waffe fiel zu Boden.
„Guten Abend, Alex." Die vertraute Stimme an seinem Ohr jagte ihm einen Schauer über den Rücken.

11

Jan und Stephanie fuhren im selben Taxi am Hamburger Polizeipräsidium vor. Das imposante sechsstöckige Gebäude erinnerte mit seinen zehn symmetrisch um einen zentralen Ring angeordneten Hauptflügeln an einen Polizeistern. Es lag im Norden der Hansestadt, am Rande der in den späten Sechzigerjahren mit schnödem Stahl, Glas und Beton auf der grünen Wiese hochgezogenen Bürohochhäuser der City Nord. Eine ausladende Treppe führte zwischen zwei Flügeln zum Eingang hinauf.

Polizeihauptkommissar Karl Weber erwartete die Ärzte an der Sicherheitsschleuse. Sein Hemd lugte aus der Hose, er war unrasiert, und sein Haar hing wirr vom Kopf, als hätte er die letzten Tage und Nächte durchgängig im Dienst verbracht. Sein Gesicht hellte sich beim Anblick der Rechtmedizinerin auf.

„Steph, welch ein Glanz in dieser Hütte. Und heute sogar in Herrenbegleitung." Er schüttelte ihr die Hand und wandte sich an Jan. „Dr. Decker, richtig? Ich bin Ihnen und Steph sehr dankbar, dass Sie an der Besprechung teilnehmen."

Der Polizist ergriff seine Hand und schüttelte sie überschwänglich. Er schob die Ärzte in einen Fahrstuhl. „Der Polizeipräsident hat eine Sonderkommission eingesetzt, um die Morde am Staatsrat und am Zuhälter Bullinger aufzuklären." Er klopfte sich auf die Brust. „Unter meiner Leitung."

„Gratuliere!", sagte Stephanie. „Endlich mal etwas Arbeit."

Der Fahrstuhl hielt im dritten Stock. Die Ärzte folgten Weber in einen langen Flur.

„Das ist das erste Arbeitstreffen. Wir wollen erreichen, dass die SOKO auch im Mordfall an der Tänzerin ermitteln darf. Und da eure Gutachten über Dr. Victor offiziell unter Verschluss

sind, brauchen wir eure persönlichen Aussagen, um Druck beim Polizeipräsidenten machen zu können."
Sie betraten den Besprechungsraum der Mordkommission. Ein halbes Dutzend Kripobeamte hatte bereits an den kreisförmig angeordneten Tischen Platz genommen. Weber blickte durch die Reihe seiner Kollegen. „Wir erwarten noch einen Mitarbeiter des Bundeskriminalamts, Herrn ..."
Die Tür ging auf, und ein weiterer Mann betrat den Raum.
„Da ist er ja. Kommen Sie herein. Das ist Kriminalhauptkommissar Christopher Nolte. Er ist Fallanalytiker, oder wenn ich das auf Neudeutsch sagen darf, Profiler beim Bundeskriminalamt in Wiesbaden und wird die Sonderkommission bei den Ermittlungen unterstützen."
Der BKA-Polizist sah blendend aus. Groß, athletisch gebaut und braun gebrannt. Aus der Brusttasche seines hellen Sportsakkos ragte seine Sonnenbrille, unter dem Sakko trug er ein Seidenhemd. Er nickte Weber zu. „Entschuldigen Sie meine Verspätung."
Jan bemerkte ein vertrautes Lächeln, das der Neuankömmling Stephanie zuwarf, bevor er sich an den Tisch setzte.
Weber ergriff das Wort. „Wie Sie wissen, haben wir es mit einem Täter zu tun, der seine Opfer in beispielloser Weise brutal und sadistisch ermordet und dabei unglaublich kaltschnäuzig und überlegt vorgeht. Jelnek, den Beamer bitte."
Eine pummelige junge Frau hantierte an dem Gerät, das abseits auf einem Beistelltisch stand. Die Kommissaranwärterin sah mit ihren langen, glatt gekämmten Haaren, der großen Brille und ihrer altmodischen Kleidung, die das gesamte Spektrum der Farbe Grau auszuschöpfen schien, eher aus wie eine Bibliothekarsgehilfin als wie eine Mitarbeiterin der Mordkommission. Jalousien senkten sich vor die Fenster, das Licht wurde gedimmt, und der Beamer projizierte die Außenaufnahme der Villa des Staatsrats auf eine hinter dem Tisch aufgestellte Leinwand.
„Der Täter hat den Staatsrat trotz maximalen Polizeischutzes in dessen eigenem Haus ermordet", sagte Weber. „Vermutlich

hat er bereits am Nachmittag die Hunde der Familie mit einem Fleischköder vergiftet und die entstehende Unruhe genutzt, um sich Zutritt zum Haus zu verschaffen und sich dort zu verstecken." Weber zeigte Bilder des Wohnzimmers, des oberen Flurs und des Dachbodens. „Er hat seelenruhig bis spät in die Nacht abgewartet und zunächst die Ehefrau und dann den Staatsrat selbst getötet."

Die Anwesenden hielten den Atem an, als das Foto von Meurens auf der Leinwand erschien. Bett und Leiche waren blutüberströmt. Arme und Beine des Staatsrats waren bizarr verdreht. Eine Großaufnahme des Gesichts zeigte die aufgerissenen Augen des Toten, dessen Mund mit einem Bündel buschiger Federn vollgestopft war.

Das Licht im Zimmer wurde wieder heller. Webers Stimme unterbrach das betretene Schweigen.

„Nach der Tat hat er das Haus über ein Dachfenster verlassen, einen Wachbeamten niedergeschlagen und ist über die Nachbargrundstücke geflüchtet. Außer ein paar Fußabdrücken hat er keine Spuren hinterlassen."

Weber nahm einen Schluck Wasser, bevor er weitersprach. „Der Täter ist bei der Folterung und Tötung des Staatsrats ähnlich vorgegangen wie bei der Ermordung des Zuhälters." Erneut führte er Tatortfotos vor, und für einen Augenblick starrten die toten Augen Bullingers von der Leinwand auf einen imaginären Punkt an der Decke des Besprechungsraums.

„Als Drittes haben wir den Mord an der Stripteasetänzerin. Auf den ersten Blick ein Sexualmord, aber es gibt eine Verbindung dieser Frau zu Bullinger. Sie war Tänzerin in seinem Club." Weber referierte die Fakten zum Tod der Tänzerin und der Verhaftung Victors. „Die Ermittlungen wurden gegen die ausdrückliche Empfehlung der Mordkommission auf Betreiben der Staatsanwaltschaft eingestellt. Die Gutachten von Dr. Pohlmann und Dr. Decker wurden der Mordkommission vorenthalten. Deswegen sind die beiden hier." Er nickte Jan und Stephanie zu. „Wenn ich Sie bitten dürfte, Ihre Ergebnisse selbst vorzustellen."

Stephanie und Jan begründeten nacheinander ihre Zweifel daran, dass Vladimir Victor körperlich und psychisch zu so einer Tat fähig gewesen wäre. „Ich bin sicher, dass Victor den wirklichen Mörder der Tänzerin kannte“, beendete Jan seine Ausführungen. „Victor hatte eine wahnsinnige Angst vor ihm und hat ihn absichtlich gedeckt. Er hat dies in seinem Abschiedsbrief angedeutet.“

„Es stellt sich die Frage“, sagte Weber, „welchen Zusammenhang es zwischen den Morden an einem angesehenen Staatsrat, einem Zuhälter und einer Stripteasetänzerin sowie dem Selbstmord des Psychiaters geben könnte.“

„Das kann ich Ihnen möglicherweise beantworten.“ Kommissaranwärterin Jelnek hielt einen eingestaubten Aktendeckel in die Luft. „Staatsrat von Meuren, Bullinger und Dr. Victor kannten sich.“ Sie schaute Weber an. Der nickte, Jelnek sprach weiter.

„Seit Mitte der Siebzigerjahre hat die Hamburger Staatsanwaltschaft immer wieder gegen Bullinger ermittelt. Es ging um Waffengeschäfte, Drogen- und Menschenhandel. Er wurde mehrfach angeklagt und vor Gericht gestellt, musste aber aufgrund mangelnder Beweise immer wieder laufen gelassen werden. Während der damaligen Ermittlungsverfahren ist auch Dr. Victor in Erscheinung getreten. Er war offensichtlich ein Vertrauter Bullingers und für ihn als anerkannter Gerichtspsychiater eine wertvolle Hilfe. Der verantwortliche Ankläger im Fall Bullinger war niemand Geringeres als der damalige Oberstaatsanwalt, spätere Leiter des Landesamts für Verfassungsschutz und schließlich Staatsrat der Innenbehörde, Alexander von Meuren. Vor gut einer Woche führte der Staatsrat am frühen Morgen in seinem Dienstfahrzeug ein Telefongespräch mit einer unbekannten Person. Der Chauffeur, der den Staatsrat zum Zeitpunkt des Telefonats gefahren hat, meinte zu erinnern, dass von Meuren zwei Namen erwähnt hat: Bullinger war der eine. Wir sind sicher, dass er der Anrufer war. Als Zweites wurde ein gewisser Wagner genannt.“

„Danke, Jelnek. Gute Arbeit. Es liegt auf der Hand, dass von Meuren mehr über seinen Mörder wusste, als er aktenkundig gemacht hat. Und dass er ein großes Interesse daran hatte, die Sache unter den Tisch zu kehren." Weber blickte in die Runde seiner Kollegen. „Wenn wir davon ausgehen, dass wir es mit einem einzigen Täter zu tun haben: Was wissen wir über unseren Mann? Was führt er im Schilde?"

Der BKA-Polizist Nolte stand von seinem Stuhl auf und ergriff erstmalig das Wort. „Der Mörder der Tänzerin muss ein sadistischer Sexualtäter sein. Eine Vergewaltigung mit Würgen, Schlagen, dem Zufügen von tiefen Stichverletzungen ... Niemand ohne eine ausgeprägte sexuell sadistische Neigung könnte das machen. Niemand. Das muss aber nicht heißen, dass der Sexualmord das primäre Motiv des Täters gewesen ist." Nolte schaute in die Runde. Alle Augen waren auf ihn gerichtet.

„Die beiden anderen Morde deuten eindeutig auf ein Rachemotiv hin. Gezielte Opfer, gezielte Tatplanung, Hindernisse wurden systematisch aus dem Weg geräumt, mögliche Zeugen, die ihn später identifizieren könnten, kaltblütig ausgeschaltet, die Opfer brutal gefoltert. Wen suchen wir also? Nicht einen sadistischen Sexualmörder und zusätzlich einen rachsüchtigen Psychopathen, sondern beides in einer Person: einen Sexualmörder, der sich grausam rächen wollte. Am Zuhälter, am Staatsrat und an Dr. Victor. Und vielleicht an weiteren Personen."

Niemand sagte etwas. Nolte sprach weiter. „Laut Statistik suchen wir einen Mann zwischen sechzehn und sechsunddreißig Jahren, wahrscheinlich alleinstehend, bindungsgestört und introvertiert. Er ist kaltblütig und sadistisch und schreckt nicht vor der Ermordung Unschuldiger zurück. Drei Viertel aller Sexualmörder sind bereits vorher wegen sexueller oder Gewaltdelikte in Erscheinung getreten, darum müssen wir systematisch alle Personen überprüfen, die ab Mitte der Achtzigerjahre mit solchen Verbrechen aufgefallen sind."

Weber nickte zustimmend. Jelnek zog einen Zettel aus ihren Unterlagen hervor. „Ich habe noch was zu den Federn. Laut unseren Biologen ist der Staatsrat an einem Knäuel aus sogenannten Unterfedern, also Daunen, erstickt. In der Kehle des Zuhälters steckte eine Schwungfeder, wie sie an den Flügeln von

Vögeln vorkommt. Die Federn aus beiden Taten stammen vom gleichen Tier, einem …“, sie las von ihrem Zettel ab, „Cygnus olor. Das ist der lateinische Name eines bei uns heimischen Vogels. Dem Höckerschwan.“
Nolte hatte sich noch nicht wieder hingesetzt. „Die Vogelfedern sind eine weitere Spur. Sie müssen für unseren Mörder eine Bedeutung haben, die wir nicht kennen. Noch nicht. Symbolisch steht der Schwan zumeist für Reinheit und Treue, aber auch für Eitelkeit oder Verwandlung. Für den Mörder sind sie das Symbol seiner Rache.“
Die Worte verhallten im Raum.
„Ich sehe eine Reihe neuer Ermittlungsansätze“, sagte Weber schließlich. „Wir werden das aktuelle und frühere Umfeld von Bullinger, Victor und dem Staatsrat checken und die an den früheren Ermittlungen beteiligten Personen überprüfen. Vielleicht stoßen wir auf diesen Wagner und entdecken den Grund seines Rachefeldzugs. Weitere Fragen oder Vorschläge?“

Auf der breiten Zugangstreppe vor dem Haupteingang des Polizeipräsidiums reichte Weber Nolte die Hand. „Also, auf gute Zusammenarbeit. Vielleicht verraten Sie mir, wie man in so jungen Jahren schon Hauptkommissar wird.“
„Sie werden es schon herausfinden.“
Nolte ließ Weber stehen und wandte sich an Stephanie. „Hi Steph, schön, dich zu sehen.“ Sie küssten sich auf die Wange.
„Oh, alte Bekannte“, sagte Weber.
„Christopher ist …“, Stephanie zögerte, „ein alter Freund aus Frankfurt. Darf ich dir Jan Decker noch einmal persönlich vorstellen?“
„Angenehm.“ Noltes Stimme klang distanziert. „Schon lange in dem Job?“
„Lange genug“, sagte Jan.
Weber und Nolte tauschten ihre Handynummern aus und verabredeten sich zum nächsten Arbeitstreffen am Nachmittag.
„Steph, soll ich dich mitnehmen?“ Nolte zog seinen Autoschlüssel aus der Hosentasche. Ein sauber glänzendes Audi TT

Cabrio in dunklem Anthrazitmetallic auf dem Besucherparkplatz unterhalb der Treppe reagierte mit einem freudigen Signalton.
„Ist das das Standardfahrzeug für ausgeliehene BKA-Polizisten?“, fragte Jan.
„Ist ein normaler Mietwagen. Privat bevorzuge ich italienische Sportwagen. Die haben einfach mehr Feuer.“
„Natürlich.“
Stephanie schnaufte und schüttelte genervt den Kopf. „Karl, nimmst du mich bitte mit?“ Weber nickte, und Stephanie ging mit ihm zu seinem koreanischen Kleinwagen.

Der Junge fühlt sich elend und hat lange geweint. Die Bilder der zerstörten Autos, der verletzten und getöteten Menschen gehen ihm nicht aus dem Kopf. Er kauert unter hohen Bäumen am Rande einer Parkanlage. Niemand hat ihn gesucht, niemand ist ihm gefolgt. Niemand hat ihm Vorwürfe gemacht. Er ist noch immer allein, und vor seiner Verzweiflung gibt es kein Versteck. Tränen zum Weinen hat er keine mehr. Er schlägt die Hände vors Gesicht, wimmert und schaukelt hin und her.

Durch einen Spalt zwischen seinen Händen sieht er den Umriss einer Gestalt und nimmt die Hände herunter. Vor seiner Glaskugel steht ein kleines Mädchen. Es trägt ein dunkelrotes Kleid, eine schwarze Strumpfhose und braune Schnürschuhe. Die langen blonden Haare sind seitlich zu zwei Zöpfen zusammengebunden.

Das Mädchen sieht ihm direkt in die Augen.

Starr vor Schreck glotzt er zurück. Er ist sicher, das Mädchen nie zuvor gesehen zu haben. Und doch spürt er eine Nähe und Vertrautheit zu ihm, wie er es nie zuvor erlebt hat. Das Mädchen lächelt, und sein freundlicher Blick erwärmt sein Herz und seine Seele. Es macht einen Schritt auf ihn zu und legt die rechte Handfläche von außen auf die Schutzhülle, die an der Stelle der Berührung leicht vibriert. Der Junge möchte seinen Blick keine Sekunde von der Erscheinung lösen. Er steht auf, seine Beine zittern. Er hebt seinerseits die Hand und legt sie von innen an die Handfläche des Mädchens. Durch die Hülle hindurch spürt er die Wärme ihrer Haut, den Druck ihrer Finger. Er erwidert das Lächeln.

Eine ganze Weile stehen sie sich gegenüber, und er wünscht, die Berührung würde für immer anhalten. Sie holt die linke Hand hinter dem Rücken hervor. Darin hält sie eine große weiße Feder, die sie langsam an die Glaskugel heranführt. Die Feder streift seine Schutzhülle, streicht darüber und ... dringt durch sie hindurch.

Er erschrickt, weicht zurück und unterbricht die Berührung ihrer Handflächen. Der obere Teil der Feder ragt in den Innenraum der Kugel herein. Die Durchtrittsstelle pulsiert, die Schwingung breitet sich über die ganze Kugel aus und nimmt an Intensität zu. Er spürt, wie die Hülle dünner wird und an Kraft verliert, und er bekommt Angst.

„Nein! Nimm es weg!", schreit er. Das Mädchen fährt zusammen und zieht die Feder zurück. Das Pulsieren hört auf, die Schutzhülle stabilisiert sich, lediglich ein kleiner Sprung verbleibt an der Stelle, wo die Feder die Hülle durchdrungen hatte.
Das Mädchen tritt einen Schritt zurück.
Er will nicht, dass sie geht. Aber seine Angst ist zu groß, und er bleibt still und rührt sich nicht. Das Mädchen winkt ihm zu, dreht sich um und läuft weg.

12

Sophie bemerkte nicht, dass ihr jemand folgte. In sicherem Abstand fuhr ein mit dunkler Jeans und olivgrünem Kapuzenpullover bekleideter Mann auf einem schweren Motorrad hinter ihrem Taxi her. Sie ließ sich am Haupteingang des Universitätsklinikums Eppendorf absetzen. Der Klinikneubau beherrschte mit seinen auf einem breiten Sockelgebäude errichteten Türmen wie eine moderne Burg aus Rotklinker und Glas das Gelände.

Der Motorradfahrer rollte seine Maschine auf einen speziellen Stellplatz im Eingangsbereich. Er nahm den Helm ab, stülpte stattdessen die Kapuze des Pullovers über seinen Kopf und folgte der Sängerin. Sophie ließ das mächtige Zentralgebäude hinter sich und eilte auf einen der im nördlichen Teil des Geländes verbliebenen alten Pavillons zu. Sie entzifferte das Schild am Eingang und verschwand in dem zweigeschossigen Haus. Ihr Verfolger schlich heran. Vor der Eingangstür blieb er stehen und betrachtete ebenfalls den Schriftzug an der Wand.

„Institut für Forensische Psychiatrie –
Direktor: Prof. Dr. Volker Schmauch"

Er drückte behutsam gegen den Knauf der schweren Holztür. Die Tür schnappte auf und öffnete sich einen Spalt. Er horchte und huschte hinein.

Eine Deckenlampe erhellte den fensterlosen Flur. Durch eine geschlossene Tür auf der rechten Seite drang das Gemurmel einer Frau, die offenbar telefonierte. Ein Schild kennzeichnete den Raum als Sekretariat. Er schlich weiter. Im benachbarten Zimmer, laut Türschild das Büro des Institutsdirektors, war es dunkel und still. Die nächste Tür auf der rechten Seite war nur

angelehnt, durch den Spalt sah er eine Spüle und Regale mit Bechern und Tellern. Ebenfalls ruhig.
Geräuschlos schlich er voran. Links neben der Treppe lag ein weiteres Büro. Er lauschte und konnte die Stimmen von zwei Menschen identifizieren. Ein Mann und eine Frau, die sich ruhig unterhielten. Er las das Namensschild an der Tür:

„Dr. Jan Decker, Oberarzt“

Obwohl er sich anstrengte, konnte er keine einzelnen Worte verstehen. Der Mann zog die Kapuze zurück und drückte ein Ohr gegen die Tür, schloss die Augen und konzentrierte sich. Unwillkürlich ballte er die rechte Faust. Er musste wissen, was gesprochen wurde. Ob sich seine böse Vorahnung bestätigen würde. Seine Hand tastete nach dem Springmesser in der Hosentasche, das er immer bei sich trug. Er betrachtete die Türklinke. Wenn er schnell wäre, hätte der Arzt nicht den Hauch einer Chance.
Aber etwas ließ ihn zögern. Er wandte sich ab und eilte aus dem Gebäude. Die Strahlen der tief stehenden Sonne bahnten sich ihren Weg durch die Blätter und Zweige des üppigen Pflanzenbewuchses. Verschwinden konnte er jetzt nicht. Wie magisch angezogen schlich er um das alte Haus herum, bis zu dem Fenster, hinter dem er das Zimmer des Oberarztes vermutete. Innen hingen dünne Stoffgardinen vor dem Fenster. Er verbarg sich neben einer mannshohen Hecke. Wenn er sich auf die Zehenspitzen stellte, erkannte er hinter der Gardine schemenhaft die Oberkörper zweier Menschen, die sich gegenübersaßen. Er ließ das Fenster keine Sekunde mehr aus den Augen.
Die Schemen hinter der Gardine bewegten sich. Sie standen auf, kamen sich näher. Die Umrisse hinter der Gardine verschwammen. In Gedanken sah er die beiden sich umarmen, innig küssen, sich romantische Versprechen zuflüstern. Dann waren die Gestalten verschwunden.
Er verbarg sich tiefer in der Hecke und wartete. Jemand öffnete die Institutstür. Sophie hastete aus dem Gebäude. Sie

schluchzte. Im Gehen zog sie ein Taschentuch aus ihrer Handtasche und wischte sich damit über die Augen und das Gesicht. Er überlegte, ob er der weinenden Sängerin folgen oder besser auf den Oberarzt warten sollte.

Jan verließ eine halbe Stunde später das Institut. Er ging in Richtung Hauptausgang, und er nahm keine Notiz von der Gestalt, die sich hinter dem Gebäude aus dem Gebüsch löste und ihm langsam folgte.

13

Christopher Nolte schlenderte, mit kurzen Lauftights und einem dünnen Shirt bekleidet, durch die Hotellobby. Er spürte den Blick der jungen Frau am Empfangstresen in seinem Rücken. Sie hatte ihn vieldeutig angelächelt, als er seinen Zimmerschlüssel abgegeben hatte. Er dachte nicht weiter darüber nach. Er kannte seine Wirkung auf Frauen.

Vor dem Hotel startete er seine Pulsuhr und lief los. Er freute sich auf die beliebte Laufstrecke rund um die Außenalster. Knapp siebeneinhalb Kilometer, immer am Wasser entlang. Er würde die Runde an einem der abzweigenden Kanäle ausweiten.

Die Abendsonne verschwand hinter den westlich gelegenen Wohnvierteln, das Alsterufer lag bereits im Schatten. Die letzten Sonnenstrahlen tauchten die Fensterfronten in den obersten Stockwerken der Büro- und Hoteltürme St. Georgs in dunkelrotes Licht.

Nolte traf unterhalb der Kennedybrücke auf den sandigen Rundweg und zog das Tempo an. Dies war die Stelle, an der vor einer Woche das Schwanennest explodiert war. Er konnte keine Spuren des Anschlags mehr erkennen, und es gab keine sicheren Beweise für eine Verbindung zu den Morden, aber seine Gedanken kehrten unwillkürlich zu dem Fall zurück.

Die SOKO machte gute Arbeit, und Weber hatte die Sache im Griff. Er konnte den Hauptkommissar nicht leiden, dessen schnodderig-aufdringliche Art und unprofessionelles Auftreten, aber seinen Job erledigte er gut. Auf der Suche nach Verbindungen zwischen dem Staatsrat und Bullinger machten alle SOKO-Leute unzählige Überstunden. Im Besprechungszimmer stapelten sich Hunderte alter Gerichtsakten über verurteilte Sexual- und Gewalttäter. Nach Noltes Einschätzung war es

lediglich eine Frage der Zeit, bis sie die wahre Identität Wagners herausfinden würden.
Links vom Wanderpfad tauchte das Amerikanische Generalkonsulat auf, das durch hohe Gitterzäune, Betonpoller, Wachhäuschen und permanenten Polizeischutz unfreiwillig zum Hamburger Denkmal des 11. September geworden war. Nolte blieb dicht am Wasser, und allmählich schoben sich die Alsterwiesen zwischen den Wanderweg und die Villen Pöseldorfs, die, eine prunkvoller als die andere, am Westufer der Alster posierten. Auf den ausgedehnten Grünflächen saßen Pärchen und Gruppen von Leuten an Feuerstellen und grillten. Fleisch und Würstchen verbreiteten einen verführerischen Geruch. Noltes Magen knurrte. Er zog das Tempo weiter an und ließ die Grillplätze rasch hinter sich. Das Abendessen musste warten.
Seine Gedanken wanderten zu Stephanie Pohlmann. Sie sah genauso gut aus wie früher, war reifer und abgeklärter geworden, was sie in seinen Augen noch begehrenswerter machte. Sie waren damals in Freundschaft auseinandergegangen und hatten sich aus den Augen verloren. Und trotzdem hatten die drei Monate Beziehung mit der Ärztin tiefere Spuren bei ihm hinterlassen als all die unzähligen Beziehungen und Affären vor und nach ihr.
Er entschied, sie anzurufen, sobald er seine Laufrunde beendet hatte.

Am dunklen Ufer zwischen den Büschen bewegte sich etwas. Es plätscherte. Der junge Schwan wurde neugierig. Der Anblick der menschlichen Gestalt, die etwas ins Wasser warf, löste sofort einen gierigen Reflex aus und ließ ihn ohne Vorsicht zum Ort der vermeintlichen Fütterung schwimmen. Der Schatten an Land rührte sich nicht. Der Vogel entdeckte das ersehnte Fressen, aber der saftige Brocken lag außerhalb der Reichweite seines Halses, nahe am Ufer. Er schob sich mit einem leichten Schlag der Füße dichter heran und streckte sich. Seine schwarzen Knopfaugen behielten die über ihm aufragende Gestalt genau im Auge. Sein Schnabel schnappte nach dem weichen Brot.

Das Tier reagierte zu langsam und hatte nicht den Hauch einer Chance. Die Gestalt bewegte sich. Schnell, gezielt und genau auf ihn zu. Der Schwan versuchte, den Kopf zurückzuziehen, aber etwas Dünnes, Unsichtbares hatte sich bereits um seinen Hals gelegt, schnürte sich durch die Federn ins Fleisch und zerrte ihn aufs Ufer. Das Tier ruderte zurück und schlug mit den Flügeln, aber der Zug am Hals verstärkte sich und drückte ihm die Luft ab. Es drehte seinen Körper, um sich so aus der Schlinge zu winden, aber der Draht wickelte sich nur noch straffer um den Hals. Ein letzter verzweifelter Ruck brach ihm das Genick.

Nolte war zufrieden, als er sich nach anderthalb Stunden auf dem Rückweg zum Hotel befand. Er hatte ein gutes Tempo gehalten, und die wunderbare Laufstrecke, die in nördlicher Richtung kilometerweit einem Ausläufer der Alster folgte, vorbei an Parkanlagen, Villen und Kleingärten, hatte alle lästigen Gedanken aus dem Kopf gescheucht. Es dämmerte, und am östlichen Alsterufer waren nur noch wenige Nachtschwärmer unterwegs.
Die letzten Kilometer zum Hotel. Mit der Frau am Empfang flirten, Stephanie anrufen, duschen, umziehen und sich mit Weber in Verbindung setzen, ob es schon Neuigkeiten gab.
Der Wanderweg führte um eine dicht bewachsene Grünanlage herum und entfernte sich so vom Wasser. Ein Geräusch ließ den Polizisten aufhorchen. Es klang wie das Plätschern eines großen Vogels, der mit den Flügeln aufs Wasser schlug. Das Geräusch verstummte. Im dichten Gebüsch am Ufer raschelte es. Nolte blieb stehen und zwang sich, leise und kontrolliert zu atmen.
In dem undurchdringlichen Dickicht aus Zweigen und Blättern konnte er nichts Verdächtiges erkennen, aber eine Ahnung keimte in ihm auf, und sein Instinkt ließ erste Warnlampen in seinem Kopf aufleuchten.
Gebückt, die Arme nach vorne gestreckt, schlich er an das Gebüsch heran. Die dunkle Wasseroberfläche war aufgewühlt, und kleine Wellen plätscherten ans flache Ufer. Am Wasser führte ein Trampelpfad in das Dickicht und weiter zu einer

Lichtung. Der Geruch verriet, dass diese Stelle von Spaziergängern benutzt wurde, die hier ungestört ihre Notdurft verrichten konnten. Auch in der Nacht? Am hinteren Ende der Lichtung wand sich etwas auf dem Sandboden.

Nolte wartete, bis sich seine Augen besser an die Dunkelheit gewöhnt hatten. Er ignorierte die unzähligen Mücken, die um ihn herumschwirrten und für die der schwitzende Mann eine leichte Beute war. Die scharrenden Bewegungen des Bündels am Boden wurden schwächer. Nolte erkannte die Umrisse eines mittelgroßen Vogels, der verdreht im Sand lag. Weiter hinten bildete das dichte Gebüsch einen undurchdringlichen Schatten, im dem sich problemlos eine menschliche Gestalt verbergen konnte. Der Polizist meinte, in der Stille Atemgeräusche zu hören.

Noltes Ahnung steigerte sich zur Gewissheit. Sein Herz pochte, und seine Hand tastete unwillkürlich unter die linke Achsel, wo normalerweise sein Schulterholster hing. Aber natürlich hatte er keine Waffe dabei. Sollte der Mann im Gebüsch vor ihm tatsächlich der gesuchte Killer sein? Der Polizist witterte die einmalige Chance, die Sache gleich hier zu Ende zu bringen. Auge in Auge, Mann gegen Mann. Er genoss das Gefühl des Adrenalins, das jede einzelne seiner Körperzellen in Erregung versetzte. Aber er zwang sich zur Besonnenheit und dachte nach.

Der andere hatte ihn sicher bemerkt, wusste aber nicht, mit wem er es zu tun hatte. Wenn es Wagner war, musste Nolte damit rechnen, dass er eine Schusswaffe dabei hatte, er würde sie aber nicht ohne Weiteres gegen einen einfachen Jogger einsetzen. Der Killer würde ihn maßlos unterschätzen. Nolte war erfahren im Nahkampf und beherrschte verschiedene Kampfsportarten. Ihm reichte zumeist ein gezielter Treffer, um einen Gegner auszuschalten.

Er trat ins Dickicht. Schritt für Schritt, den dunklen Schatten jederzeit im Blick.

Nolte erreichte den toten Schwan und sah die Drahtschlinge, die sich um den Hals des Tieres gewickelt hatte. Er war eine Schrittlänge vom Schatten entfernt und erahnte die Umrisse

eines kräftigen Mannes, der regungslos im Gebüsch stand. Er hörte ihn atmen. Leise und gleichmäßig.
Unmerklich rückte er den linken Fuß nach vorn, verlagerte sein Körpergewicht nach hinten und hielt die Arme vor den Oberkörper. So konnte er die meisten möglichen Angriffe, egal ob mit Waffe oder ohne, effektiv abwehren und seinen Gegner mit einer gezielten Aktion ausschalten.
„Hallo, da ist doch jemand?" Der Polizist gab seiner Stimme einen ängstlichen Tonfall. Er rückte einen halben Schritt vor. Er war noch immer weit genug entfernt, um vor Schlägen oder Tritten sicher zu sein. Sein Gegner sollte zunächst aus der Deckung kommen.
„Hallo, ich sehe Sie! Sagen Sie etwas, sonst rufe ich die Polizei." Ein kleiner Schritt nach vorn. Der andere rührte sich noch immer nicht. Plötzlich schoss etwas in Augenhöhe auf Nolte zu. Er riss die Arme hoch, aber das Ding war zu schnell. Mit großer Wucht peitschte ihm etwas ins Gesicht, riss seinen Kopf nach hinten. Er taumelte einen Schritt zurück. Blut lief ihm übers rechte Auge und in den Mund. Die Gestalt löste sich aus dem Schatten und huschte auf ihn zu. Nolte hörte das metallische Klicken einer Klinge, die aus der Scheide eines Springmessers fuhr.

Ein Ast hatte Nolte mit voller Wucht im Gesicht getroffen. Nur mit Mühe hielt er sich auf den Beinen. Instinktiv nahm er wieder seine Kampfposition ein. Eine Hand mit einem Messer sauste auf ihn zu, aber seine Reflexe funktionierten. Er sprang zur Seite, und seine eigenen Arme schossen vor. Sein rechter Unterarm fing den Angriff des Gegners ab und lenkte Hand und Messer seitlich an sich vorbei, seine Linke stieß auf den Kopf des Mannes zu. Der versuchte, sich wegzudrehen, war aber zu langsam. Nolte erwischte ihn mit der Handkante, nicht wie erhofft an einem der neuralgischen Punkte an Nase oder Kinn, sondern nur seitlich an der Schläfe.
Das Blut aus der Platzwunde lief dem Polizisten in die Augen und raubte ihm die Sicht. Er kniff die Lider zusammen, aber es

half nichts. Er hielt einen Arm schützend vor den Kopf und wischte sich mit der anderen Hand das Blut aus den Augen. Es dauerte eine Sekunde zu lange. Der Fremde hatte sich von dem Treffer erholt und wieder dem Polizisten zugewandt. Eine wehrlose Beute, aber zu weit entfernt für das Messer. Ein Fuß sauste in die Höhe, traf Nolte mit voller Wucht an der Brust und schleuderte ihn zurück. Der harte Kick presste ihm die Luft aus den Lungen. Ihm wurde schwarz vor Augen, und seine Beine fühlten sich an wie Gummi.

Wenn er jetzt fiel, würde er nie wieder aufstehen. Mit aller Geisteskraft kämpfte er gegen die drohende Bewusstlosigkeit an. Er blieb stehen. Erneut hob er die Arme, bereit für den nächsten Schlagabtausch. Aber dazu kam es nicht mehr.

Der Mann flüchtete. Nolte hörte das Rascheln der Büsche und die Schritte auf dem Trampelpfad. Er zögerte nicht lange, atmete durch und rannte hinterher. Die ersten tiefen Atemzüge stachen in der Brust, aber dann ging es.

Im Schein der Laternen konnte der Polizist seinen Gegner erstmals richtig sehen. Wagner hatte Noltes Größe, war aber breiter gebaut. Er trug Turnschuhe, eine dunkle Jeans und einen dunklen Pulli mit Kapuze, die über den Kopf gezogen war. Der Mann rannte in nördliche Richtung an der Alster entlang.

Als der Flüchtende sich zum ersten Mal umdrehte, war sein Verfolger noch knappe fünfzig Meter entfernt. Der Mann hatte offensichtlich nicht mit der Hartnäckigkeit dieses Joggers gerechnet, dem noch immer Blut vom Kopf tropfte und der schmerzverzerrt die Hände an die Flanke drückte, aber trotzdem immer dichter herankam. Der Fremde steigerte das Tempo.

Der ist in Form, dachte Nolte und überschlug, dass er selbst in diesem Tempo höchstens fünfzehn bis zwanzig Minuten durchhalten könnte. Wenn der andere nicht zur nationalen Läuferelite zählte, müsste er lange vor dieser Zeit schlapp machen.

Die Moschee des Islamischen Zentrums Hamburg mit ihrem von zwei Gebetstürmen umrahmten Kuppelbau huschte auf der rechten Seite durch Noltes Gesichtsfeld. Ihr gegenüber nahmen

zwei traditionelle Ruderklubs mit Klubhäusern, Anlegern und Bootsstegen die Alsterseite in Besitz.
Der Polizist schloss weiter auf, und tatsächlich schien dem anderen die Luft auszugehen. Immer häufiger drehte er sich um, und sein lautes Schnaufen drang bis zu Nolte herüber.
Sie näherten sich dem nördlichen Ende der Außenalster. Am Bootsanleger des Kultrestaurants „Bobby Reich“ schlummerten unzählige Segelboote im Wasser. Der Weg führte am Rand einer zweispurigen Straße über eine massive Steinbrücke, von der sich ein fantastischer Blick auf fast die gesamte Länge der Außenalster bot. Aber Nolte hatte anderes im Sinn, als die Aussicht zu genießen.
Ein älterer, ungepflegter Mann kam ihnen auf seinem Fahrrad entgegen, und der Polizist ahnte, was passieren würde. Mit einem blitzschnellen Schlag holte der Flüchtende den ahnungslosen Fahrer vom Sattel. Der flog im hohen Bogen vom Rad und schlug mit dem Kopf auf den Bürgersteig.
Aus vollem Lauf griff Wagner nach dem Rad, drehte es herum, schob es an, sprang darauf und trat kräftig in die Pedale. Er hatte durch das Manöver kaum Zeit verloren und entfernte sich jetzt wieder von seinem Verfolger.
Nolte rannte an dem Fahrradfahrer vorbei, der sich nicht rührte und um dessen Kopf herum sich eine Blutlache ausbreitete.
„Scheiße!“ Nolte zögerte, rannte aber weiter. Die Lösung seines Problems näherte sich in Gestalt eines zweiten Radfahrers. Ein junger Mann auf einem Mountainbike, der langsam und verträumt über die Brücke rollte. Nolte würde diplomatischer vorgehen müssen. Er stellte sich dem Jungen in den Weg und griff ihm ans Lenkrad.
„Sofort stehen bleiben. Polizei.“
Der Polizist sah auf den ersten Blick, dass der Junge bekifft war. Er hievte ihn mittels eines schmerzhaften Griffs aus dem Sattel. „Da vorn liegt ein Schwerverletzter. Du rufst sofort Polizei und Feuerwehr, verstanden?“
Noch bevor der Junge antworten konnte, hatte Nolte sich auf dessen Fahrrad geschwungen und in Bewegung gesetzt. Hinter

der Brücke zweigte links der Alsterpfad ab. Schon nach kurzer Zeit hatte er seinen Gegner wieder im Blick. Nolte hatte das bessere Fahrrad und war dem anderen auch in dieser Disziplin überlegen. Er holte auf.

Erneut passierten sie das Amerikanische Generalkonsulat, aber Nolte sah keine Möglichkeit, seine Kollegen zu informieren, ohne den anderen dabei aus den Augen zu verlieren. Sie näherten sich der Kennedybrücke. Eine asphaltierte Fahrradspur führte zur Straße hinauf. Wagner verlor auf der steilen Zufahrt merklich an Tempo. Der Polizist war keine fünf Meter entfernt, als der andere das obere Ende der Zufahrt erreichte. Auf der vierspurigen Fahrbahn neben den Radwegen herrschte trotz der späten Stunde reger Autoverkehr.

Der Verfolgte drehte sich zu Nolte um und schien zu realisieren, dass er keine Chance hatte zu entkommen. Der Polizist grinste. Er hatte die besseren körperlichen Reserven und würde sich kein zweites Mal überrumpeln lassen. Wagner wurde immer langsamer. Er hatte die Brücke zur Hälfte überquert, als er sich von seinem Sattel erhob. Nolte klebte an seinem Hinterrad. Wagner fuhr zentimeterdicht an die seitliche Begrenzungsmauer heran und holte Schwung. Nolte fuhr neben ihm, streckte die Hand aus, da flog Wagner aus dem Sattel und verschwand jenseits der Mauer in der Tiefe.

Nolte sprang vom Rad, rannte zum Brückenrand und schaute hinunter. In sechs Meter Tiefe tauchte sein Blick in das trübe Wasser des Kanals, der die Außen- mit der Binnenalster verband. Wagner war verschwunden. Nolte suchte angestrengt das Wasser und die Uferregion nach dem Mann ab, konnte ihn aber nirgends entdecken. Er zog seine Joggingschuhe aus und stellte sie an die Mauer.

„Nicht weglaufen, Jungs“, sagte er. Dann sprang er hinterher.

Stephanie atmete aus. Langsam ließ das Ziehen im Rücken und an den Oberschenkeln nach. Mit dem nächsten Einatmen wurde es wieder schlimmer, aber bereits beim folgenden Atemzug war der Schmerz weg.

Entspannen, dachte sie. Aus den Augenwinkeln sah sie sich selbst im Spiegel. Die Haltung war einwandfrei. Schultern und Oberkörper ruhten zwischen den angewinkelten Beinen und berührten gerade eben die Yogamatte. Ihre Arme waren unter den Knien nach hinten gestreckt. „Schildkröte" hieß diese Übung, und Stephanie fand, dass sie dem Namen alle Ehre machte.

Es klingelte an der Tür. Die Ärztin zog die Augenbrauen zusammen. Eine ungewöhnliche Zeit für spontanen Besuch. Sie löste sich aus der Position, ging im Pyjama zur Tür und betätigte die Sprechanlage. Es war Christopher Nolte. Sie drückte auf den Summer und öffnete die Wohnungstür.

Nolte war übel zugerichtet. Das Gesicht war blutverschmiert, eine Platzwunde auf der Stirn notdürftig mit Wundstrips versorgt. Die feuchten Haare klebten am Kopf, und seine durchnässte Sportkleidung lugte unter einem alten, schmutzigen Trenchcoat hervor. Er trug keine Socken an den Füßen, dafür vergammelte Halbschuhe aus Leder.

Er grinste. „Hi, Steph. Ich hab gerade unten die Mülltonnen durchwühlt und gedacht, vielleicht klingelst du mal bei einer alten Freundin."

„Oh Gott, du ... siehst schrecklich aus. Bist du verletzt, oder ist das deine neue Tarnung als Zivilfahnder?"

„Wenn du mich hereinlässt, verrat ich's dir."

Sie machte ihm einen heißen Tee und riss die Augen immer weiter auf, als er ihr von seiner Verfolgungsjagd rund um die Außenalster erzählte. Als er geendet hatte, schüttelte sie den Kopf. „Du bist doch echt verrückt. Er hätte dich töten können."

„Er mich töten oder ich ihn fangen. Ich fand, das war ein bisschen Risiko wert."

Weder er noch das kurze Zeit später eintreffende Großaufgebot der Polizei hatten den Gesuchten im Wasser oder am Ufer der Alster gefunden. Der Unbekannte war spurlos verschwunden. Karl Weber hatte Nolte von der Polizeiwache in der Sedanstraße abgeholt. Zwei hinzugerufene Rettungsassistenten hatten die

Verletzung behandelt, und die Revierbeamten hatten ihn mit ausrangierter Kleidung versorgt.

Er habe nicht gleich ins Hotel zurückgewollt, deswegen habe er sich bei Stephanies Adresse absetzen lassen, sagte er. „Und irgendein Arschloch hat meine Laufschuhe geklaut."

„Na, du hast vielleicht Sorgen." Sie sah ihm ins Gesicht. „Soll ich mir deine Platzwunde angucken? Sieht nicht sehr professionell versorgt aus."

„Ich würde lieber erst duschen."

„Okay." Sie führte ihn ins Bad. „Handtücher sind im Oberschrank. Vielleicht finde ich noch ein paar ausgeleierte Klamotten für dich."

„Bist ein echter Schatz."

Er duschte lange. Schließlich trat er aus dem Badezimmer, ein kleines Handtuch um die Hüften geschlungen.

Stephanie konnte gar nicht anders, als ihn zu betrachten, und sie musste sich eingestehen, dass er noch immer fantastisch aussah. Breite Schultern, kräftige Arme, tolle Muskeln an Brust und Bauch und aufregende Konturen, die sich unter dem Handtuch abzeichneten.

Stephanies Blick wanderte an ihm hoch, und sie fühlte sich ertappt, als sie bemerkte, dass Nolte sie dabei beobachtete. Ihre Blicke trafen sich.

„Du hast ein Hämatom an der Seite. Von dem Fußtritt?"

Der Polizist nickte. Stephanie trat zu ihm und betastete die blaue Stelle.

„Au!" Er verzog das Gesicht, fasste ihre Hand und streichelte sanft darüber. „Das kannst du doch zärtlicher, oder?"

„Solltest du besser röntgen lassen. Eine Rippe könnte gebrochen sein."

„Okay, Frau Doktor. Sonst noch was?"

Er hatte ihre Hand nicht losgelassen. Ihre unten, seine darüber, wanderten sie von seiner Flanke über seinen muskulösen Bauch. Stephanie konnte nicht sagen, ob sie oder er die Bewegung bestimmte. „Oh Gott, was ist das?" Mit ihrer anderen Hand strich Stephanie über ein Dutzend kleiner roter Punkte,

die über seine Schultern und seinen Nacken verteilt waren. „Sind das Insektenstiche?"
Er drehte sich zu ihr um. Stephanie fand ihre Hand auf seiner Brust wieder, und das Berühren seiner harten Muskeln erregte sie.
Er zog sie zu sich und küsste sie auf den Mund und die Wangen, wanderte an ihrem Hals herunter. Das Handtuch spannte sich unter seiner Erregung. Er kam zurück zu ihrem Mund, Stephanie öffnete ihre Lippen und ließ sich auf den Kuss ein. Er führte ihre Hand über seinen Bauch, hinunter an den Rand des Handtuchs.
Stephanie wurde unwohl zumute. Etwas in ihr sperrte sich, und sie schob ihn von sich weg. „Nein. Lass das, bitte."
Er schaute sie an. „Was hast du denn?"
„Tut mir leid. Aber wir wissen doch beide, dass das zu nichts führt."
„Es soll zu überhaupt nichts führen, außer dorthin, wo es bereits ist." Er fasste sie an den Schultern. „Warum denn nicht? Du willst es doch auch."
Stephanie trat einen Schritt zurück. Sie war sich jetzt sicher mit ihrer Entscheidung.
„Versteh mich bitte nicht falsch. Ich mag dich wirklich gern, und wir hatten damals in Frankfurt eine tolle Zeit. Und du siehst mehr als zum Anbeißen aus mit meinem Handtuch, aber ..."
„Aber was?"
„Das ist doch eine schräge Nummer. Du spielst den Helden, kommst dann hierher und machst auf ‚verletzter Cowboy'. Sag mir nicht, dass du nicht auch auf dem Revier hättest duschen können."
Nolte blickte sie an und sagte nichts.
„Ich möchte das mit uns nicht noch mal aufwärmen. Ich suche nach etwas Ernsthaftem, nicht nach Abenteuer und Getue. Ich weiß nicht, ob ich das, was ich suche, bei Jan finden werde, aber ich bin dabei, es herauszufinden, und will es nicht kaputtmachen."

„Jan? Dieser Langweiler passt doch überhaupt nicht zu dir."
„Das zu beurteilen musst du schon mir überlassen."
Stephanie sah an seinem Gesicht, wie es in ihm arbeitete. Sie fragte sich, wie der unnahbare Polizist nach der erfolglosen Jagd eine zweite Niederlage an diesem Abend verkraften würde. Wenn Nolte enttäuscht war, ließ er es sich jedenfalls nicht anmerken. Er wandte sich um und trat zu dem armseligen Haufen seiner nassen Kleidung auf den Badezimmerfliesen. „Ich gehe wohl besser. Danke für die Dusche und den Tee."

14

Senta liegt in einem schlichten weißen Kleid auf einem Krankenbett und stiert in die Luft. Arme und Beine sind mit Lederriemen am Bett festgezurrt, lediglich ihren Kopf kann sie anheben.
Zu allen Seiten tauchen weitere Personen auf. Junge Frauen, mit einfachen grauen Hemden bekleidet, dazwischen vier ältere Frauen in altmodischer Krankenschwesterntracht. Sie stellen sich an die Seite und beaufsichtigen die jungen Frauen, die ausgelassen in dem Zimmer herumspringen. Stühle und Tische mit Nähmaschinen und Stoffresten rollen wie von Geisterhand herein. Die Mädchen setzen sich vor die Maschinen und beginnen mit Näharbeiten.
Das Orchestervorspiel zum zweiten Satz ist zu Ende. Nach wenigen Sekunden Stille setzt die Musik wieder ein. Die Mädchen fangen an zu singen:

Summm und brumm, du gutes Rädchen,
munter munter, dreh dich um!
Spinne, spinne tausend Fädchen,
gutes Rädchen, summm und brumm!

Die Mädchen singen von ihren Liebsten, die zur See fahren, und wünschen sich, dass sie schnell heimkehren mögen. Senta liegt inmitten der Mädchen auf ihrem Bett. Auf einmal wird sie unruhig. Sie zerrt an den Lederriemen und windet sich. Direkt vor ihrem Bett bildet sich eine Nebelwolke, in der eine Gestalt auftaucht. Senta reißt den Kopf hoch und starrt auf den stattlichen Mann, der aus dem Nebel tritt. Es ist der Fliegende Holländer. Er trägt einen feinen Nadelstreifenanzug und hält einen Lederkoffer in der Hand. Die anderen Mädchen nehmen keine

Notiz von Sentas Halluzination, aber Mary, eine der Krankenschwestern, bemerkt ihre Unruhe und tritt zu ihr ans Bett. Sie überprüft den Sitz der Ledergurte und singt zu ihr:

Da seht ihr! Immer vor dem Bild!
Willst du dein ganzes junges Leben
verträumen vor dem Konterfei?

Senta, versunken in die Betrachtung des Mannes, bittet Mary, die Ballade vom Fliegenden Holländer zu singen. Als die sich weigert, stimmt sie das Lied selbst an und besingt den Mann, der ihr immer wieder in ihren Träumen erscheint.

Johohoe! Johohohoe! Johohoe! Johoe!

Traft ihr das Schiff im Meere an,
blutrot die Segel, schwarz der Mast?
Auf hohem Bord der bleiche Mann,
des Schiffes Herr, wacht ohne Rast.

Der Fliegende Holländer hat Gott persönlich herausgefordert und wurde verdammt, ewig auf See zu bleiben. Nur die Liebe eines treuen Weibes kann den Fluch brechen, und alle sieben Jahre darf der Ruhelose an Land gehen, um eine Frau zu finden. Doch bisher wurde er stets betrogen und getäuscht.
Senta stöhnt und kämpft mit den Ledergurten. Entrückt und mit irrem Blick erklärt sie, dass sie die Frau sei, die dem Holländer die Erlösung bringen werde.

Jan sah zu Stephanie hinüber. Die saß wie elektrisiert weit nach vorn gebeugt in ihrem Sessel und verfolgte das Schauspiel auf der Bühne. Sie bemerkte seinen Blick, drehte den Kopf und lächelte ihm zu, bevor sie ihre volle Aufmerksamkeit wieder der Oper widmete.
Stephanie hatte Jan mit den Opernkarten überrascht. Die heiß begehrten Tickets hatte sie über einen Bekannten ergattert. Im

Gegensatz zu der Gerichtsmedizinerin war Jan kein Opernfan, aber die überschwänglichen Kritiken hatten ihn neugierig gemacht. Ihn interessierte die moderne Inszenierung, in der die sagenumwobene Geschichte des ruhelosen Seefahrers in einer Nervenheilanstalt spielte. Einen weiteren Grund für seine Neugierde hatte er Stephanie erst nach einigem Zögern verraten, weil er damit gegen seine ärztliche Schweigepflicht verstieß: Sophie Levantes, die umjubelte Senta-Darstellerin, war seit Kurzem seine Patientin.
Jan war schwer beeindruckt von ihrem Spiel. Diese zarte, verletzliche Frau, die beim Schildern ihrer Beziehungsprobleme immer wieder in Tränen ausgebrochen war, spielte und sang mit einer Intensität und Hingabe, die Jan und alle anderen der knapp eintausendsiebenhundert Zuschauer vom ersten Augenblick an in den Bann gezogen hatte. Die Aufführung ging weiter.

Erik, ein Patient der Station, der in Senta verliebt ist, kündigt die Ankunft eines neuen Patienten an. Ein stattlicher Mann betritt die Bühne. Erneut vermischen sich Realität und wahnhafte Verkennung Sentas, die in dem attraktiven Neuzugang ihren Fliegenden Holländer erkennt. Der neue Patient, vom leidenschaftlichen Werben des hübschen Mädchens ebenso verunsichert wie verzückt, erwidert ihre Zuneigung, und die beiden verstricken sich in Sentas Wahngebilde. Durch ein Missverständnis zweifelt der Holländer an Sentas Treue. In tiefer Verzweiflung schluckt er eine Überdosis Gift. Im dramatischen Schlussakt findet Senta ihren Geliebten, nahezu bewusstlos und dem Tod geweiht. Unter den entsetzten Blicken Eriks und der anderen Patienten nimmt sie das restliche Gift und ruft ihre letzten Worte:

Hier steh ich, treu dir bis zum Tod.

Tödlich vergiftet sinkt sie neben ihm nieder.
Die Musik türmt sich auf zu einem gewaltigen Klanggebilde und endet in dem zentralen, von dröhnenden Posaunen und

Trompeten intonierten Holländermotiv. Langsam schließt sich der Vorhang, doch ehe er den Blick auf die Bühne ganz verdeckt, tauchen im Hintergrund zwei Gestalten in der Kleidung Sentas und des Holländers auf, stehend und eng umschlungen.

Die Musik verstummte. Im riesigen Zuschauerraum herrschte atemlose Stille. Dann löste sich die Ergriffenheit in einem tosenden Applaus, der minutenlang anhielt und die Darsteller immer und immer wieder auf die Bühne rief.

„Der helle Wahnsinn, findest du nicht auch?“ Stephanies Augen glänzten vor Begeisterung.
„Im wahrsten Sinne des Wortes, ja.“
Stephanie und Jan saßen bei einem Glas Rotwein in einem gemütlichen italienischen Restaurant gegenüber der Staatsoper.
„Wie man nur so singen und spielen kann. Das ging ja sowas von unter die Haut. Wie war doch gleich ihr Name?“
„Sie heißt Sophie Levantes.“ Jan überlegte, ob er Steph erzählen sollte, dass die zierliche Sopranistin manche Szene aus der Oper tatsächlich am eigenen Leib erfahren hatte.
„Eine verrückte Geschichte.“ Er nahm einen Schluck Montepulciano. „Sogar mit Happy End.“
Stephanie lachte. „Da kann ich mir aber Schöneres vorstellen.“
Sie unterhielten sich weiter und tranken Wein. Irgendwann klingelte Stephanies Handy. Sie ging ran, hörte eine Weile zu.
„In Ordnung. Ich bin morgen den ganzen Tag in der Klinik. Hör zu, ich kann jetzt schlecht weiterreden.“ Erneutes Schweigen. „Genau. Ich war in der Oper und sitze jetzt mit Jan beim Italiener. Also bis morgen.“
Sie legte auf, sah Jans fragenden Blick und verzog die Mundwinkel. „Es war Christopher. Karl Weber hat versucht, dich zu erreichen. Er wollte dich bitten, alte Gutachten auf Hinweise zu untersuchen. Wenn du einverstanden bist, kommt Christopher morgen Mittag ins Institut und bringt sie vorbei.“
„Und deswegen ruft er dich abends an?“

Sie schüttelte den Kopf, als versuchte sie, den angestrengten Ausdruck aus ihrem Gesicht zu vertreiben. „Ich möchte gar nicht weiter über ihn reden."
„Kennst du Christopher schon lange?", fragte Jan.
„Wir waren ein paar Monate zusammen, als ich in Frankfurt gearbeitet habe. Wir hatten uns auf einer Trekkingtour in Tansania kennengelernt und sind in der gleichen Gruppe auf den Kilimandscharo geklettert. Er ist so eine Sportskanone. Unglaublich ehrgeizig bei allem, was er tut. Und erfolgreich. Er war, glaub ich, mal bester Amateur beim Frankfurt-Marathon und hatte sich sogar für irgendeine internationale Meisterschaft im Triathlon qualifiziert."
Ihre Augen strahlten auf einmal. „Oben auf dem Kilimandscharo, ein paar hundert Meter unterhalb des Uhuru Peak, in fast 6000 Meter Höhe, ist plötzlich einer unserer Bergführer kollabiert, und Christopher hat dann …"
„Ist ja gut. So genau wollte ich es auch wieder nicht wissen."
„Was hast du denn? Du hast mich doch gefragt."
„Ach, ich weiß auch nicht." Er nahm einen Schluck Wein. „Er ist ein ziemlicher Wichtigtuer. Arrogant und ignorant. Findest du nicht?"
Stephanie lachte. „Selbstbewusst war er schon immer. Ist der Herr Psychiater etwa eifersüchtig?"
„Ich halte ihn einfach für ein aufgeblasenes Arschloch. Sonst nichts."
„Du möchtest gar nicht wissen, was er über dich gesagt hat."
„Ihr habt über mich gesprochen? Wann das denn?"
Stephanie lehnte sich in ihrem Stuhl zurück und verschränkte die Arme vor der Brust. „Wir haben uns neulich getroffen." Sie schaute in sein vorwurfsvolles Gesicht. „Rein freundschaftlich." Sie zog die Augenbrauen zusammen. „Sag mal, was wird denn das hier gerade?"
„Dafür habt ihr euch neulich aber sehr herzlich begrüßt."
Stephanie fuhr mit dem Oberkörper vor, ihre Handflächen schlugen auf die Tischplatte, sodass beinahe eines der Weingläser umgefallen wäre. „Kannst du mir mal sagen, was das soll?

Du fragst mich Sachen über Christopher, ziehst über ihn her und machst mir auch noch Vorwürfe. Was willst du denn hören? Dass ich ihn nie wirklich geliebt habe? Dass er ein schrecklicher Typ ist? Eine Niete im Bett? Dass er in Wirklichkeit ein Toupet trägt? Bedaure, damit kann ich leider nicht dienen. Fakt ist, dass es lange aus ist zwischen uns."

Jan starrte auf den Tisch, wich ihrem funkelnden Blick aus.

Stephanies Stimme bebte. „Und ich habe überhaupt keinen Bock auf so eine beschissene Eifersuchts-Hahnenkampf-Nummer."

Jan schaute hoch. „Ich hatte bisher nicht den Eindruck, dass dich das sonderlich stört."

Sie schaute ihn ungläubig an, schüttelte den Kopf. „Wenn du so denkst, kann ich dir auch nicht helfen." Sie stand auf und griff nach ihrer Handtasche. „Ich fahre nach Hause. Du kannst dich ja melden, wenn du dich wieder wie ein erwachsener Mann aufführen willst."

Sie ging, ohne sich umzudrehen.

Jan nippte an seinem Montepulciano, und es dauerte eine Weile, bis sein Ärger verflogen war und er sich wie ein Idiot vorkam.

Der Junge schaut dem Mädchen mit den blonden Zöpfen hinterher, bis es hinter einer Wegbiegung verschwindet. Er meint, noch immer ihre Berührung auf seiner Handfläche zu spüren, die Zartheit ihrer Haut, die Wärme ihres Körpers. Sein Blick wandert zu dem kleinen Sprung in seiner schützenden Kugel, an der Stelle, wo das Mädchen die Feder durch die Hülle gesteckt hat. Er fragt sich, wie es das schaffen konnte. Welche Macht es hat, dass es ihn sehen kann, ihn berühren. Ihn vielleicht sogar verletzen?

Er will sie wiedersehen und beschließt, sie zu suchen.

Er schwebt durch den Park, durch die angrenzenden Straßen und über die nahe gelegenen Plätze, kann sie aber nirgends finden. Er weitet seine Suche aus, überfliegt Wohnviertel, Schulhöfe und Sportplätze, findet aber keine Spur von ihr. Schnell wird ihm klar, wie aussichtslos seine Suche ist, angesichts der riesengroßen Stadt und Hunderttausender Menschen. Aber sein Wille ist stark, und angetrieben von seiner wachsenden Sehnsucht sucht er weiter. Systematisch überfliegt er die einzelnen Straßenzüge. Er dringt in Gebäude ein und durchsucht Wohnungen, Häuser, Kindergärten und Schulen. Er inspiziert Supermärkte und Einkaufszentren, nimmt sich sogar zwei Waisenhäuser und ein Kinderkrankenhaus vor.

Am Ende glaubt er, jeden einzelnen Bewohner dieser Stadt zu Hause, am Arbeitsplatz und in der Freizeit gesehen zu haben. Nur das kleine Mädchen hat er nicht gefunden. Seine Sehnsucht wandelt sich in Enttäuschung, Enttäuschung in Wut, Wut in Hass.

Zornig patrouilliert der Junge durch die Straßen, schaut verächtlich auf die Menschen, die ihm das Einzige, was er wirklich begehrt, nicht zugestehen. Er fühlt sich hingehalten. Vielleicht spielen die Leute ein übles Spiel mit ihm, führen ihn absichtlich an der Nase herum und lachen heimlich über ihn.

Er denkt an den Zwischenfall mit dem Lastwagen, erinnert sich an die Kraft, mit der er das tonnenschwere Fahrzeug wie das Blatt eines Baumes fortgeschleudert hatte. Er denkt an das Chaos und die Zerstörung, die Angst und die Tränen der Menschen.

Die Gedanken verschaffen ihm Genugtuung, und er experimentiert mit seiner Kraft. Schnell findet er heraus, wie er sie einsetzen und

dosieren kann. Mit dem Hauch eines Gedankens wirft er eine volle Mülltonne um. Konzentriert er sich stärker, hebt er Gullydeckel aus dem Boden, demoliert Autos und lässt Fensterscheiben zerbersten.
Der erste Mensch kommt zufällig ums Leben. Zu nächtlicher Stunde reißt der Junge ein Baugerüst aus der Verankerung. Mit einem Teil der frisch renovierten Hausfassade stürzt es in die Tiefe. Stahlträger, Holzbohlen und Klinkersteine begraben einen Obdachlosen unter sich, der auf der gegenüberliegenden Straßenseite Schutz unter einer Bauplane gesucht hat. Als sich der Staub in der Straße gelegt hat, ist der Mann wie durch ein Wunder noch am Leben. Sein Becken ist zerquetscht, und seine Beine liegen unter tonnenschwerem Schutt. Er erlöst den Schwerverletzten mit einem mächtigen Steinblock, unter dem der Kopf des Mannes zerplatzt wie ein überreifer Kürbis.
Der Junge findet Gefallen daran. Heimlich, auf Hausdächern oder hinter Gebäuden verborgen, lässt er Autos zusammenstoßen, Bäume umfallen und wirft fahrende Motorräder, Lastwagen und voll besetzte Busse um. Aus seinen Verstecken beobachtet er die schockierten Menschen, über die sein zerstörerisches Werk hereinbricht wie eine Naturkatastrophe.
Sein Verlangen, seine Lust auf Zerstörung und Tod werden immer größer, Scham und Zurückhaltung schwinden. Er schwebt bei Tageslicht durch die Hauptstraßen der Stadt, schleudert Fußgänger, Radfahrer und alle Arten von Fahrzeugen wie Spielzeug durch die Luft. Ein einziger zorniger Gedanke reicht aus, um ein ganzes Bürohaus ins Wanken zu bringen, und wenn er sich richtig gehen lässt, bringt er Wolkenkratzer zum Einsturz. Er zieht Schneisen von Zerstörung, Leid und Tod durch die Stadt. Niemand ist vor ihm sicher, Tausende Menschen fallen seiner Raserei zum Opfer.
Irgendwann ist alles kaputt. Zitternd vor Anspannung und Erregung steht er auf einem freien Platz inmitten einer unendlichen Wüste aus zerstörtem Beton, Stahl und Glas. Dunkler Rauch steigt auf, eine Ascheschicht liegt auf den Trümmern. Die Luft stinkt nach Tod und Verwesung. Es ist still.
Er atmet ruhiger. Sein Zorn ebbt ab.
Hat er etwas gehört? Einen Ruf, einen Schrei oder sogar Gelächter?

Er blickt sich um, dreht sich im Kreis und erstarrt.
Wenige Meter vor ihm erhebt sich eine baumhohe Gestalt. Gewaltige Fäuste ragen in den Himmel, und tiefschwarze, abgründige Augen haften sich an ihn und saugen an seiner Seele. Der Teufel ist zurück. Er starrt den Jungen an und grinst. Er reißt sein Maul auf und brüllt voller Freude und Genugtuung. Sofort ist sie wieder da, die namenlose Angst, der unbegreifliche Schrecken, vor dem es kein Entrinnen gibt.
Schon erheben sich aus den Trümmern weitere Gestalten. Klauen und Krallen schaben und kratzen an Beton und Stahl. Aus allen Ecken und Ritzen kriechen sie hervor und glotzen ihn an. Eine Armee entsetzlicher Fratzen baut sich um ihn herum auf, kreist ihn ein und lauert.
Er versucht sich zu bewegen, aber seine Schutzhülle klebt starr und unbeweglich am Boden. Auch seine zerstörerische Macht ist erloschen. Er kann nichts ausrichten. Kraftlos fällt er auf die Knie. Die verstümmelten Gespenster umzingeln ihn, aber noch können sie seine Schutzhülle nicht durchdringen. Wartend stehen sie um ihn herum.
Die Kreaturen in den hinteren Reihen werden unruhig. Etwas bahnt sich einen Weg durch die Menge. Die Gestalten in der vordersten Reihe treten beiseite, und der Junge traut seinen Augen nicht.
Das kleine Mädchen mit den Zöpfen und dem roten Kleid steht vor ihm. Es ist fröhlich und unbekümmert und lächelt ihm zu.
„Kann sie den Teufel und die anderen nicht sehen?“, fragt er sich.
Sie winkt ihm zu und ruft etwas, aber ihre Stimme geht unter in dem Getöse der Gestalten, die immer unruhiger werden und erwartungsvoll zu ihm und dem Mädchen schauen.
Das Mädchen holt seine weiße Feder hervor und tritt einen letzten Schritt auf die Glaskugel zu. Es hebt seine Hand.
Der Teufel reißt sein Maul auf und brüllt triumphierend. Die anderen stimmen in das Geschrei ein, sie heben erwartungsvoll ihre Klauen, zucken ungeduldig hin und her. Der Lärm ist ohrenbetäubend.
„Nein, tu es nicht. Das ist eine Falle!“, schreit er aus Leibeskräften. Panisch hebt er die Hände und ruft ihr immer wieder zu. Aber sie hört ihn nicht.

Lächelnd führt sie die Feder an die Schutzhülle heran, berührt sie, sticht durch sie hindurch. Die Kugel leuchtet auf und vibriert. Er spürt, wie zerbrechlich sie ist. Spröde und brüchig wie dünnes Glas. Die Kreaturen drängen vor. Der Teufel reckt siegesgewiss die Fäuste in die Höhe, seine schwarzen Kohleaugen scheinen zu glühen.
Das Mädchen rührt mit der Feder in der Schutzhülle wie mit einem Löffel in einem Pudding. Er hat aufgegeben, sie davon abzuhalten. Gelähmt verharrt er im Innern seiner bebenden Glaskugel und meint, vor Angst wahnsinnig zu werden. Ein erster Riss frisst sich knirschend vom Boden der Hülle bis hoch zum oberen Scheitelpunkt, das spröde Geräusch fährt ihm durch Mark und Bein.
Rasch kommen weitere Risse dazu. Er hält sich die Ohren zu und kneift die Augen zusammen, aber das scheußliche Knirschen und das Gebrüll der Kreaturen dringen durch die Hände hindurch in seinen Kopf. Nach kurzer Zeit ist die ganze Kugel übersät mit Rissen und Sprüngen.
Plötzlich wird es still. Das Klirren und Knirschen hört schlagartig auf, und das Gebrüll der Kreaturen verstummt.
Irritiert nimmt er die Hände von den Ohren.
Absolute Stille.
Voller Misstrauen öffnet er die Augen. Durch die Risse sieht er den Umriss des Mädchens, das noch immer vor der Kugel steht. Dahinter, schemenhaft, unzählige schaurige Gestalten. Alle verharren und warten. Durch eine einzelne Scherbe blickt er in das Gesicht des Mädchens. Sie strahlt über das ganze Gesicht. Die Feder hält sie in Augenhöhe vor sich.
Sie sieht ihm in die Augen. Blinzelt. Und führt die Feder ein letztes Mal an die zerbrechliche Schutzhülle. Die zarte Berührung genügt. Die Kugel zerbirst in einem gewaltigen Knacken und Klirren. Die Scherben springen auseinander, fallen herab und lösen sich, noch ehe sie den Boden berühren, in nichts auf.

15

Jan saß an seinem Schreibtisch und diktierte handschriftliche Aufzeichnungen über ein Gutachtengespräch auf Tonband. Das Telefon klingelte. „Hallo Jan!“ Es war Marie Kießler, die Sekretärin. „Hier will ein Mann zu dir. Er heißt Nolte und sagt, er sei von der Polizei.“
„Ich hol ihn gleich ab.“
Jan ließ sich Zeit mit der Beendigung seines Diktats, bevor er den Polizisten hereinbat.
Nolte wirkte entspannt. „Ich war gerade bei Steph, da dachte ich, bring ich Ihnen die Akten doch gleich persönlich vorbei.“
Er trug einen Karton auf dem Arm, der bis zum Rand gefüllt war. „Weber meinte, es sei am besten, wenn Sie als Experte die alten Gutachten durchsehen und schauen, ob etwas Relevantes dabei ist.“
Jan seufzte beim Anblick der Akten. „Stellen Sie den Karton einfach auf den Boden.“ Die Männer standen sich schweigend gegenüber. Jan betrachtete das breite Pflaster auf Noltes Stirn. „Was haben Sie denn da gemacht?“
Nolte schien überrascht. „Hat Steph nichts erzählt? Ich hatte eine unerwartete Begegnung mit unserem Serienkiller.“
„Ich fürchte, wir haben nicht den ganzen Abend über Sie und Ihre Heldentaten gesprochen.“
„Na ja, macht nichts, Sie können auch meinen Bericht im Dossier lesen. Was schätzen Sie? Wie lange brauchen Sie für die Durchsicht? Es sind achtunddreißig Fallakten mit Gutachten.“
Nolte bemerkte eine kleine Pappkarte, die vor dem Schreibtisch auf dem Fußboden lag. Er bückte sich und hob sie auf. Es war die Visitenkarte eines Hamburger Taxiunternehmens.

„Hier, die muss Ihnen vom Schreibtisch gefallen sein." Er reichte Jan die Karte. „Das viele Taxifahren muss ganz schön ins Geld gehen."
Jan wich dem herausfordernden Blick des Polizisten aus. Er nahm die Karte und legte sie auf den Schreibtisch. „Ich habe gleich einen Auswärtstermin, mache mich aber heute Abend an die Arbeit. Wahrscheinlich kann ich morgen Mittag eine erste Stellungnahme abgeben. Falls ich etwas Wichtiges finde, melde ich mich früher."
„Sehr gut. Da wird Weber sich freuen."
Nolte schlenderte zum Bücherregal und überflog die dicken Bände und Zeitschriften, die darin aufgereiht waren. „Vielleicht kennt Weber jemanden von der Verkehrspolizei und kann etwas für Sie drehen. Oder wann bekommen Sie Ihren Führerschein zurück? Noch in diesem Jahr oder erst im nächsten? Ich meine, zwei Promille Blutalkohol und Kokain hinterm Steuer sind ja auch kein Pappenstiel."
Jan glaubte, sich verhört zu haben. Langsam drehte er sich zu dem Polizisten um. „Ich kann mich nicht erinnern, Ihnen davon erzählt zu haben."
„Das ist für einen Polizisten nicht schwer herauszufinden."
Jans Stimme bebte. „Ist das eines Ihrer Hobbys, in den vertraulichen Daten von Mitarbeitern und Bekannten herumzuschnüffeln, oder hatten Sie gerade nichts Besseres zu tun?"
Nolte trat vom Bücherregal weg, drehte sich zu Jan um und musterte ihn ohne erkennbare Gefühlsregung. „Ich bin gern im Bilde, mit wem ich es zu tun habe, wenn jemand … an meinen Angelegenheiten beteiligt ist."
„Reden Sie von der Mordserie, oder betrachten Sie Stephanie auch als eine von Ihren ‚Angelegenheiten'?"
Nolte zuckte mit den Achseln. „Stephanie? Die schlagen Sie sich am besten aus dem Kopf. Die ist nichts für Sie."
Jan sah dem Polizisten scharf in die Augen. „Jetzt hören Sie mir mal zu, Sie Superpolizist. Es ist mir scheißegal, wenn Sie es mit Ihrem aufgeblasenen Ego nicht vereinbaren können, dass sich Stephanie nicht mehr für Sie interessiert. Aber es ist mir nicht

egal, dass Sie in meinem Privatleben herumschnüffeln und sich über Datenschutzbestimmungen hinwegsetzen. Ich verspreche Ihnen, wenn Sie das noch einmal bringen oder vertrauliche Sachen durchsickern lassen, mache ich Ihnen die Hölle heiß. Und jetzt verschwinden Sie aus meinem Büro und aus diesem Institut."

Nolte zuckte nicht einmal mit der Wimper.

Am frühen Abend kehrte Jan ins verlassene Institut zurück. Er setzte sich an seinen Schreibtisch und blätterte durch die Ermittlungsakten mit den psychiatrischen Gutachten, die er auf dem Fußboden zu einem stattlichen Turm aufgestapelt hatte. Er war zu müde und lustlos, um systematisch vorzugehen, und fragte sich, ob sein Geblätter nicht reine Zeitverschwendung sei. Er überprüfte die Namen der Angeklagten, wenngleich er nicht wirklich damit rechnete, den Namen „Wagner" darunter zu finden. Dies hatten Webers Beamte schon überprüft. Die Straftaten reichten von eher harmlosen Fällen von Exhibitionismus bis hin zu mehreren Sexualmorden. Jan entdeckte nichts, was seine Aufmerksamkeit besonders erregte.

Er stand von seinem Schreibtisch auf, ging zum Fenster und schob die Stoffgardine beiseite. Draußen wurde es dunkel. Er öffnete das Fenster, streckte den Kopf hinaus und genoss die frische, kühle Luft. Nach den vielen sonnigen Tagen hatte sich der Himmel im Laufe des Nachmittags zugezogen. Ein leichter Nieselregen benetzte Jans Gesicht und Haar. Er atmete tief durch. Er würde noch ein paar Akten durchsehen und morgen ein oder zwei Stunden früher ins Institut kommen und weitermachen.

Gegenüber dem Fenster, auf einer kleinen Sandfläche neben der Asphaltstraße, parkte ein Auto. Jan schaute verwundert auf den alten Mercedes SL mit dem verbeulten Kotflügel. Es war das Auto seines Chefs.

Jan war nicht aufgefallen, dass Schmauch sich im Institut aufhielt. Die Außentür war verschlossen gewesen und das Licht im Flur ausgeschaltet, als er vorhin das Gebäude betreten hatte. Er

nahm sich vor, beim Chef an die Zimmertür zu klopfen, wenn er später ging.
Er kniete sich neben den Stapel und griff sich wahllos fünf Akten. Er zwang sich zur Konzentration, überflog die ersten drei Gutachten und war schnell sicher, dass keine heiße Spur darunter war, aber das vierte Gutachten erregte seine Aufmerksamkeit. Es ging um einen damals neunzehnjährigen Mann, der wegen versuchter Vergewaltigung und schwerer Körperverletzung angeklagt war. Er hatte eine junge Prostituierte brutal geschlagen und gewürgt. Bei seinem Versuch, sie zu fesseln und zu knebeln, hatte sie sich befreien und wegrennen können.
Jan las weiter.
Der Mann hieß Robert Pirnau und war für Polizei und Justiz kein unbeschriebenes Blatt. Laut Gutachten war er bereits als Jugendlicher wegen sexuell übergriffigen und gewalttätigen Verhaltens zu Jugendstrafen verurteilt worden. Die Polizei ermittelte gegen Pirnau zeitgleich wegen zweier sexueller Tötungsdelikte an jungen Prostituierten, die brutal vergewaltigt und erwürgt worden waren, konnte ihm diese Morde allerdings nicht nachweisen.
Jans Müdigkeit verflog. Es war ein typisches Deliktprofil für einen sadistischen Sexualtäter.
Angaben zur Lebensgeschichte gab es nur wenige. Ein Jugendhilfebericht wies Pirnau als sozial und emotional vernachlässigtes Kind aus. Das Jugendamt hatte ihn nach dem Selbstmord seiner drogenabhängigen Mutter in Pflegefamilien und später in Erziehungsheimen untergebracht, wo er sich nie integrieren konnte.
Jans Herz pochte beim Weiterlesen. Eine ganze Seite des Berichts beschrieb die perverse Neigung des Jugendlichen, Tiere auf einfallsreiche Weise zu quälen und zu töten. Insbesondere große Vögel wie Gänse und Schwäne hatten es dem Jungen angetan.
Pirnau selbst hatte während der Begutachtung wenig über sich und seine Lebensgeschichte gesprochen. Jan überflog die Seiten, auf denen seine Angaben protokolliert waren, und sein Blick

blieb an einer Buchstabenfolge hängen, die zu einem Textabschnitt im unteren Drittel der Seite gehörte:

W-a-g-n-e-r

Er hielt die Luft an und studierte den Abschnitt. Es war ein wörtlich wiedergegebener Auszug aus der psychiatrischen Exploration, in der Pirnau von seiner Liebe zu Gesangsstücken und Opern deutscher Komponisten erzählte. Seine Kumpels hätten ihm darum diesen Spitznamen gegeben.

Volltreffer, dachte Jan. Der Gutachter hatte bei dem Neunzehnjährigen eine sadistische Perversion und eine schwere Störung der Persönlichkeit diagnostiziert. Die zwanghafte Beschäftigung mit Gewalt und Sexualität, das schizoide Rückzugsverhalten und ein paranoides Misstrauen gegenüber anderen sowie eine schwere dissoziale Entwicklung führten trotz überdurchschnittlicher Intelligenz zu einer Einschränkung der Schuldfähigkeit.

Jan atmete schwer aus. Robert Pirnau war ein hochgefährlicher Mann. Psychopathisch, sadistisch und paranoid.

Das Gericht war der Empfehlung des Gutachters gefolgt und hatte Pirnau zu einer hohen Haftstrafe verurteilt und ihn auf unbestimmte Zeit im Maßregelvollzug, einer speziellen, hoch gesicherten psychiatrischen Klinik für gestörte Straftäter, untergebracht.

Jans Telefon klingelte, und er zuckte vor Schreck zusammen. Er ignorierte das Signal. Es war lange außerhalb der Arbeitszeit. Wer auch immer es war, er musste mit dem Anrufbeantworter vorliebnehmen.

Jan blätterte weiter durch die Akte. Den Namen des Richters kannte er nicht, aber der verantwortliche Oberstaatsanwalt war ein alter Bekannter: Alexander von Meuren, unlängst gewaltsam aus dem Leben geschieden.

Und der Gutachter? Er blätterte suchend in der Akte und war sicher, dass es sich um Dr. Victor handeln musste. Vladimir Victor war zum Zeitpunkt der Gerichtsverhandlung noch als

Gutachter aktiv gewesen, bevor er einige Jahre später selbst verurteilt worden war. Jan hatte das fehlende Puzzleteil entdeckt, und die ganze Sache ergab jetzt einen Sinn.

Der Anrufbeantworter sprang an. Der Ansagetext, dann der Piepton.

„Hallo Jan, hier ist Marie."

Marie Kießler. Jan hörte mit halbem Ohr hin. „Dein Handy ist aus, und bei dir zu Hause läuft nur ein Band. Ich hatte gehofft, dich im Institut zu erreichen."

Ihr besorgter Tonfall jagte Jan einen Schauer über den Rücken. „Ich mache mir Sorgen um Volker. Er wollte am Abend ins Institut fahren, um nach dem Rechten zu sehen. Jemand hatte in seinem Garten randaliert und die Rosenstöcke und die Büsche zerstört, und er wollte eigentlich ..."

„Hallo Marie?" Jan hatte nach dem Hörer gegriffen, der Anrufbeantworter schaltete sich automatisch ab. Sein Mund war knochentrocken, und seine Hand zitterte so stark, dass der Hörer rhythmisch gegen sein Ohr schlug.

Gerade hatte er eine weitere Seite der Akte aufgeschlagen und den Namen des psychiatrischen Gutachters gelesen. Es war nicht Dr. Vladimir Victor.

„Jan? Was für ein Glück, dass du da bist." Die Stimme der Sekretärin drang wie aus weiter Ferne an sein Ohr. „Volker wollte mich zurückrufen, aber er hat sich nicht gemeldet und geht auch nicht ans Telefon. Vielleicht kannst du ..."

„Marie, sei still und hör mir genau zu." Jan hatte nicht das Gefühl, dass die Stimme, die gerade sprach, zu ihm gehörte.

„Du musst sofort den Notruf der Polizei wählen. Eins-Eins-Null. Die sollen schnell herkommen, mit allem, was sie haben. Ein gefährlicher Mörder ist hinter Volker her, und ich fürchte, dass beide, Volker und der Mörder, hier im Institut sind."

„Aber was ..."

„Marie, hast du mich verstanden?"

Die Sekretärin schien wie unter Schock. Sie schluchzte.

„Marie, bitte. Hast du mich verstanden? Weißt du, was du machen sollst?"

„Ja." Ihre Stimme wirkte gefasster. „Ich rufe sofort an."
Sobald Jan den Hörer aufgelegt hatte, überrollte ihn eine Welle unendlicher Einsamkeit und Angst. Er schaute zum offenen Fenster, dann zur Zimmertür. Die Vorstellung, jetzt sein Zimmer zu verlassen, auf den Flur zu treten und in das Büro seines Chefs zu gehen, jagte ihm eine erbärmliche Angst ein.
Eine Waffe, schoss ihm durch den Kopf. Er brauchte eine Waffe, um gegen Pirnau eine Chance zu haben. In einer seiner Schubladen musste ein Brieföffner liegen. Kurz darauf hielt er den kühlen Griff des zehn Zentimeter langen Schneidwerkzeugs in der Hand. Ein gutes Gefühl.
Leise und vorsichtig, als würde jedes Geräusch seinen sofortigen Tod bedeuten, schlich er zur Zimmertür, drückte die Klinke herunter und schob die Tür einen Spalt auf, gerade weit genug, um einen Blick in den Flur werfen zu können.
Das Licht brannte, die anderen Zimmer waren verschlossen. Alles wie vorhin.
„Weiter!", trieb er sich voran. Er schlüpfte durch die Tür, schloss sie hinter sich und schlich auf Zehenspitzen voran. Sein Blick wanderte zur dunklen Treppe. Er erwartete das plötzliche Auftauchen eines Angreifers, der die Treppe heruntergepoltert kam oder ihm aus einem der Zimmer entgegenstürmte. Aber es passierte nichts.
Das Büro seines Chefs. Er öffnete die Tür. Die Schreibtischlampe brannte. Sie war umgefallen, ihr Lichtkegel fiel auf das Bücherregal hinter dem Tisch. Bücher waren quer über den Boden verstreut. Der schwere Bürostuhl lag schräg vor der Terrassentür, das Fußkreuz war unter einer umgeschlagenen Kante des Teppichs verkeilt. Die Terrassentür stand offen, einer der Vorhänge war halb heruntergerissen und verhüllte den Blick in den Garten.
Mit pochendem Herzen schlich Jan durch das Zimmer seines Chefs, den Brieföffner fest in der Hand. Beiläufig fiel sein Blick auf ein braunes Stück Papier, das auf dem Beistelltisch der Sitzecke lag. Es war ein Umschlag, aus dem das obere Ende einer Feder herausragte.

Jan näherte sich den Vorhängen. Er wollte eigentlich nicht wissen, was er dahinter vorfinden würde, aber jetzt gab es kein Zurück mehr. Mit der linken Hand griff er nach dem Vorhang und schob ihn zur Seite. Der Schimmer der Tischlampe warf ein dezentes Licht in den Garten. Jans rechte Hand verkrampfte sich um den Griff des Brieföffners.

Kriminalhauptkommissar Weber beendete die abendliche Sitzung der SOKO, und seine Mitarbeiter wandten sich zum Gehen, als sein Diensthandy klingelte. Er zog das Mobiltelefon aus der Hosentasche und ging ran. „Was?"
Die verbliebenen Beamten im Besprechungsraum unterbrachen beim Klang seiner Stimme ihre Feierabendgespräche und schauten zu ihrem Chef. Weber riss die Augen auf. „Oh nein, bitte nicht."
Seine Mitarbeiter starrten ihn an. Weber hörte einen Augenblick zu, schüttelte dann unmerklich den Kopf. „Nein, nicht den Kriminaldauerdienst. Wir kommen selbst hin." Er trennte die Verbindung, schaute sich im Kreis seiner Leute um.
„Der Feierabend wird warten müssen. Unser Mann hat ein weiteres Mal zugeschlagen."

„Der erste Schlag mit der Eisenstange hat die Schädeldecke zertrümmert und am Großhirn, im Bereich des rechten Scheitellappens, eine potenziell tödliche Verletzung verursacht. Das Opfer war nach dem Schlag nur noch wenige Sekunden bei Bewusstsein. Der Täter hat die restlichen vier Schläge also auf den Kopf eines leblos vor ihm liegenden Mannes gesetzt und dabei das Gesicht und den Schädel bis zur Unkenntlichkeit zerstört."
Stephanie legte das Diktiergerät zur Seite und nahm einen Schluck Tee. Es war bereits das achte Sektionsprotokoll, das sie an diesem Abend diktiert hatte.
Ihr Blick wanderte über den Schreibtisch, von dem Stapel der noch nicht diktierten Sektionsakten hinüber zu ihrem Handy. Ihr Bereitschaftsdienst ging bis Mitternacht, und wenn es ruhig blieb, könnte sie bis dahin mit den Diktaten fertig werden.

„Also Bürschchen …“ Sie sah das Handy streng an. „Keinen Mucks, sonst gibt es mächtig Ärger!“
Sie zuckte heftig zusammen, als das Display des Telefons plötzlich zum Leben erwachte und der Signalton erklang.
„Du rotzfreches Ding, das hast du absichtlich gemacht.“ Sie griff zum Handy und nahm das Gespräch an. Es war Christopher Nolte. Seine Stimme klang ruhig und entspannt, beinahe heiter.
„Hallo Stephanie. Keine Sorge, ich rufe rein dienstlich an. Wir untersuchen einen Mord. Möglich, dass er auf das Konto unseres Serienkillers geht. Wir sind bereits vor Ort. Wäre gut, wenn du bei der primären Tatortbesichtigung dabei wärst.“
„Okay. Wo geht's hin?“
„Diesmal kannst du das Auto stehen lassen. Es ist auf dem Klinikgelände, im Institut für Forensische Psychiatrie.“

Jan nahm das Geheul der herannahenden Polizeisirenen kaum zur Kenntnis. Er blickte in die weit aufgerissenen Augen seines Chefs. Professor Volker Schmauch war tot.
Jan kniete inmitten herausgerissener Rosenstöcke und zerknickter Sträucher auf einem durch den Nieselregen angefeuchteten Beet und beugte sich über seinen Chef. Er hatte ihm eine Hand an den Kopf gelegt, als ob er ihm dadurch beistehen könnte. Jans Hand, sein Hemd und die Hose waren getränkt mit dem Blut, das in tödlicher Menge aus Schmauchs durchgeschnittener Kehle geflossen war.
Er konnte nicht fassen, was er sah. Ihm war sofort klar gewesen, dass für den Professor jede Hilfe zu spät kam. Jans bodenlose Angst war beim Anblick seines toten Chefs einem stummen Entsetzen gewichen. Inzwischen fühlte er sich nur noch leer und stumpf. Er hätte nicht sagen können, wie lange er bereits neben der Leiche gekniet hatte, als die ersten Streifenwagen und, kurz darauf, die Mitarbeiter von Webers Sonderkommission eintrafen.
Weber und Nolte nahmen Jans Aussage auf. Er berichtete ohne Gefühlsregung, angefangen mit der Enttarnung Wagners durch

das psychiatrische Gutachten bis zum Auffinden seines ermordeten Chefs.

Stephanie traf am Tatort ein. Ein Beamter führte sie in den Institutsgarten. Sofort sah sie Jan. Er stand jetzt abseits des Geschehens und betrachtete ungläubig den Leichnam, an dem sich zwei Beamte der Spurensicherung zu schaffen machten. Jan bemerkte die Gerichtsmedizinerin, und ihre Blicke trafen sich. Stephanie stellte ihre Tasche ab und ging zu ihm. Sie schaute besorgt in sein versteinertes Gesicht und wollte ihn umarmen, aber er hob abweisend die Hände. Stephanie blieb vor ihm stehen.

„Mein Gott, Jan. Das muss furchtbar für dich sein. Bist du okay? Kann ich etwas für dich tun?"

Jan schüttelte wie betäubt den Kopf. „Schon in Ordnung. Ich habe meine Aussage gemacht. Ich werde jetzt gehen."

Stephanie suchte in seinem Gesicht nach einer emotionalen Regung. Aber er blieb ihr verschlossen. Hilflos stand sie vor ihm.

„Es tut mir leid, dass du das hier erleben musst. Ich weiß, dass er dir viel bedeutet hat."

Jan sagte nichts.

Einer der Spurensicherer trat aus dem Gebäude und ging zu Weber und Nolte, die neben der Leiche des Professors standen, und sprach einige Worte zu ihnen. Die beiden Polizisten blickten überrascht zu Jan und kamen zu ihm herüber. Nolte ergriff das Wort.

„Dr. Decker?"

Jan reagierte nicht.

„Unsere Mitarbeiter haben Ihr Arbeitszimmer durchsucht und einige Gegenstände sichergestellt."

Ein uniformierter Polizist trat aus dem Gebäude und brachte den Kommissaren zwei durchsichtige Plastiktüten.

„Danke!" Nolte hielt die Tüten in das Licht eines der aufgebauten Scheinwerfer. „Ein Springmesser und ein Handy. An der Waffe befinden sich frische Blutspuren." Süffisant lächelnd wandte er sich an Jan. „Gehört das Ihnen?", fragte er.

„Wie bitte?“ Jans Stimme klang kraftlos und stumpf.
„Das Messer und das Handy. Gehören die Ihnen?“
„Nein, natürlich nicht. Wie kommen Sie darauf?“
„War beides in Ihrem Arbeitszimmer. In einem Regal, hinter Büchern versteckt.“
„Ja aber ...“ Jan verstand nicht, was Nolte meinte.
„Dr. Decker, ich muss Sie bitten, mit auf das Kommissariat zu kommen.“
„Was?“ Jan schüttelte den Kopf. „Hören Sie, ich bin wirklich nicht in der Verfassung. Ich habe Ihnen alles gesagt, was ich weiß.“
„Ich muss leider darauf bestehen.“
„Ich habe Nein gesagt. Und das ist mein letztes Wort.“
„Dr. Decker, ich glaube, Sie missverstehen die Situation. Sie stehen in einem engen Bezug zum Opfer, und die wahrscheinliche Tatwaffe wurde versteckt in Ihrem Arbeitszimmer gefunden.“
Jan brauchte einige Sekunden, um den Satz zu verdauen. „Sie glauben ernsthaft, dass ich ... Das ist doch lächerlich, und Sie wissen das. Warum sollte ich meinen Chef ermorden?“
„Das ist eine gute Frage. Sagen Sie es mir!“
Stephanie schnaufte, und Weber griff seinem Kollegen an den Arm. „Hören Sie auf damit, Nolte. Das reicht jetzt.“
Jan schüttelte den Kopf. „Sagen Sie, haben Sie den Verstand verloren? Sie müssen verrückt sein, wenn Sie das ernsthaft in Betracht ziehen. Man muss doch nicht einmal ein Superbulle sein, um zu kapieren, dass der Täter die Sachen in meinem Arbeitszimmer versteckt haben muss.“
Feindselig starrte er den BKA-Polizisten an, der den Blick kühl erwiderte. „Möglich. Genau das müssen wir herausfinden. Und bis wir das getan haben, sind Sie tatverdächtig.“
Weber hob beschwichtigend die Hände. „Hey Nolte. Lassen Sie es gut sein. Wir können ihn genauso gut morgen vernehmen.“
„Ich muss Sie wohl nicht auf die Vorschriften in so einem Fall hinweisen, Herr Kollege. Die Beweislage lässt Schlüsse in verschiedene Richtungen zu, und bis das geklärt ist, besteht Vertuschungs- und Fluchtgefahr.“

Weber verdrehte die Augen. „Ich scheiß auf Ihre Vorschriften."
Nolte blieb gelassen. „Wenn Sie darauf bestehen, können wir den zuständigen Staatsanwalt hinzuziehen und ihn über die Rechtmäßigkeit der Festnahme entscheiden lassen."
Weber schüttelte den Kopf. Nolte wandte sich erneut an den Psychiater. „Also, Dr. Decker, wenn Sie nicht freiwillig mitkommen, sehe ich mich gezwungen ..."
Jans Finger knackten, als sich seine Hände zu Fäusten ballten. „Du verdammtes Arschloch. Wir wissen beide, warum du diese Bullennummer abziehst." Zornentbrannt stürmte er auf Nolte zu. Der Polizist war einen halben Kopf größer als Jan und wesentlich kräftiger. Er rührte sich keinen Millimeter. „Ich mache Sie darauf aufmerksam, dass die Beleidigung eines Polizeibeamten ..."
Jan kam bei Nolte an und versuchte, ihn mit voller Wucht umzustoßen, aber der Polizist reagierte blitzschnell und drehte sich seitlich weg. Jans Schubser ging ins Leere. Nolte packte eine der vorgestreckten Hände des stolpernden Arztes und drehte ihm den Arm schmerzhaft auf den Rücken. Jan fiel zu Boden. Ihm fehlte der Arm, um den Sturz abzufangen, und sein Gesicht bohrte sich in den vom Regen aufgeweichten Boden. Schmerzhaft spürte er das Knie des anderen zwischen den Schulterblättern. Er konnte sich nicht mehr rühren und spuckte beim Fluchen feuchte Erde aus dem Mund. „Scheißkerl!"
„Das haben Sie sich selbst eingebrockt." Nolte rief einen Streifenpolizisten zu sich und ließ sich Handschellen reichen.
Weber rührte sich. „Nolte, hören Sie sofort auf. Das ist ein Befehl!" Er wandte sich an Stephanie. „Ich schaffe Decker weg und lasse ihn nach Hause bringen, okay? Nicht, dass es hier heute Abend noch einen Toten gibt." Er trat zu Jan, der apathisch im Dreck lag, und half ihm auf die Beine. Er wandte sich an Nolte: „Ich nehme den Doc mit. Da Sie offenbar gerade in Topform sind, können Sie doch gleich die Tatortsicherung übernehmen, Herr Hauptkommissar."

16

Jan konnte sich nicht erinnern, wo der Inhalt der Wodkaflasche abgeblieben war, die vor ihm auf dem Küchentisch stand. Er drückte seine Zigarette in den Haufen unzähliger Kippen und Kronkorken, die sich im Aschenbecher auftürmten, beugte sich vor, griff nach der Flasche und schenkte sich die letzten Schlucke in das Glas, das er in der anderen Hand hielt. Die Hälfte tropfte daneben und endete als nasser Fleck auf seiner Hose.

Der Wodka war gut. Stark und hochprozentig, er betäubte seinen Verstand und vernebelte die Bilder und Gedanken, die sich in seinem Kopf festgesetzt hatten und sich nicht verscheuchen ließen.

Der Anblick seines ermordeten Chefs. Das blasse, wächserne Gesicht mit den toten Augen, aus denen alle Wärme und Anteilnahme für immer verschwunden waren.

Sein Streit mit ihm vor einigen Tagen. Jans kindische Reaktion. Die absurde Situation im Garten des Instituts, als Nolte ihn in Anwesenheit Stephanies gedemütigt und in den Dreck getreten hatte.

Und immer wieder dieser Name. Robert Pirnau, genannt Wagner. Der Mörder seines Chefs.

Jan griff erneut nach der Flasche und stellte enttäuscht fest, dass sie leer war. Achtlos schubste er sie zurück auf den Tisch. Sie schwankte hin und her, fiel um und rollte auf die Tischkante zu. Reisende soll man nicht aufhalten, dachte er. Die Flasche fiel herunter und zerplatzte beim Aufprall auf die Küchenfliesen in Dutzende Scherben.

Jan stand vom Tisch auf, wankte um die Glasscherben herum, griff sich seine Lederjacke vom Kleiderhaken und torkelte aus der Wohnung.

Die Reeperbahn war nur ein paar Gehminuten entfernt. Der hartnäckige Nieselregen durchnässte seine Haare und sein Gesicht, auch seine Jacke hielt die Feuchtigkeit nur notdürftig ab. Aber das war ihm egal. Er tauchte ein in die glitzernde Welt des Kiez, wurde Teil des erlebnishungrigen Schwarms aus Einheimischen und Touristen, die in die Discos und Clubs, Theater, Sexkinos und Striplokale einfielen. Aus den halb offenen Eingangstüren der Lokalitäten drang laute Musik. Die stampfenden Bässe, die sich mit dem Gegröle und Geschrei der Menschen zu einer dichten Geräuschkulisse verbanden, trommelten ihm die Gedanken aus dem Hirn. Der Geruch nach Fastfood, Zigarettenrauch, Haschisch und Alkohol verdrängte den schweren Duft von Erde und Blut.

Zwei Prostituierte, die rauchend an einem Hauseingang standen, wurden auf Jan aufmerksam. Wegen des kalten Nieselregens hüllten sie ihre mit Hotpants, Netzstrümpfen und engen Oberteilen zur Schau gestellten Reize in dünne Regenmäntel. Sie schlenderten zu Jan herüber und boten ihre Körper seinen erst verhaltenen, dann immer gierigeren Blicken dar. Eine der beiden, eine üppig gebaute, höchstens zwanzigjährige Frau mit langen dunklen Haaren, streichelte ihm mit der Hand über den Nacken und lächelte ihn an. Der intensive Blick aus ihren dunkelblauen Augen war Verführung und Versprechen zugleich. „Lust auf etwas Ablenkung und Spaß, wie wär's?" Ihre rauchige Stimme schlich in seinen Kopf und lullte ihn ein. Die unerwartete Berührung bereitete Jan eine wohlige Gänsehaut, zog ihn an und erregte ihn.

Er drängte sie weg. Später vielleicht. Im Moment brauchte er etwas anderes.

Minuten später betrat er einen unscheinbaren Club in einer Seitenstraße der Reeperbahn. Hämmernde Beats hüllten ihn ein, die Luft war rauchgeschwängert und roch nach dem Schweiß zuckender Leiber, die sich auf der engen Tanzfläche mit entrückten Blicken zum Takt der Bässe bewegten. Jan quetschte sich an den Tänzern vorbei und steuerte auf eine kleine Theke an der Hinterseite zu. Vom Hörensagen wusste er, dass man hier mehr bekommen konnte als Erdnüsse und alkoholische Getränke.

Jan war fertig. Kopf und Oberkörper nach vorn gebeugt, die Hände auf die Knie gestützt, kämpfte er gegen den beißend säuerlichen Geschmack von Bier und Schnaps, der ihm unentwegt den Rachen heraufkroch. In seinem benebelten Kopf drehte sich eine Discokugel und malträtierte die Synapsen seines Gehirns mit Lichtblitzen, und die Eingeweide in seinem Bauch tanzten zum wilden Takt seines Herzschlags. Er atmete tief durch, hob den Kopf und versuchte, sich in der nächtlichen Dunkelheit zu orientieren.
Der weite Platz am Hafenrand, auf dem sonntags der Altonaer Fischmarkt stattfand und Tausende Frühaufsteher und Nachtschwärmer anzog, diente den Touristen unter der Woche als schnöder Parkplatz für Campingbusse und Autos. In weiten Abständen aufgestellte Laternen warfen winzige Lichtinseln auf die dunklen Pflastersteine. Metallpoller und ein hüfthohes Absperrgitter aus Stahlrohr markierten die Begrenzung zum Hafenbecken. Gute zwei Meter tiefer plätscherte das trübe Elbwasser in kleinen Wellen gegen die Kaimauer. Kalte, feuchte Luft drang von der schwarzen Oberfläche herüber.
Jan kniff die Augen zusammen, um zwischen den geparkten Autos seine weitere Marschrichtung festzulegen. Er tastete sich voran, aber er konnte das Gleichgewicht nicht halten und schwankte zur Seite. Im letzen Augenblick stützte er sich an der Motorhaube eines Kleinwagens ab. Seine Eingeweide protestierten gegen die plötzliche Anstrengung und öffneten ihre Schleusen. Jan beugte sich vor und erbrach ein feuriges Gemisch aus alkoholischen Getränken, Magensäure und Stücken einer Salamipizza auf den Asphalt.
Er schnappte nach Luft. Den Geruch der Kotze beantwortete sein Magen mit weiteren Bocksprüngen.
Jan richtete sich auf, trat einen Schritt zur Seite und zwang sich zu gleichmäßigem Atmen. Tatsächlich beruhigte sich der Ma-

gen, sogar der Nebel in seinem Kopf lichtete sich. Er musste sich konzentrieren. Zumindest noch für einen Augenblick. Er tastete sich einige Schritte voran. Ein Geräusch ließ ihn herumfahren. Hinter ihm, im Schatten eines Campingbusses, stand jemand. Nicht gut, dachte Jan, der realisierte, dass außer ihm und dem da hinten keine Menschenseele in der Nähe war.
Seine dem Alkohol- und Drogenrausch geschuldete Gleichgültigkeit siegte über die aufkommende Beunruhigung, und er ging weiter.
Die dunkle Gestalt löste sich aus dem Schatten und trat an Jan heran. Ein Mann, größer als Jan, deutlich kräftiger. In Jeans und dunkler Jacke. Er blieb direkt hinter ihm stehen.
„Guten Abend, Dr. Decker." Die Stimme des Mannes durchdrang die kalte Stille wie das plötzliche Knacken der Eisdecke auf einem zugefrorenen See. Der Nebel in Jans Kopf zog sich weiter zurück, und Angst kroch darunter hervor.
„Wer sind Sie, was wollen Sie von mir?", fragte er, obwohl die schreckliche Gewissheit, mit wem er es zu tun hatte, bereits in seinem Kopf hallte.
„Erbärmlicher Mistkerl!" Eine Faust flog heran und explodierte in Jans Gesicht. Sein Mund füllte sich mit Blut. Er taumelte rückwärts Richtung Hafenbecken, stolperte über seine eigenen Füße und stürzte auf den Asphalt. Schritte näherten sich, und aus den bunten Sternen vor Jans Augen trat die Gestalt des Mannes hervor. Wie ein Raubtier, das sich seiner Beute sicher war, stand Robert Pirnau über ihm.
Jan kämpfte seine Panik nieder und versuchte, sich zu konzentrieren. Solange er lebte, hatte er auch eine Chance.
„Ich weiß, was Sie getan haben", hörte er sich sagen. „Ich kenne Ihre Rachepläne. An Bullinger, an dem Staatsrat und an Professor Schmauch." Mühsam richtete er sich auf. Pirnau überragte ihn um fast eine Kopflänge.
„Einen Scheißdreck weißt du."
Pirnau schubste Jan weiter Richtung Hafenbecken. Nur noch wenige Schritte bis zur Kaimauer. Das Wasser sah kalt und abweisend aus. Ein nasses, einsames Grab.

„Ich verstehe das“, sagte Jan. „Immerhin haben die Sie eingebuchtet. Das Leben ist hart. Auge um Auge.“
„Was du nicht sagst.“ Ein weiterer Schubs. Jan stand neben einem der Poller. Das Stahlrohr des Absperrgitters drückte ihm in die Hüfte.
„Sie haben Ihre Rache vollendet, oder nicht? Warum hauen Sie nicht aus Hamburg ab, solange Sie noch können? Irgendwohin, wo die Polizei Sie nicht findet.“
„Dass ihr Seelenklempner nie mit dem Quatschen aufhören könnt.“
Pirnau hielt ein Springmesser in der Hand. Das metallische Klicken, mit dem die Klinge aus dem Schaft schnellte, fuhr Jan durch Mark und Bein. Seine Stimme überschlug sich vor Angst. „Ich habe Ihnen doch nichts getan. Vielleicht kann ich Ihnen bei der Flucht sogar von Nutzen sein.“
„Es geht hier nicht um mich. Du stirbst für das ... was du ihr angetan hast.“
„Ihr?“ Jan meinte, sich verhört zu haben. Ein Hauch von Hoffnung keimte in ihm auf. Vielleicht war alles nur ein Missverständnis. „Wen meinen Sie? Ich habe niemandem etwas getan.“
Pirnaus Hand fuhr hoch. Die Klinge blitzte auf, das Messer sauste auf ihn zu. Jan stieß sich nach hinten ab und flog über die Absperrung. Aber er war zu langsam. Das scharfe Metall schlitzte sich in seinen Hals. Während er rückwärts ins Nichts fiel, spürte er das warme Pulsieren seines Blutes, das aus der Wunde spritzte. Dunkelheit umgab ihn. Es war zu Ende.
Dann schlug er hart aufs Wasser auf. Wie tausend kleine Nadelstiche drang das kalte Nass an seine Haut und riss ihn für einen Augenblick zurück ins Bewusstsein. Jan sah den Mann, der gerade zu seinem Mörder geworden war, oben an der Kaimauer stehen. Er hielt das Messer in der Hand und starrte ihm hinterher.
Jans Gesicht wurde von den ersten Wellen überspült, und das Bild des Mannes verschwamm unter dem Wasserfilm.

Die Buchstaben auf dem Bildschirm tanzten vor Webers Augen. Er quälte sich einen Schluck kalten Kaffee hinunter und massierte seine dröhnenden Schläfen. Wieder eine Nacht ohne Schlaf. Einen Teil seiner Mitarbeiter hatte er nach der Tatortsicherung im Forensischen Institut nach Hause geschickt. Aber da sie endlich den Namen des Mörders wussten, gab es keine Zeit zu verlieren. Sie brauchten weitere Informationen und, was noch wichtiger war, ein Foto.

„Ich bin zu alt für diesen Scheiß!"

Als hätten sie Mitleid, beruhigten sich die Buchstaben auf dem Bildschirm wieder. Weber überflog den letzten Absatz seines Berichts und dachte nach.

Nolte hatte eingelenkt und nicht darauf bestanden, die Rechtmäßigkeit der Verhaftung Deckers zu prüfen. Weber rang mit sich, ob er den Zwischenfall in seinen Bericht aufnehmen sollte. Der BKA-Polizist hatte sich unprofessionell verhalten, den Psychiater grundlos provoziert und die Ermittlungen behindert. Dass so ein junger Hitzkopf schon Hauptkommissar war!

Kurz entschlossen speicherte er seinen Bericht, aktivierte seine Verbindung zum internen Behördennetz und verschaffte sich Zugriff auf Noltes Personalakte. Er überflog dessen Lebenslauf: Jahrgang '70, geboren und aufgewachsen in Münster, Abitur 1989. Einberufung zum Wehrdienst und Verpflichtung als Zeitsoldat. Spezialausbildung und rasche Beförderung zum Feldwebel in der Fallschirmjägerkompanie B1. 1996 Übernahme als Offizier in das neu gegründete Kommando Spezialkräfte. Bis 1999 Auslandseinsätze im Kosovo und Geheimmissionen im Nahen Osten. Danach Ausscheiden aus der Bundeswehr.

Weber nickte anerkennend. Der selbstbewusste BKA-Polizist war ein ehemaliger Elitesoldat.

2003 Versetzung in die Zentralstelle für Operative Fallanalyse am Bundeskriminalamt und 2005 Beförderung zum Hauptkommissar.

Weber stutzte. Noltes Lebenslauf wies eine eklatante Lücke auf und lieferte keine Erklärung, wann und unter welchen Umständen er vom Militär zum Bundeskriminalamt gewechselt war.

Ein Verdacht keimte in seinem Gehirn auf, und er bearbeitete ein weiteres Mal seine Schläfen. Er würde Jelnek beauftragen, ein wenig herumzuschnüffeln.
Es klopfte, jemand riss die Tür auf und stürmte ins Zimmer. Weber hob den Kopf und blickte in das erwartungsvolle Gesicht der Kommissaranwärterin.
„Oh, Jelnek. Nett, dass Sie anklopfen. Ich hatte gerade an Sie gedacht."
„Interpol schickt uns einen Datensatz, und auch im Behördenarchiv sind wir fündig geworden. Sie sollten rüberkommen!"
Weber verschob seine Pläne und folgte seiner Kollegin. Im Nebenzimmer warteten Nolte und zwei weitere Mitarbeiter der Sonderkommission. Jelnek drückte auf eine Taste ihres Computers. Auf dem Bildschirm baute sich ein Foto auf. Die Polizisten starrten auf den Monitor. Schwarze, tief in die Höhlen eingesunkene Augen starrten kalt und leblos aus einem ausgemergelten Gesicht.
„Das ist er, hundertpro!", sagte Nolte. „Er hat längere Haare und mindestens zwanzig Kilo zugenommen, aber ansonsten passt es."
Jelnek rief die nächsten Seiten auf und referierte deren Inhalt. „Das Foto wurde vor fünf Jahren in einem Militärgefängnis in Südrussland aufgenommen. Unser Freund Pirnau alias Wagner hatte damals bewegte Jahre hinter sich."
„Die Fakten bitte, Jelnek", sagte Weber.
„Pirnau wurde 1995 vom Hamburger Landgericht wegen versuchter Vergewaltigung und gefährlicher Körperverletzung einer Prostituierten zu fünf Jahren verurteilt und in die Forensische Psychiatrie eingewiesen. 1998 wurden ihm die ersten Lockerungen gewährt. Grund war ein psychiatrisches Gutachten, das ihm eine günstige Prognose bescheinigt hatte. Pirnau nutzte einen der ersten Ausgänge, überwältigte seine Bewacher und flüchtete. Und nun ratet mal, wer dieser Gutachter war!"
Weber verdrehte die Augen. „Jelnek, wollen Sie Kripobeamter werden oder Quizmaster?"
„Das Gutachten stammt von Dr. Vladimir Victor."

„Sieh mal an." Weber massierte sich das Kinn. „Victor, der zwei Jahre später wegen seiner Verwicklungen mit dem Kiezmilieu selbst in den Knast ging. Die Frage ist: Hat er Pirnau aus Versehen oder vorsätzlich eine falsche Prognose bescheinigt? Aber erzählen Sie mal weiter, Jelnek."

Die Angesprochene nickte. „Nach Pirnau ist intensiv gefahndet worden, aber gefasst wurde er nicht. Wie wir jetzt wissen, ist er Richtung Osten abgehauen, bis nach Russland. In den unruhigen Kaukasusrepubliken konnte er bestens untertauchen. Und es kommt noch besser. Offenbar hat Pirnau sich im Kaukasus als Söldner ausbilden und anheuern lassen und auf Seiten der Freischärler im Zweiten Tschetschenienkrieg mitgekämpft. Er wurde von der russischen Militärpolizei verhaftet und von einem Militärgericht zu lebenslanger Lagerhaft verurteilt. Da war Pirnau gerade mal fünfundzwanzig Jahre alt. Er saß sechs Jahre in einem Gefangenenlager in Südrussland, von wo ihm im Oktober letzten Jahres die Flucht gelang."

In dem Raum herrschte betretenes Schweigen. Weber fand als Erster die Sprache wieder. „Wir haben es mit einem Mann zu tun, der mehr Gewalttätigkeiten erlitten und ausgeführt hat, als selbst wir uns vorstellen können. Schöne Scheiße. Der hätte ruhig in seinem Russenlager verrotten können, stattdessen rennt der jetzt frei in Hamburg herum."

„Die Frage ist, was er als Nächstes tun wird", sagte Nolte. „Die Morde am Staatsrat und Schmauch lassen sich unmittelbar mit dem Prozess gegen ihn in Verbindung bringen. Die beiden waren maßgeblich an seiner Verurteilung und Unterbringung in der Psychiatrie beteiligt. Bullinger hängt da irgendwie mit drin. Aber warum er Vladimir Victor den Mord an der Prostituierten in die Schuhe geschoben hat, entzieht sich unserer Kenntnis. Der hat ihm immerhin bei der Flucht aus dem Maßregelvollzug geholfen."

„Möglich, dass noch weitere Personen auf seiner Abschussliste stehen. Alte Kiezfreunde, frühere Ermittler und Justizleute. Und was ist mit dem Richter, der ihn damals verurteilt hat?", fragte Weber.

„Schon gecheckt“, sagte Jelnek. „Der ist vor vier Jahren an einem Herzinfarkt gestorben.“ Mit einem Seitenblick auf Weber ergänzte sie: „Den haben Bluthochdruck, Stress und Übergewicht auf dem Gewissen.“
„Danke für Ihre Fürsorge“, sagte Weber. „Und die anderen Prozessbeteiligten? Beisitzender Richter, Schöffen, Protokollführer, ermittelnde Polizisten und so?“
Nolte schüttelte den Kopf. „Ich glaube nicht, dass er die auch auf dem Kieker hat. Den meisten Hass ziehen erfahrungsgemäß der Hauptrichter und der Staatsanwalt auf sich. Und eben die Gutachter. Aber wer hat Pirnau damals eigentlich vor Gericht verteidigt?“

Jans Kopf tauchte unter Wasser. Er verschluckte sich, ein unangenehmes Brennen im Hals schnürte ihm die Kehle zu. Panik griff nach ihm. Mit einem kräftigen Schlag der Beine brachte er den Kopf wieder heraus, er hustete und sog gierig Luft in die Lungen.
„Ey Großer, alles klar?“
Sein Vater stand neben ihm, bis zur Brust im Wasser, die Arme ausgebreitet, um ihn notfalls herauszuheben. „Willst du aufhören? Soll ich dich halten?“
Jan kniff die Augen zusammen. Arme und Beine fühlten sich bedenklich schwach an, und es waren noch über zehn Meter bis zum Beckenrand.
Unsicher suchte er die Augen des Vaters. Der war jung und durchtrainiert, hatte kräftige Arme und Schultern. Voller Stolz schaute er auf seinen hageren Jungen herunter, der mit der Kraft der Verzweiflung bereits zwei Drittel der Schwimmbahn hinter sich gebracht hatte.
Ihre Blicke trafen sich. Jan sah in die warmen Augen seines Vaters. Der nickte ihm aufmunternd zu. „Los Großer, du schaffst das. Ich bin bei dir. Nur noch ein paar Meter.“
Die Kraft war weg, und er spürte seinen Körper kaum noch, aber irgendwie ging es weiter. Er bewegte Arme und Beine, und die schwachen, aber gleichmäßigen Schläge brachten ihn voran. Immer wieder tauchte sein Kopf unter Wasser.

Jan kam hoch, blinzelte mit den Augen. Dunkelheit und Kälte umgaben ihn. Kleine glitzernde Wellen tanzten um ihn herum. Die Elbe hatte ihren tödlichen Griff noch einmal gelockert. Er schnappte nach Luft.
Nur noch ein paar Meter.
Seine Arme und Beine bewegten sich, hielten ihn oben und schoben ihn vorwärts.
Etwas trieb im Wasser. Meter um Meter kam er heran. Jan griff zu. Er hielt eine Holzplanke in den Händen. Mit letzter Kraft zog er sich daran hoch. Dann wurde ihm schwarz vor Augen.

17

Sophie Levantes klingelte am späten Nachmittag an der Tür einer kleinen Altbauwohnung im feinen Hamburger Stadtteil Eppendorf. Ihr Manager Manfred Ziethen hatte hier sein Büro. Sie wollten über Details des Vertrags mit der Mailänder Scala sprechen.

Sie hatte blendende Laune. Das Treffen mit ihrem unbekannten Verehrer ging ihr nicht mehr aus dem Kopf. Sie hatte den Mann, dem sie vor wenigen Tagen abends vor der Oper begegnet war, in einem kleinen, noblen italienischen Restaurant getroffen. Robert hatte sich als schüchterner Mann herausgestellt, dem sie jeden Satz aus der Nase ziehen musste. Aber sobald er sprach, mit seiner stockenden, ungeübt klingenden Stimme, fühlte sie sich auf ihr nicht bekannte Weise geborgen und aufgehoben. Sie hätte ihm ewig zuhören können. Sie sah seine dunklen, beinahe schwarzen Augen vor sich, die eine unendliche Tiefe und Wärme zu verbergen schienen.

Robert hatte sich als Kenner klassischer Musik, insbesondere der deutschen Komponisten erwiesen, und sie hatten sich angeregt über Operninszenierungen unterhalten. Zu gerne wäre sie in der Nacht bei ihm geblieben. Aber auf ihre Andeutung hatte er zurückhaltend, fast schon erschrocken reagiert.

„Hallo Sophie." Die Stimme ihres Managers riss sie aus ihren Gedanken. „Komm doch rein. Möchtest du ein Glas Champagner?"

Ziethen geleitete sie durch einen kurzen Hausflur ins spärlich eingerichtete Wohnzimmer. Sophie nahm auf einem schlichten weißen Sofa Platz, der einzigen Sitzgelegenheit im Raum. Ziethen verschwand in einem Nebenzimmer und kehrte mit einem Stapel Papiere, einer angebrochenen Champagnerflasche und zwei Gläsern zurück. Er platzierte alles vor der Sängerin auf

einem schweren mahagonifarbenen Couchtisch, schenkte ihnen ein und setzte sich neben Sophie auf das Sofa.
Sie sahen die Verträge durch. Ziethen schenkte sich Champagner nach und fluchte leise, dass der Inhalt der Flasche schon zur Neige ging.
Er rutschte dichter an die Sängerin heran. Sophie setzte ihre Unterschrift unter das letzte der Dokumente, als sie seine Hand auf ihrem Schenkel spürte.
Sie schob die Hand weg und sprang vom Sofa auf. Sie war selbst überrascht über die Entschlossenheit in ihrer Stimme.
„Nein, Manfred, ich möchte das nicht. Nicht mehr."
Ihr Manager runzelte die Stirn. Er erhob sich ebenfalls und stellte sich vor sie.
„Meine liebe Sophie, aber was ist denn los?" Er fasste sie an die Schultern und sprach zu ihr, als sei sie ein nörgeliges Kind. Er schmeichelte ihr. Machte ihr Komplimente und zog sie dabei näher an sich heran.
Sophie drückte seine Hände von ihren Schultern und trat einen Schritt zurück. Ihre Augen blitzten. „Ich habe Nein gesagt."
Ziethens Augen verengten sich, er schüttelte den Kopf, und Sophie wusste, was nun kommen würde. Er zählte auf, was er alles für sie getan hatte, wie er sie unterstützt und als Einziger an sie und ihr Talent geglaubt hatte. Sie solle nicht so undankbar sein.
Er kam wieder auf sie zu und betatschte sie.
„Nein!" Eine schallende Ohrfeige klatschte in Ziethens Gesicht und beendete sämtliche Annäherungsversuche. Der Manager erstarrte, als hätte ihn ein Blitz getroffen.
Sophies Augen funkelten. „Wenn du mich noch ein einziges Mal anrührst, bist du raus, hast du verstanden? Dann feuere ich dich, und dann kannst du dir mit dem Mailandvertrag den Hintern abwischen!"
Ziethen konnte nicht glauben, was er hörte. Sein Gesicht färbte sich puterrot. Mit geballten Fäusten stampfte er auf die zierliche Frau zu.

„Du verdammte Schlampe, was bildest du dir ein, so mit mir zu reden?“ Sophie rührte sich nicht. Seine flache Hand traf sie voll im Gesicht und schleuderte ihren Kopf herum. Sie taumelte zurück und hielt sich an der Tischplatte fest. Ihr Gesicht brannte, und aus beiden Nasenlöchern schoss Blut. Aus den Augenwinkeln erblickte sie die leere Champagnerflasche, die ihr Manager auf dem Tisch hatte stehen lassen.

Der hob drohend die Fäuste und stürmte auf sie zu. „Ich mach dich fertig. Du wirst auf keinem billigen Schützenfest mehr auftreten, und wenn ich ...“

Weiter kam er nicht. Die schwere Champagnerflasche donnerte auf seinen Kopf.

Ziethen blieb wie eingefroren stehen. Ungläubig riss er Mund und Augen auf, einen stummen Protest auf den Lippen, dann fiel er wie ein nasser Sack in sich zusammen. Sein Kopf prallte auf die Tischplatte, und die feste Holzkante traf seinen Kopf wie der Hieb einer Machete. Regungslos blieb er am Rand des Teppichs liegen.

Sophie erstarrte. Keine Wut mehr, kein Hass, auch kein Triumph. Die Flasche glitt ihr aus der Hand, schlug polternd auf das Parkett und rollte auf dem Fußboden umher. Sophie sank auf die Knie.

Intuitiv wusste sie, dass er tot war. In sicherem Abstand vom leblosen Körper auf dem Teppich robbte sie zurück zum Tisch. Mit zitternden Händen griff sie nach ihrer Umhängetasche. Sie wühlte ihr Handy hervor und brauchte mehrere Anläufe, um die richtige Tastenfolge für die Notruffunktion einzugeben. Ein Schriftzug auf dem Display forderte sie auf, das Wählen der Notrufnummer zu bestätigen. Sophies Daumen schwebte über der Taste, die sie mit der Polizei verbinden würde.

Eine Welle von Panik stieg in ihr auf. Ein Weinkrampf überfiel sie. Sie hatte Manfred ermordet.

Schluchzend ließ sie das Telefon wieder sinken und kauerte sich zusammen.

Minutenlang saß sie da, bis sie sich etwas beruhigt hatte und sich erneut dem Telefon zuwandte. Kurz entschlossen löschte

sie die Notrufnummer und blätterte durch das Namensregister ihres Handys.
Es kam ihr vor wie eine Ewigkeit, bis sich jemand am anderen Ende meldete. Der Mann nannte seinen Namen nicht, aber sie erkannte Robert sofort. Der Klang seiner Stimme beruhigte sie.
„Robert, hilf mir bitte! Ich habe meinen Manager umgebracht."

Robert stand vor ihr, mit Jeans und Lederjacke bekleidet. Sein Blick streifte beiläufig den Körper des Managers, dann kniete er sich neben die Sängerin, die auf dem Boden kauerte. Er sprach sie an, seine Stimme klang ernst und besorgt.
„Sophie, bist du verletzt?"
Sie hob den Kopf. Blut und Tränen liefen ihr übers Gesicht und tropften vom Kinn auf ihre Bluse. Robert zog einen seiner Lederhandschuhe aus und streichelte ihr über die Haare. Dankbar schmiegte sie ihren Kopf in seine kräftige Hand.
„Er hat dir wehgetan."
Es war mehr eine Feststellung als eine Frage. Sophie ignorierte den eisigen Unterton in seiner Stimme. Sie brauchte seine Stärke und Wärme.
„Wir haben gestritten, und er hat mich geschlagen." Unterbrochen von Weinkrämpfen berichtete sie von dem Treffen, seinen Annäherungsversuchen und dem darauf folgenden Streit. Beiläufig registrierte sie, dass Robert seine Hand von ihrer Wange zurückgezogen und sich den Handschuh wieder angezogen hatte. Er musterte den leblosen Manager, und sein kalter Blick jagte ihr einen Schauer über den Rücken.
„Robert, hörst du mir überhaupt zu?"
„Er ist nicht tot."
Tatsächlich regte sich der Mann auf dem Teppich. Ziethen wackelte mit den Händen und Füßen, stöhnte und hob den Kopf.
„Uhhh ... Was ist hier los?"
„Manfred!" Sophies Gesicht hellte sich auf. „Du lebst!" Als wäre eine zentnerschwere Last von ihr gefallen, sprang sie auf die Beine.

„Sophie?“ Mit schmerzverzerrtem Gesicht richtete der Manager seinen Oberkörper auf. Ungläubig musterte er den fremden Mann, der neben ihm stand und ihn anblickte, als wäre er eine Kakerlake auf einer Badezimmerfliese. „Wer sind Sie? Was machen Sie in meiner Wohnung?“
„Manfred, alles ist gut. Wir rufen einen Krankenwagen und die Polizei, und ... Nein!“
Ohne Vorwarnung hob Robert den Fuß und trat dem Manager mit voller Kraft auf das Knie. Das Gelenk krachte, als es sich durch die Wucht des Tritts in einen Brei aus Knochensplittern, Sehnen und Haut verwandelte.
Ziethen war zu geschockt, um seinem Schmerz Ausdruck zu verleihen. Mit aufgerissenen Augen starrte er auf seinen Peiniger, der seelenruhig über ihn hinwegstieg und sich neben das andere Knie stellte. Dann sauste der Fuß ein zweites Mal herab.
Sophie war gelähmt vor Entsetzen, der Schreckensschrei blieb ihr im Hals stecken. Wie in Trance sah sie Robert, der sich zwischen die gebrochenen Beine des Managers stellte und sich mit vorgestrecktem Knie auf dessen Unterleib fallen ließ. Erneut knackte es, irgendwo im Beckenbereich des Liegenden. Die Wucht des Aufpralls presste Ziethen sämtliche Luft aus den Lungen. Kopf und Oberkörper klappten vor, und Blut und Speichel spritzten ihm aus Mund und Nase.
Roberts Hand packte den Manager fest am Hals und drückte ihn zurück auf den Boden. Er beugte sich über sein Opfer und blickte ihm in die aufgerissenen Augen, während sich seine Hand fester um den Hals schloss, bis die Knorpel des Kehlkopfs dem Druck nicht mehr standhielten und sich knirschend in die Luftröhre bohrten. Der Brustkorb des Erstickenden bebte beim vergeblichen Versuch, Sauerstoff in die Lungen zu pumpen. Dann wurde er still.
Robert stand auf. Er lächelte. Sophie konnte ihren Blick nicht vom dem zerschundenen Körper ihres Managers lösen. Robert stellte sich neben sie, legte ihr die Hand auf die Schulter und sprach zu ihr. Sie hörte ihn wie aus weiter Ferne.
„Jetzt ist er tot, Sophie. Er hat es verdient, glaub mir.“

Die Angesprochene reagierte nicht. Mit derselben Hand, mit der er gerade den Hals des Managers zerdrückt hatte, fasste Robert sie unters Kinn und hob sanft ihren Kopf an, damit sie ihn ansah.
„Sophie, du musst mit mir mitkommen. Ich werde von nun an auf dich aufpassen."

Sophie hörte, wie Robert im unteren Stockwerk hin und her lief und dabei hastig Sachen durcheinanderwarf. Er hatte sie gefesselt und geknebelt. Die Plastikschlaufen an Händen und Füßen schnürten nicht ins Fleisch, und der Knebel ließ ihr genug Platz, um die Kiefer zu bewegen und durch den Mund zu atmen. Aber rühren konnte sie sich nicht.
Sie lag auf dem Holzfußboden in der Mitte eines weiten, fensterlosen Raumes. Durch eine geöffnete Bodenluke drang Licht herein. In allen Ecken der kahlen, nur grob verputzten Wände klebten Spinnweben. Die Luft war staubig und trocken.
Der Lärm im unteren Zimmer verstummte. Ein hölzernes Knarren ließ Sophie zusammenzucken. Robert steckte den Kopf durch die Öffnung. Er lächelte.
„Du bist aufgewacht."
Er stieg aus der Luke und trat zu ihr, fasste sie an der Schulter und half ihr, den Oberkörper aufzurichten. „Du warst sehr aufgeregt, deswegen musste ich dir etwas zur Beruhigung geben."
Er zog ein Messer aus der Hosentasche und ließ die Klinge herausschnappen. Sophie erschrak, aber er fasste nur ihre Hände, durchschnitt das Plastikband und zog ihr den Knebel aus dem Mund. Die Fußfesseln ließ er unberührt.
„Wie gefällt dir das Kleid?", fragte er.
Sophie schaute an sich hinunter und stellte überrascht fest, dass sie ein weißes Kleid über ihrer Jeans trug. Es war schmutzig und zerknittert, der Stoff vergilbt. Buschige Federn verzierten Kragen und Ärmel.
„Es passt, als wäre es für dich gemacht." Robert strahlte über das ganze Gesicht, wie ein kleiner Junge, dessen Mutter sich über ein selbst gebasteltes Geschenk freut.

„Was soll das, Robert? Du hast mich betäubt, entführt und ziehst mir diesen dreckigen Fummel über!"
Robert presste die Lippen aufeinander. Seine rechte Hand schloss sich um den Griff des Springmessers. Die metallene Klinge blitzte im Streulicht. Robert atmete tief durch und zwang sich zu einem gequälten Lächeln. Seine Stimme vibrierte. „Du darfst nicht so über dieses Kleid reden, hörst du? Dieses Kleid ist …"
Er bemerkte ihren verängstigten Blick und sah auf das Messer, das er bis vor ihren Hals gehoben hatte. Sofort trat er einen Schritt zurück, ließ die Klinge in den Griff zurücksausen und steckte es weg.
„Deine Bluse war blutverschmiert."
„Was soll das alles? Warum hast du mich entführt?"
„Du warst in Gefahr, Sophie. Die Polizei sucht dich. Die suchen uns."
„Manfred … Du hast …" Ihre Stimme stockte, als sie an die letzten Sekunden ihres Managers dachte.
„Er hat dich geschlagen. Jetzt wird er es nie wieder tun. Ich habe alle getötet, die dir wehgetan haben. Alle, die uns wehgetan haben."
„Du hast …" Sie wollte nicht glauben, was sie hörte. „Du hast noch jemanden ermordet?"
„Sie sind alle tot. Vladimir, der Bulle, Alex, Schmauch und Decker."
„Ich kenne keinen von diesen … Decker?" Sie schaute zu ihm hoch. „Dr. Decker? Der Psychiater? Du hast ihn umgebracht?"
Robert nickte. „Ich habe gesehen, was er dir angetan hat."
Das Gesicht der Sängerin wurde kreidebleich. „Decker war mein Therapeut! Er wollte mir helfen, besser mit meinen Problemen zurechtzukommen. Er hat mir nie etwas getan!"
„Er hat dich bedrängt und angefasst. Du bist weinend aus dem Institut gelaufen."
Ein kalter Schauer fuhr durch ihren Körper. Entgeistert schaute sie ihn an. „Du warst da? Aber …" Ihre Stimme versagte, Tränen schossen ihr in die Augen, und sie schlug die Hände vors

Gesicht. „Oh mein Gott. Was geht hier bloß vor? Wer bist du, Robert, warum bringst du Menschen um?“

„Beruhige dich, Sophie.“ Er kam wieder auf sie zu und tätschelte ihr den Kopf. „Alles wird gut. Es gibt so vieles, das ich dir erklären muss. Wir werden …“

„Hör auf!“, schrie sie, und ihre Stimme überschlug sich. „Fass mich nicht an!“ Sie warf den Kopf herum, schlug mit den Armen und trommelte mit ihren gefesselten Füßen auf den Boden.

„Mach mir sofort die Beine los. Hilfe!“ Sie schrie und schlug immer heftiger um sich. Robert verschwand in der Bodenluke und tauchte kurze Zeit später wieder auf. Er hielt eine Spritze in der Hand, die er ihr ohne Vorwarnung in den Oberarm rammte. „Alles wird gut, Sophie. Glaub mir.“ Er setzte sich neben sie, umschlang sie mit seinen kräftigen Armen und hielt sie fest, bis sie sich beruhigte und wegdämmerte.

18

„Schmeckt Ihnen das Frühstück nicht, Dr. Decker?"
„Schmecken schon, aber ..." Jan verzog die Mundwinkel und wies mit der Hand auf den breiten Pflasterstreifen an seinem Hals. Jeder einzelne Bissen des Brötchens schien an der frisch genähten Schnittwunde zu zerren.
„Oh ja, natürlich." Aus der Stimme und dem Blick der Krankenschwester sprach professionelles Mitleid. „Vielleicht noch etwas Haferbrei?"
Jan schüttelte den Kopf. Nach zwei Tagen Breikost auf der Intensivstation brachte er keinen Löffel von dem Zeug mehr herunter. Die Schwester räumte das Tablett ab, schloss die Tür des Krankenzimmers und ließ Jan mit seinen Gedanken allein. Schmauch war tot. Jan hatte einen heftigen Drogenrückfall gebaut. Ein psychopathischer Mörder trachtete ihm nach dem Leben. Und die Sache mit Stephanie hatte er durch seine Dummheit und Eifersucht kaputt gemacht. Wie viele Chancen auf einen Neuanfang brauchte er eigentlich noch?
Jan blätterte lustlos durch einen Stapel Zeitungen, die die Krankenschwester ihm zusammen mit dem Frühstück ans Bett gebracht hatte. Sein Blick fiel auf eine fett gedruckte Schlagzeile, die auf der ersten Zeitungsseite neben einem großen Farbfoto von Sophie Levantes prangte. Mit einem Schlag war er hellwach.

„Opernsängerin: Entführt oder geflüchtet?"

Jans Augen flogen über die Zeilen des Artikels. Sophie Levantes' Manager war brutal ermordet worden, die Sängerin verschwunden.
Er legte die Zeitung zur Seite. Sophie hatte ihm während der Therapiegespräche erzählt, dass sie immer wieder Pech mit

Männern hatte. Ihre früheren Freunde und Partner hatten sie schlecht behandelt, sie geschlagen und emotional und sexuell ausgenutzt. Jan erinnerte sich, dass sie in diesem Zusammenhang auch ihren Manager erwähnt hatte. War seine Patientin vom Opfer zur Täterin geworden und hatte sich für erlittenes Unrecht gerächt? Oder hatte sich ihre Pechsträhne mit Männerbekanntschaften auf dramatische Weise fortgesetzt? Eine vage Ahnung setzte sich in seinem Kopf fest und ließ ihn nicht mehr los.

Sophie hatte ihm in der letzten Sitzung von ihrer jüngsten Bekanntschaft berichtet, einem schüchternen, sensiblen und einfühlsamen Mann, der ganz anders war als ihre bisherigen Verehrer. Sie hatte von seiner besonderen Stimme geschwärmt. Stockend und unbeholfen, aber warm und wohlklingend. Und sie hatte in dem Gespräch seinen Vornamen erwähnt. Robert.

Jans Herz pochte. Er griff zum Telefon auf dem Nachttisch und ließ sich mit Hauptkommissar Weber verbinden.

Die Scherben sind verschwunden. Das kleine Mädchen ist weg, ebenso der Teufel und seine Dämonen und die Trümmer der zerstörten Stadt. Der kleine Junge sitzt auf dem nackten Holzfußboden im Flur einer ärmlich eingerichteten, heruntergekommenen Zweizimmerwohnung. Er ist dünn, seine schmutzige Haut ist an den Armen und im Gesicht mit blauen Flecken übersät. Er spielt lustlos mit ein paar Murmeln, die er aus der Hand auf die Dielen fallen lässt.

Klack, klack, klack.

In einem der Zimmer sitzt eine Frau vor einem Schminktisch und bürstet sich die Haare. Ihre Augen starren leer und leblos auf das Spiegelbild vor sich. Die Wangen sind eingefallen und die blonden Haare dünn und verfilzt, sie ist kaum mehr als ein Zerrbild der wunderschönen Frau, die sie einst war. Aus einer kleinen Plastiktüte auf dem Tisch vor ihr rieseln die Reste eines weißen Pulvers.

Klack, klack, klack.

Es klingelt an der Tür. Die Frau zuckt zusammen, legt die Bürste beiseite und lässt die Tüte mit dem Pulver in einer Schublade verschwinden.

Sie steht auf, geht zur Tür, lächelt dem Jungen müde zu. Der Kleine guckt nicht einmal auf.

Sie betätigt die Sprechanlage und redet mit jemandem. Sie drückt auf den Summer. Im Treppenhaus hallen dumpfe Schritte.

Die Frau spricht zu ihrem Sohn. „Du musst jetzt ins Zimmer, Robert! Schnell, Mami kriegt Besuch."

Klack, klack, klack.

Sie packt den Kleinen am Arm und stößt ihn in das abseits gelegene zweite Zimmer am Ende des Flures.

Es klopft an der Wohnungstür. Sie öffnet, ein fremder Mann tritt herein, dick und schwitzend. Die beiden reden kurz, sie nickt, er reicht ihr zwei Geldscheine, und sie weist ihm den Weg in ihr Zimmer. Sie wirft einen letzten Blick in den Flur. Der Junge steht in der anderen Tür und sieht seine Mutter an.

„Nein, Robert. Du weißt, dass du in deinem Zimmer bleiben musst. Mami hat jetzt Besuch." Sie geht auf ihn zu, hebt im Vorübergehen die Murmeln vom Fußboden auf. „Hier, spiel mit deinen Murmeln." Sie gibt sie ihm in die Hand, schubst ihn zurück ins Zimmer.

„Wo bleibst du denn? Ich habe nicht den ganzen Tag Zeit.“ Eine ungeduldige Männerstimme. Die Frau blickt nervös in den Flur, schließt die Tür vor ihrem Sohn und schiebt von außen einen Riegel vor. Sie hastet ins andere Zimmer, knöpft auf dem Weg ihre Bluse auf. Sie bemerkt nicht, dass der Riegel nicht richtig geschlossen ist. Wie von Geisterhand öffnet sich die Tür einen Spalt.
Klack, klack, klack.
Die größte und schönste Murmel fällt direkt auf eine der anderen und rollt durchs Zimmer. Vorbei an fettigen Fastfoodverpackungen und verstümmelten Stofftieren. Einem schmutzigen Stoffhund fehlen zwei Beine. Der Kopf eines Teddybären ist fast vollständig vom Hals abgetrennt und hängt nur noch an ein paar Fäden, zwischen denen dichte Knäuel aus Synthetikfasern hervorquellen. Dazwischen liegt eine alte Barbiepuppe. Sie ist nackt. Ihre Beine sind seitlich vom Körper abgespreizt, sodass sie fast aus der schlanken Plastikhüfte herausbrechen. Ein dünner Draht ist fest um ihren Hals gewickelt. Brüste, Bauch und Oberschenkel der Puppe sind übersät mit kleinen Dellen und Einkerbungen.
Die Kugel rollt durch den Spalt in der Tür, verschwindet auf dem Flur. Der Junge steht auf und trottet hinterher. Er hört gedämpft die Stimme des Mannes. Der Fremde flucht und stöhnt.
Der Junge will unbedingt seine Lieblingsmurmel zurück. Er schielt durch den Türspalt. Seine Murmel ist durch den Flur gerollt und liegt direkt vor der anderen Zimmertür. Die Geräusche sind jetzt lauter. Der Mann hat aufgehört zu fluchen und stöhnt jetzt gleichmäßig.
Der Junge schleicht in den Flur. In das Stöhnen des Mannes mischen sich die Schreie seiner Mutter. Der Junge hält sich die Ohren zu, schaut nur noch auf seine Murmel.
Er erreicht die Tür und weiß nicht, was er tun soll. Um die Murmel zu greifen, muss er eine Hand von einem Ohr wegnehmen.
Er versucht, es ganz schnell zu machen. Er greift die Murmel, hält sie fest in der Hand und steckt sie in die Hosentasche.
Ein erneuter Schrei seiner Mutter. Hat sie Angst? Tut der Fremde ihr weh? Der Blick des Jungen streift das Schlüsselloch, die Türklinke. Seine Hand wandert unentschlossen zum Griff, die Finger gleiten

über das stumpfe Metall. Umfassen die Türklinke. Er drückt sie herunter und stößt die Tür auf.

Kriminalhauptkommissar Weber saß in seinem Büro und bereitete sich auf das bevorstehende Gespräch beim Polizeipräsidenten vor. Der Mörder war dank des alten Gutachtens identifiziert, und die SOKO verfügte über eine detaillierte Charakteranalyse. Am Wochenende hatte sich die Polizei mit einem Fahndungsfoto Pirnaus an die Öffentlichkeit gewandt. Die Medien hatten sich gierig auf die Story des gefährlichen Serienmörders gestürzt, und seine kalten, dunklen Augen hatten von den Titelseiten aller Hamburger Tageszeitungen gestarrt. Konkrete Hinweise auf Pirnaus Aufenthaltsort gab es jedoch nicht.
Weber war überzeugt, dass der Killer seinen Rachefeldzug beendet hatte und seine Flucht aus Hamburg vorbereitete. Nach dem Hinweis des Psychiaters mussten sie davon ausgehen, dass er die Sopranistin in seiner Gewalt hatte. Vielleicht brauchte er die Sängerin als Geisel, vielleicht war er bereits weg, und die Frau lag tot oder sterbend in irgendeinem Keller. Sie wussten es nicht.
Keine üppige Bilanz, dachte er.
Es klopfte. Die glatten Haare und die Brille der Kommissaranwärterin tauchten zwischen Tür und Rahmen auf.
„Stör ich?“
„Jelnek! Warum so schüchtern? Kommen Sie rein. Was kann ich für Sie tun?“
Die junge Frau schloss die Tür hinter sich. Sie drückte einen Stapel Computerausdrucke fest an ihre Brust, als befürchtete sie, jemand könnte sie ihr wegnehmen. „Sie hatten mich doch gebeten, unserem BKA-Kollegen etwas auf den Zahn zu fühlen.“
Weber nickte. „Und? Haben Sie was entdeckt?“
„Nun, ich bin mir nicht sicher …“ Sie setzte sich und hob die Zettel in die Höhe. „Nolte wurde 1999 ehrenhaft aus der Bundeswehr entlassen. Es war nicht leicht, herauszufinden, was er bis zu seiner Anstellung beim Bundeskriminalamt getrieben hat.“

Sie reichte ihm die Zettel und sah ihren Chef erwartungsvoll an. Weber blickte auf unübersichtliche Tabellen mit klein gedruckten Zahlen und Ziffern. „Sehr eindrucksvoll“, sagte er. „Verraten Sie mir auch, was das ist?“

„Noltes Name erscheint bis 2003 bundesweit in keiner behördlichen Datenbank. Deswegen habe ich die Archive nach seiner Sozialversicherungsnummer durchforstet und bin tatsächlich fündig geworden. Seine Nummer taucht in einer Kostenstelle der Hamburger Innenbehörde auf. Ohne Namen und Dienstart.“ Sie schaute hoch. „Das kann doch eigentlich nur bedeuten, dass Nolte …“

„Als verdeckter Ermittler beschäftigt war, genau“, beendete Weber den Satz.

„Bei der Innenbehörde?“, fragte Jelnek.

„Es gibt dort nur ein Amt, das verdeckte Ermittler beschäftigt. Das Landesamt für Verfassungsschutz.“

„Okay!“, sagte Jelnek. Sie verzog beim Nachdenken das Gesicht, wobei ihre Brille langsam den Nasenrücken hinunterwanderte. „Nolte ist also nicht nur Elitesoldat und Karrierepolizist, sondern auch ein früherer Geheimdienstler.“ Sie rückte die Brille wieder zurecht. „Ist das denn wichtig?“

„Ich bin nicht sicher. Immerhin war der ermordete Staatsrat von Meuren früher Chef des Landesamts für Verfassungsschutz.“ Weber drückte mit den Fingerspitzen auf seinen Schädel, als könnte er seine Gedanken so in eine logische Ordnung zwingen. „Ein bisschen viel Geheimdienst für meinen Geschmack.“

„Wie sind Sie denn darauf gekommen, gerade ihn für die SOKO anzufordern?“

„Das war nicht meine Idee. Kam direkt von oben.“

„Auf Anordnung des Polizeipräsidenten?“

„Dachte ich zumindest.“ Webers und Jelneks Blicke trafen sich. Weber griff zum Telefon und ließ sich mit dem Büro des Polizeipräsidenten verbinden. Seine Augen weiteten sich, während er zuhörte. „Sie werden es nicht glauben“, sagte er, nachdem er aufgelegt hatte. „Der Polizeipräsident hat die Berufung Noltes angeordnet. Aber der Vorschlag kam vom Landesamt für Verfassungsschutz."

Sophie erwachte. Im Raum war es dunkel. Lediglich einzelne helle Strahlen drangen wie dünne Finger aus Licht durch die Ritzen der geschlossenen Bodenluke. Sie lauschte minutenlang der Stille im Haus. Robert musste verschwunden sein. Sie richtete sich auf. Er hatte ihre Hände nicht wieder zusammengeschnürt, und so machte sie sich daran, ihre Fußfesseln zu lösen. Minutenlang zerrte sie an den Kunststoffbändern, konnte sie aber um keinen Millimeter lockern.
Enttäuscht gab sie auf, robbte stattdessen zur Bodenluke. Sie war mit einer Falltür verschlossen, die nach unten aufschwang. Sie trommelte mit den Fäusten darauf herum. Die Falltür war aus solidem Holz und gab keinen Millimeter nach, aber die Scharniere klapperten und schepperten. Sophie witterte ihre Chance. Sie trommelte heftiger, und als das nicht half, stellte sie sich auf die Beine und stampfte mit den Füßen auf der Tür herum.
In ihren Bewegungen entlud sich ihre Anspannung, sie sprang immer wilder auf und ab, und nach kurzer Zeit brachen die Scharniere heraus. Die Tür fiel nach unten. Tageslicht flutete Sophie entgegen, als sie in die helle Öffnung stürzte.
Im Fallen prallten ihre Hände gegen die Sprossen einer Holzleiter, die zur Luke hinaufführte. Sie griff zu, rutschte aber sofort wieder ab. Zumindest bremsten die Hände ihren Fall ab. Mit den noch immer gefesselten Füßen voran schlug sie auf dem Boden auf.
Sie brauchte einige Sekunden, um sich zu sammeln. Vorsichtig bewegte sie Arme und Beine. Es tat höllisch weh, aber sie glaubte nicht, dass etwas gebrochen war.
Der Raum war ungewöhnlich groß und von beinahe quadratischer Grundfläche. Nackte, quer durch den Raum schwebende Stahlträger trugen die niedrige Holzdecke. Der graue Putz war an vielen Stellen von den roten Backsteinwänden gebröckelt und hatte trockenen Staub in der Luft hinterlassen. Durch

verglaste Holztüren an zwei gegenüberliegenden Wänden und winzige Fenster drang trübes Tageslicht herein.

Hoffnung keimte in ihr auf. Ohne zu zögern, kroch sie zu einer der Wände und stellte sich auf die Füße. Von der massiven, zweiflügeligen Holztür war der Lack weitestgehend abgesplittert. Eine undurchdringliche Staubschicht verwehrte den Blick durch die Glasscheiben. Die Flügel waren mit schweren Metallriegeln gesichert, die Sophie mit etwas Mühe zurückschieben konnte.

Sie riss den Türflügel auf. Frische, feuchte Luft strömte ihr entgegen. Sophie trat einen Schritt vor und ihre Hoffnung schwand dahin. Sie blickte in die Tiefe. Gute fünfzehn Meter unter ihr erstreckte sich ein Fleet. Aus der trüben Brühe ragten feuchte, dunkelbraune Sandhaufen hervor. Möwen stakten gelangweilt durch das flache Wasser. Menschen, die sie zur Hilfe rufen konnte, waren nicht in Sicht. Und wenn sie hier hinuntersprang, brach sie sich den Hals.

Sie schloss den Flügel und hüpfte auf die gegenüberliegende Zimmerseite. Auch hier ließ sich die Tür öffnen. Statt auf den matschigen Grund eines Fleets blickte sie auf eine schmale Straße aus Pflastersteinen.

Die Speicherstadt, schoss ihr durch den Kopf. Sie hatte die hohen Speicherblöcke am Hafen mit ihren imposanten Backsteinfassaden schon oft von außen bewundert. Jede Etage verfügte über einen separaten Eingang, sowohl auf der Wasser- als auch auf der Landseite. Mithilfe von auf den Dächern installierten Seilzügen konnten alle möglichen Waren in den Böden eingelagert werden.

Hier konnte sie um Hilfe rufen. Sie holte tief Luft, unterdrückte jedoch den Schrei im letzten Moment. Aus den Augenwinkeln sah sie die Umrisse einer Gestalt, die unten in der Tür verschwand. Sophie erschrak und war einen Augenblick wie gelähmt.

Robert kehrte zurück.

Die Gedanken in ihrem Kopf verknoteten sich. Panisch blickte sie sich im Zimmer um. Über eine Öffnung im Boden gelangte man in das darunterliegende Stockwerk. Die Bodenluke war hochgeklappt und mit zwei Bügeln in senkrechter Position neben der Öffnung fixiert. Massive Stahltüren an den Seitenwänden führten offenbar in die seitlich der Speicherböden gelegenen Treppenhäuser. Überall im Raum lagen Sachen auf dem Boden. Sophie entdeckte ihre Bluse neben einem Stapel Jeanshosen, Hemden und Pullovern, die offenbar Robert gehörten. Ein Motorradhelm balancierte auf einem Haufen schwarzer Lederkleidung. Aber vor allem eine große kakifarbene Reisetasche erweckte Sophies Aufmerksamkeit.

Sie sank auf die Knie und kroch, so schnell und leise wie sie konnte, zu der Tasche hinüber und riss den Reißverschluss auf. Brecheisen, Schraubenzieher und anderes Werkzeug, das sie noch nie gesehen hatte und dessen Funktion sie bestenfalls erahnen konnte, lagen wild durcheinander. In dem Metallhaufen entdeckte sie zwei Pistolen, Einzelteile eines Gewehrs und Messer von unterschiedlicher Größe. Sie griff nach der erstbesten Klinge, einem schweren Klappmesser mit Holzgriff, und schnitt sich das Plastikband von den Füßen.

In einem der unteren Stockwerke knarrte der Holzfußboden. Robert kam herauf.

Unsicher musterte sie den Inhalt der Reisetasche. Sie konnte sich nicht für eine Waffe entscheiden. Schwere Schritte dröhnten aus dem Zimmer unter ihr. Jemand durchschritt den Raum und betrat die unterste Stufe der Holzleiter.

„Okay, er ist es.“ Die knarrende Stimme Walter Meyers riss den dicken Dieter aus dem Halbschlaf. Er schreckte hoch und verschüttete Kaffee aus dem Pappbecher, den er lose in den Händen hielt. „Ach Scheiße, diese Hose ist gerade mal …“

„Halt’s Maul, Dicker!“ Meyer war einer der wenigen, der in diesem Ton mit Dieter reden konnte, ohne ernsthaft seine Gesundheit zu gefährden.

Die beiden saßen seit Stunden in ihrem alten VW Passat auf einem abgelegenen Parkplatz in der Hamburger Speicherstadt. In der Ferne dröhnte der Lärm unzähliger Baustellen, und im

Minutentakt holperten Lastwagen über die Pflastersteine der Zubringerstraße hinter ihnen. Meyer starrte durch sein Fernglas auf den Eingang eines gut dreihundert Meter entfernten Speicherblocks. Das fünfstöckige, von einem grünen Kupferdach gezierte Backsteingebäude behauptete gegen die ringsum aus dem Boden schießende HafenCity seine historische Würde und Ruhe.

Gerade hatte sich die Tür im Erdgeschoss geöffnet. Wagner war herausgetreten, hatte sich rasch in alle Richtungen umgeschaut und zielstrebig vom Gebäude entfernt.

„Kaum zu glauben, dass dein Informant recht hatte", brummte Dieter. „Na ja, hat ja auch 'ne schöne Stange Geld gekostet."

Meyer nickte. Tatsächlich war ein Großteil des Geldes, das sie vom Staatsrat bekommen hatten, für die Informationsbeschaffung draufgegangen. Meyer hatte alle seine Beziehungen spielen lassen und viele alte Gefallen einfordern müssen, aber am Ende hatte er, was er wollte: eine Adresse. Laut seinem Informanten unterhielt Wagner Kontakte zu einer Gruppe russischer Waffenhändler, die ihm einen leer stehenden Lagerraum in der Speicherstadt zur Verfügung gestellt hatten.

„Wagner ist weg. Gehen wir rein", sagte Meyer.

„Hm." Dieter knurrte unwillig. Umständlich hob er seine Füße vom Armaturenbrett und zog sich die Schuhe an. Mit der gleichen Selbstverständlichkeit, mit der er die Schnürsenkel zuband, kramte er zwei Pistolen aus dem Handschuhfach, schraubte Schalldämpfer auf die Läufe und überprüfte, ob die Waffen geladen waren. Er reichte Meyer eine von ihnen. „Machen wir ihn fertig."

Sie stiegen aus dem Auto und legten die Strecke zum Hauseingang im Laufschritt zurück, wobei sie die Straßenzüge genau im Auge behielten.

Der Dicke schnappte nach Luft, während Meyer dem alten Türschloss bereits mit einem Draht zu Leibe rückte und kurz darauf im Gebäude verschwand. Dieter folgte ihm. Er bekam nicht mit, wie vier Stockwerke über ihm eine Bodentür geöffnet wur-

de und für einen Augenblick der Kopf einer Frau in der Öffnung erschien.
Meyer verschloss die Tür von innen. Pirnau sollte nicht merken, dass er Besuch hatte. Sie teilten sich auf. Meyer würde die beiden unteren Stockwerke durchsuchen, Dieter kümmerte sich um die oberen Böden. Dann würden sie sich an einem geeigneten Platz auf die Lauer legen und warten.
Die Stahltür zum Treppenhaus, das zu den höher gelegenen Böden führte, war fest verschlossen. Dieter fluchte. Er quälte sich über enge Holzleitern durch die offenen Bodenluken bis zum vierten Stockwerk hinauf, und der Schweiß floss in Strömen über seine Stirn.
Der dumpfe Schlag auf den Kopf traf ihn völlig überraschend. Er sah eine weiße Gestalt hinter der hochgestellten Bodenluke hervorschnellen. Dann hörte er das laute Knacken seines Schädelknochens, und sein Bewusstsein erlosch wie das Licht einer zerplatzenden Glühbirne.

Ein mächtiges Poltern in einem der oberen Stockwerke ließ Meyer aufhorchen. Er hielt den Atem an. Der erwartete Fluch seines Kumpels, der vermutlich über eine Leitersprosse gestolpert war, blieb aus.
„Scheiße!“
Meyer entsicherte seine Waffe und schlich hinauf. Vom Fuß der Leiter zum vierten Stock aus sah er über sich eine Bewegung. Er hob die Pistole und überwand die letzten Sprossen.
„Keine Bewegung, Freundchen, oder du bist …“
Meyer stieg aus der Öffnung, und der Anblick der verängstigten Frau mit der Brechstange in der Hand verschlug ihm die Sprache. Dieter lag neben der Bodenluke und rührte sich nicht. Aus seinem Kopf sickerte ein stetiger Blutstrom.
„Wer sind Sie, und was haben Sie mit Wagner zu schaffen?“ Meyer richtete seine Waffe auf die Frau.
Sophie ließ die Eisenstange sinken und schaute entsetzt auf den fülligen Körper, der vor ihren Füßen lag. „Ich bin Sophie Levantes. Die Opernsängerin. Sind Sie von der Polizei?“

Meyer grinste. „Nicht ganz. Raus mit der Sprache: Was haben Sie mit Wagner zu tun?“
„Wagner? Ich weiß nicht, von wem Sie reden. Robert hat mich entführt. Er hat …“ Tränen stiegen ihr in die Augen, aber sie drückte die schlimmen Bilder weg. „Er hat meinen Manager umgebracht und hält mich hier fest. Ich weiß nicht, was er vorhat. Er ist weggegangen, da konnte ich mich befreien.“
In Meyers Kopf arbeitete es. Er nickte. „Legen Sie die Eisenstange weg.“ Sophie gehorchte. Meyer beugte sich zu seinem Kumpel herunter, griff in dessen blutverschmierte Haare und hob den Kopf in die Höhe.
„Ist er … schwer verletzt?“, fragte Sophie.
„Er atmet.“ Walter konnte sich nicht vorstellen, dass der Schlag dieser Frau jemanden wie Dieter umbringen konnte. Der hatte schon weitaus mehr einstecken müssen und war immer wieder aufgestanden. „Bei ihm kann man da oben nicht viel Schaden anrichten. Der kommt schon wieder in Ordnung.“ Dieters Kopf sank zurück auf die Holzbohlen. Meyer erhob sich.
„Kennen Sie Robert?“, fragte Sophie.
Meyer musterte die verunsicherte Frau von oben bis unten. „Hat er Sie … hat er Ihnen etwas getan?“
Sophie schüttelte den Kopf. „Nein. Nicht geschlagen oder so, falls Sie das meinen.“
„Geschlagen?“ Meyer zog die Stirn in Falten. „Das habe ich eigentlich nicht gemeint. Sie haben außergewöhnliches Glück gehabt.“ Er schien angestrengt nachzudenken, als kramte er in lange zurückliegenden Erinnerungen. „Wie sagten Sie, heißen Sie?“
„Sophie. Sophie Levantes.“
„Hm. Und Sie sind Opernsängerin. Ist Levantes Ihr wirklicher Name?“
Auf der Treppe knarrte es. Meyer fuhr herum und blickte direkt in den Lauf einer Pistole.
„Ich störe nur ungern bei eurem Pläuschchen. Waffe runter, Walter, oder du bist ein toter Mann.“
Pirnau war unbemerkt die Leiter heraufgeschlichen. Er stand direkt hinter Meyer und zielte mit seiner Pistole auf dessen Kopf.

„Wagner! Ganz ruhig bleiben, Junge, ja?" Meyers Stimme zitterte. Demonstrativ langsam entfernte er den Finger vom Abzug seiner Waffe und senkte sie, bis der Lauf auf den Boden gerichtet war. Er zwang sich zu einem Lachen. „Mensch Alter, hast dich ja ganz schön verändert über die Jahre."
„Ihr hättet nicht herkommen sollen. Hättet mir nicht dazwischenfunken sollen. Du standst nicht auf meiner Liste, Walter. Zumindest bis eben nicht." Pirnau fällte Meyers Todesurteil, ohne mit der Wimper zu zucken.
„Immer mit der Ruhe, Wagner. Nichts überstürzen, hörst du." Er hob seine freie Hand beschwichtigend in die Höhe. „Du hast die alten Reihen ja ganz schön aufgemischt. Der Bulle, von Meuren, der Psycho-Professor. Und Victor geht wohl auch auf dein Konto, was?"
„Du solltest nicht so viel quatschen, Walter."
„Von Meuren und der Prof gehen mir ja am Arsch vorbei, Wagner, aber Victor hat dich immerhin aus der Klapse rausgehaun und dabei einiges riskiert. Und, sag doch mal ehrlich, hat der Bulle nicht auch viel für dich getan? Und ich hab damals vor Gericht auch alles versucht, was möglich war. Ich hätte deine Einweisung in die Psychiatrie gerne verhindert, aber die Ausgangsbedingungen waren zu schlecht."
Pirnau schwieg. Auf Meyers Stirn bildeten sich feine Schweißtropfen. Mit kloßiger Stimmer sprach er weiter: „Du hast doch jetzt Klarschiff gemacht. Wir sollten die alten Geschichten ruhen lassen und etwas Neues anfangen. Wagner ist Vergangenheit, du nennst dich jetzt wieder Robert Pirnau, nicht wahr? Nimm dir die Kleine hier und fang irgendwo ein neues Leben an."
Er deutete mit der freien Hand auf die Sängerin. „Sie heißt Sophie, nicht wahr? Glaubst du wirklich, dass sie … Uhh."
Pirnau hatte ohne Vorwarnung abgedrückt. Aus der schallgedämpften Waffe drang nicht mehr als ein Ploppen. Meyer fiel schlaff in sich zusammen. Pirnau senkte seine Pistole.
Sophie hatte entsetzt die Hände vors Gesicht gerissen. In ihrem Kopf hallte der Name, den Meyer kurz vor seinem Tod ausgesprochen hatte. Pirnau.

Der Junge ist geblendet von einem weißen Licht, das von überall her zu strahlen scheint. Das Geschrei seiner Mutter und das Gestöhne des Mannes sind verstummt. Ein wunderschöner Gesang lässt ihn aufhorchen. Die klare, zarte Stimme einer Frau. Er versteht die Worte nicht, aber die Melodie ist wunderschön, spendet Trost und Hoffnung. Die sanften Töne betten ihn ein, streicheln und liebkosen ihn. Er blinzelt, die Augen gewöhnen sich nur langsam an das helle Licht. Er schaut in die Richtung, aus der der Gesang kommt.

Seine Mutter posiert vor dem Schminktisch und betrachtet sich im Spiegel. Sie trägt ein weißes Kleid, das an Saum und Kragen mit bauschigen Federn verziert ist, und ihre Füße stecken in zierlichen Schuhen mit hohen Absätzen. Ihre Augen strahlen. Sie singt, und ihre helle Stimme erfüllt die Wohnung mit Fröhlichkeit und Herzlichkeit.

Der Junge geht zu ihr, sie setzt sich vor ihn auf einen Hocker, und er bürstet ihr durch die langen blonden Haare. Im Takt ihres Gesangs wiegen beide gleichmäßig hin und her. Ein inniger, tröstlicher Tanz. Er legt die Bürste zurück auf den Schminktisch und streichelt ihr mit der Hand über das Haar und über die weichen Federn am Kragen des Kleides.

„Du siehst aus wie ein Schwan“, sagt er, nachdem die Mutter aufgehört hat zu singen. „Du bist wunderschön.“

Sie lacht ihn an. „Danke, Robert. Das ist lieb von dir.“ Sie dreht sich zu ihm, fasst ihn bei den Schultern und blickt ihn ernst an.

„Du bist ein guter Junge, Robert. Und ich bin dir leider keine gute Mutter. Aber ich verspreche dir, dass sich das jetzt ändert. Mami macht jetzt eine Therapie und nimmt Tabletten gegen die Traurigkeit. Und wenn ich nachher vorsinge und die Stelle bei der Oper bekomme, wird Mami wieder als Sängerin arbeiten, und wir werden eine schöne Wohnung haben.“

„Und dann kommen auch keine fremden Männer mehr und tun dir weh?“

Der Frau schießen Tränen in die Augen. Sie drückt ihren Sohn an sich. „Nein, Robert. Dann kommen keine fremden Männer mehr. Nie mehr.“

Es klingelt an der Tür. Mutter und Sohn zucken zusammen. Der Junge schaut die Mutter fragend an, aber die schüttelt den Kopf. Es klin-

gelt immer wieder. Ungeduldig, wütend. Die Frau steht auf, geht in den Flur und betätigt die Sprechanlage. „Hallo? Wer ist da?"
Die Männerstimme klingt zornig und ungeduldig. „Ich bin's, Hans-Werner. Was fällt dir ein, mich warten zu lassen? Mach sofort auf!"
Die Frau schaut unsicher an sich herunter. Das Kleid, die Schuhe. Mit versteinertem Gesicht öffnet sie die Tür, und kurze Zeit später steht ein hünenhafter Mann im Flur. Er hat eine Zigarette im Mund, wirkt verärgert. „Heißer Fummel. Eine neue Nummer von dir?"
Er streckt seine riesige Pranke nach dem Kleid aus, aber die Frau weicht zurück und der Griff geht ins Leere.
Der Mann fixiert sie mit seinem Blick. „Ganz neue Sitten, was?" Betont langsam streckt er erneut die Hand vor, die Frau senkt den Blick, bleibt stehen, und der Mann betastet den feinen Stoff.
„Also, was soll der Zirkus hier? Warum arbeitest du heute nicht wie üblich? Glaubst du, ich warte ewig auf mein Geld?"
Leise, kaum zu verstehen, murmelt sie etwas von einem freien Tag, von der Oper und dem Vorsingen. Der Mann lässt sie nicht ausreden. Er stößt sie an den Schultern zurück in das Zimmer. Dort steht der Junge schweigend in einer Ecke. Die Stimme des Mannes dröhnt durch den Raum.
„Sprich ordentlich und sieh mich gefälligst an, wenn ich mit dir rede. Was willst du?" Seine Schläge zielen höher. Sie hebt die Arme, um sich zu schützen.
„Die Wohnung. Der Stoff, den ich dir besorge. Was glaubst du, wo das herkommt?" Sie weint, versucht etwas zu sagen, aber ihre Stimme wird erstickt von den eigenen Tränen und den Schlägen, die auf sie eintrommeln.
„Du undankbares Dreckstück. Statt deine Schulden abzuarbeiten, willst du irgendeinen Singsang veranstalten. Das kannst du dir abschminken, hörst du?"
Die Schläge treffen sie ins Gesicht. Blut schießt ihr aus der Nase, rinnt über Lippen und Kinn und tropft auf ihr Kleid und ihre Schuhe. Sie sinkt auf die Knie. Er prügelt weiter, wird aber ruhiger, als ob das Blut ihn besänftigen würde.
Die Frau liegt schluchzend auf dem Boden, der Mann steht über ihr. In der Ecke der Junge, stumm, erstarrt.

„Okay, das reicht wohl. Du kannst bis Mittag Pause machen. Ich schaue nachher wieder vorbei. Und ich will mich nicht noch mal aufregen müssen."

Es ist still in der Wohnung. Der Junge schaut auf den Flur. Die Tür zum Zimmer seiner Mutter ist verschlossen. Er schleicht hinüber und horcht. Er sieht durchs Schlüsselloch, kann aber nichts erkennen.

Er öffnet die Tür und tritt hinein. Das weiße Kleid liegt ordentlich zusammengelegt auf dem Hocker vor dem Schminktisch. Einzelne Federn, die herausgefallen sind, hat die Mutter vom Boden aufgesammelt und auf das Kleid gelegt. Ein leeres Wasserglas steht neben einer Tablettenschachtel. Die einzelnen Blister sind leer, keine einzige Tablette ist übrig geblieben.

Seine Mutter liegt auf dem Boden in der Ecke. Sie ist nur mit Unterwäsche bekleidet, ihre Haut ist übersät mit blauen Flecken.

„Mami?"

Er geht zu ihr. Die Mutter rührt sich nicht. Ihr Gesicht ist wachsbleich. Ihre Augen, halb geöffnet, starren ins Leere. Speisereste und weiße Tablettenkrümel bilden eine kleine Pfütze auf dem Fußboden vor ihrem Gesicht. An Mund und Nase klebt eine eingetrocknete Kruste.

Der Junge verharrt minutenlang neben seiner toten Mutter. Dann dreht er sich weg und geht aus dem Zimmer. Auf der Schwelle hält er inne, kehrt zum Schminktisch zurück und greift sich das Kleid, die Federn und die leere Tablettenschachtel. Oben auf der Schachtel klebt eine Visitenkarte mit einem Namen, den er nicht lesen kann.

Ein Geräusch aus dem anderen Zimmer lässt ihn aufhorchen. Er durchquert den Flur und öffnet die andere Tür. Er tritt zu dem Kinderbett und blickt hinein.

Das Baby schreit. Der Junge wärmt etwas Brei auf, wie er es schon hundertmal gemacht hat. Er hebt das Baby aus dem Bettchen und will es füttern. Doch es nimmt kaum etwas an und schreit weiter. Er wiegt es hin und her und spricht ruhig mit ihm, singt ein Lied der Mutter. Aber nicht einmal das hilft.

Das Geschrei wird lauter und durchdringender. Tränen laufen dem Jungen übers Gesicht. Das Gebrüll dröhnt in seinem Kopf.

Er nimmt das Kleid der Mutter und wickelt das Baby darin ein, schaukelt und wiegt es erneut. Seine Tränen kullern auf den Stoff. Das Baby schreit weiter. Er erträgt es nicht mehr.
Er legt etwas von dem Stoff auf das winzige Gesicht. Das Baby schnauft, schreit erneut. Er nimmt mehr von dem Stoff, drückt fester zu. Das Gebrüll ist leiser, gedämpfter. Er presst das Kleid fest vor das Gesicht des Babys, fängt leise an zu summen und wiegt sich und das Baby im Takt der Musik. Als das Schreien ganz verstummt ist, senkt er seinen Kopf herab und schmiegt sich eng an das leblose Bündel in seinem Arm. „Alles wird gut, Sophie. Glaub mir!"
Hans-Werner bricht durch die Tür und stürmt in die Wohnung. Fluchend findet er die tote Frau und den wimmernden Jungen, der seine Schwester und Mutters Kleid fest in den Armen hält.
„Scheiße!"
Mit seiner Riesenpranke reißt er den weißen Stoff vom Gesicht des Babys weg. Es schnauft, der kleine Brustkorb bebt im schnellen Rhythmus der Atembewegung.
Der Mann tobt in der Wohnung umher. Schließlich stürmt er zum Telefon, das auf einem kleinen Schrank im Flur steht. Er greift den Hörer und wählt auf der Drehscheibe eine Nummer.
„Moin Alex. Hier ist Hans-Werner. Ich habe ein Problem, bei dem ich deine Hilfe brauche. Eines meiner Mädchen hat sich umgebracht. Die Kleine in der Steilshooper Straße, die mit dem Jungen und dem Baby." Er hört einen Augenblick zu, bevor er weiterredet. „Ja, es gab vorhin etwas Ärger. Ein paar Schläge, nicht mehr." Erneutes Schweigen. „Nein, ich hab nichts angerührt. Die Kinder sind hier." Der andere spricht, die Gesichtszüge des Mannes entspannen sich. „Okay, das müsste gehen. Ich rufe Walter an, der kann das Baby verschwinden lassen. Und für den Jungen habe ich eine Idee." Er legt auf und baut sich vor dem wimmernden Jungen auf, tätschelt ihm über den Kopf.
„Du heißt Robert, nicht wahr? Ich bin dein neuer Onkel Hans-Werner, aber wenn du willst, darfst du auch Bulle zu mir sagen. Du kannst mit mir mitkommen. Okay? Hand drauf?"
Der Junge hört auf zu weinen, und nach einer Weile blickt er hoch. Er schaut auf die Pranke des Mannes und greift nach ihr.

19

Dieter schreckte hoch und hob instinktiv die Hände über den Kopf, als könne er den Schlag, der ihn niedergestreckt hatte, im Nachhinein noch abwehren. Das heftige Pochen im Hinterkopf, das durch den ganzen Körper bis hinunter zu den Fußsohlen zu pulsieren schien, brachte ihm die jüngsten Erlebnisse schmerzhaft in Erinnerung. Die Suche nach Wagner. Der alte Speicherblock. Die Leiter, und dann? Er fasste sich mit der Hand an den Hinterkopf. Unter blutverklebten Haaren am Rand einer taubeneigroßen Beule ragten Knochensplitter aus dem Schädel heraus, dazwischen ertastete er eine weiche Masse. Nicht gut, dachte er.

Er blickte sich um. Neben ihm lag die Leiche von Meyer. In den Räumen war es still. Keine Spur von Wagner. Dieter hatte keine Ahnung, wie lange er schon so dagelegen hatte.

Unbeholfen kramte er sein Handy aus der Hosentasche. Er brauchte drei Anläufe, um die richtige PIN einzugeben, dann erst hatte er eine Verbindung zum Netz. Er wählte die einzige Telefonnummer, die ihm jetzt noch in den Sinn kam, und er wusste, dass er sich, sollte er dies überleben, ewig dafür verachten würde.

Jan setzte seine Unterschrift unter den schmalen Zettel und bestätigte damit seine Entlassung gegen ärztlichen Rat. Die kleine dunkelhaarige Oberärztin, deren Augen hinter den dicken Gläsern ihrer Brille hervorlugten wie zwei Goldfische in einem Wasserglas, ließ den Zettel in ihrer Kitteltasche verschwinden.

„Ihr Entlassungswunsch kommt überraschend, Herr Kollege. Ich hoffe, Sie wissen, was Sie tun."

„Ich fühle mich gut, und es gibt einige Dinge, um die ich mich kümmern muss. Danke für die gute Behandlung."

„Sie wären um ein Haar ertrunken und fast verblutet. Sie haben großes Glück gehabt!“

Die Augen hinter den Brillengläsern musterten ihn, und Jan wurde unbehaglich zumute. „Sie wären um ein Haar an einer Alkohol- und Kokainvergiftung gestorben. Sie sind der größte Idiot, der je von der Feuerwehr aus der Elbe gefischt und wiederbelebt werden musste“, las er aus den Augen der Ärztin, und er war froh, als er das Eingangsportal des Klinikhauptgebäudes hinter sich ließ.

In seiner Wohnung stand ein dichter Mief aus kaltem Rauch, Schnaps- und Biergeruch, der ihm Übelkeit bereitete. Rund um die Spüle türmten sich leere Bierdosen. Der überquellende Aschenbecher auf dem Küchentisch erinnerte ihn wie ein Mahnmal an die verhängnisvolle Nacht seines heftigen Absturzes, seiner Flucht in die tumbe Welt aus Alkohol und Drogen und käuflichem Sex.

Der Plastikbeutel mit seinen vom nächtlichen Ausflug in die Elbe durchnässten Sachen landete im Bad neben der Waschmaschine. Jan hielt die Luft an und eilte zur Balkontür, wobei er versuchte, in keine der auf dem Boden liegenden Glasscherben zu treten. Er riss die Tür auf. Die frische Luft vertrieb den schlimmsten Gestank. Jan versenkte den Aschenbecher in einem großen Müllbeutel und schmiss die Bierdosen hinterher. Bald hatte er das größte Chaos beseitigt. Er setzte sich an den gesäuberten Küchentisch und überlegte, was jetzt zu tun sei. Kurzerhand griff er zum Telefon und rief Stephanie an. Ihre Stimme klang erfreut. „Geht's dir besser?“, fragte sie.

„Ja. Ich bin so weit in Ordnung.“

Stephanie schwieg, und Jan spürte, dass sie es ihm nicht leicht machen würde. Er sagte ihr, dass sie allen Grund gehabt habe, auf ihn wütend zu sein. Er sprach über seine Eifersucht Nolte gegenüber, seinen Stolz und darüber, wie er sich durch den Polizisten provoziert gefühlt hatte. „Es war ein Fehler, meinen Ärger an dir auszulassen, und du sollst wissen, dass es mir wirklich leidtut. Ich habe mich wie ein Idiot verhalten. Wie ein verliebter Idiot.“

Keiner von beiden sagte etwas.
„Hab ich's vermasselt?", fragte er.
„Ach verdammt! Ich werde nicht klug aus dir, Jan Decker. Du bist intelligent, witzig und sensibel. Und die gemeinsamen Stunden mit dir zählen zu den schönsten, die ich in letzter Zeit erlebt habe." Jan spürte, wie sie nach Worten rang.
„Ich bin auch verliebt in dich, Jan. Und umso mehr hat mich dein Verhalten verletzt. Dein Zorn, deine Vorwürfe. Diese Unnahbarkeit und Kälte bei einem Mann, in den ich verliebt bin und den ich vielleicht sogar einmal lieben könnte. Das geht gar nicht. Das macht mich kaputt."
Jan atmete tief ein und wieder aus. „Ja. Ich weiß, dass ich dich verletzt habe. Und es tut mir leid."
Stephanie schwieg eine Weile, bevor sie weitersprach. Ihre Stimme klang versöhnlich „Ich hatte sehr gehofft, dass du mich anrufst und dass wir darüber sprechen können."
„Soll ja angeblich manchmal helfen", sagte er.
„Ach ja? Bist du da selbst drauf gekommen?"
Jan sah Stephanies ernste Gesichtszüge vor sich, aus denen langsam ihr niedliches Lächeln aufblühte. „Hab ich aus einer Frauenzeitschrift, glaub ich", sagte er. „Ich hatte in den letzten Tagen viel Zeit zum Lesen."
Stephanie lachte. „Bist du noch in der Klinik?"
„Ich habe mich heute selbst entlassen und bin seit einer knappen Stunde wieder zu Hause."
„Oh, das ist ja schön. Und was hast du jetzt vor?"
„Schwer zu sagen. Es war alles ein bisschen viel. Ich brauche Zeit, um alles zu verdauen. Ich hatte überlegt, auf den Friedhof zu fahren."
Schmauchs Beisetzung hatte im kleinen Kreis stattgefunden. Am Tag, als Jan von der Intensivstation verlegt werden konnte. Der Gedanke an den Friedhof und an ein frisches Grab mit Blumen und Kränzen bereitete ihm ein dumpfes Gefühl im Bauch, dessen Tiefe und Intensität ihn verunsicherten.
„Ich bin mir aber nicht sicher, ob das eine gute Idee ist", fügte er hinzu.

Stephanie schien mit sich zu ringen. „Soll ich dich begleiten? Ich könnte mit dir hinfahren und, wenn du willst, im Taxi auf dich warten. Vielleicht kannst du jemanden zum Reden gebrauchen. Und wenn nicht, ist das auch okay."
Jan wusste nicht, was er sagen sollte.

Die Hand des Dicken mit dem Mobiltelefon sank zu Boden. Er hatte den Polizeinotruf gewählt und dem verdutzten Beamten in der Leitstelle mit knappen Worten die Vorfälle geschildert. Er schloss die Augen und wartete auf das Eintreffen der Polizei. Ihm war speiübel, und sein Kopf dröhnte, als würde in seinem Schädel eine Abrissbirne wüten. Die Sirenen der ersten Funkstreifenwagen, die an dem Speicherblock eintrafen, hörte er schon wie aus weiter Ferne, und als die Beamten des Spezialeinsatzkommandos die Tür aufbrachen und schwer bewaffnet und mit kugelsicheren Westen das Gebäude stürmten, war er bewusstlos.
Mit quietschenden Reifen fuhr Christopher Nolte wenig später am Speicher vor und parkte sein Audi TT Cabrio zwischen den unzähligen Einsatzfahrzeugen. Er betrat das Gebäude. Aus dem Treppenhaus drang Lärm. Vier Feuerwehrleute wuchteten eine Aluminiumtrage die schmale Treppe herunter. Gerät und Männer ächzten unter dem Gewicht des massigen Mannes auf der Trage. Ein daumendicker Plastikschlauch ragte aus Dieters Mund, in den der Notarzt mit einem Beatmungsbeutel im Sekundentakt Luft pumpte. Ein Rettungsassistent hielt eine Infusionsflasche in die Höhe. Ein mobiles EKG-Gerät vertonte Dieters unregelmäßigen Herzschlag.
Nolte ließ die Männer passieren. Der Notarzt sah den fragenden Blick des Polizisten. „Offenes Schädel-Hirn-Trauma, wahrscheinlich epidurales Hämatom. Unklar, ob er durchkommt", sagte er mit unbewegter Miene. „Der andere liegt noch oben, der ist ein Fall für Petrus."
Die Männer verschwanden. Der Leiter des Spezialeinsatzkommandos nahm Nolte in Empfang und informierte ihn über den Stand des Einsatzes. Pirnau war verschwunden. Er musste den

Speicher in großer Eile verlassen haben, denn er hatte unzählige Gegenstände zurückgelassen. Von der Sängerin fehlte jede Spur. Weber hatte sich zu irgendeiner Besprechung abgemeldet. Die Spurensicherung war noch nicht eingetroffen, also begann Nolte allein mit der Sichtung des Speichers. Die Beamten des SEK hatten die Stahltüren zum Treppenhaus aufgebrochen, aber er wählte den Weg über die Holzleitern.
Die Räume in den ersten beiden Stockwerken waren leer, den Boden im dritten Stock hatte Pirnau offenbar als Wohnküche genutzt. In einer Ecke stapelten sich Konservendosen, eingeschweißtes Brot und Kanister mit Trinkwasser, die nebenher auch als Tisch und Stuhl gedient hatten. Neben einem Gaskocher türmten sich leere Verpackungen und Speisereste, ein zur Hälfte gefüllter Müllsack enthielt weitere Abfälle.
Nolte stieg in den vierten Stock. Pirnaus Kleidung war in ungeordneten Haufen auf dem Boden verteilt. Die Bluse musste der Sängerin gehören. Aus einer geöffneten Reisetasche ragten Metallwerkzeuge heraus.
Pirnau hatte seine gesamte Ausrüstung zurückgelassen. Oder vielleicht noch mehr als das?
Nolte zog sich Gummihandschuhe über und wandte sich den Kleiderhaufen zu. Unter einem Stapel unordentlich zusammengelegter Hemden fand er, was er gesucht hatte. Einen braunen Pappumschlag, der eine lose Blattsammlung enthielt. Nolte zog die Papiere hervor. Obenauf lag die Titelseite einer Tageszeitung von 1995.

„Staatsanwalt fordert Unterbringung in der Psychiatrie“

Nolte überflog den Artikel, der über die Gerichtsverhandlung Pirnaus im Jahr 1995 berichtete. Ein weiteres Papier war so verschmutzt, dass kaum mehr als die graue Überschrift zu erkennen war: Jugendhilfebericht.
Es war die schlechte Kopie eines Dokuments, auf dessen Original ein Foto geklebt hatte. Nolte erahnte die Konturen eines kleinen Mädchens mit Zöpfen.

Ein älterer Zeitungsausschnitt stammte aus dem Lokalteil einer Hamburger Tageszeitung aus dem Jahr 1981. Ein Vierzeiler am unteren Rand der Seite erregte Noltes Aufmerksamkeit.

„Tragischer Selbstmord
Am vergangenen Mittwoch starb die 28-jährige Magdalene P. in ihrer Wohnung an einer Überdosis Tabletten. Die junge Frau, die laut Polizei regelmäßig der Prostitution nachging, wurde von ihrem vierjährigen Sohn tot aufgefunden."

Nolte pfiff durch die Lippen. Als Letztes fand er ein Stück einer Medikamentenverpackung. Er drehte es herum. Amitriptylin. Nolte kannte das Präparat als Antidepressivum. Unter der Verpackung kam eine vergilbte Visitenkarte zum Vorschein. Nolte kniff die Augen zusammen und konnte den Namen auf der Karte mühsam entziffern:

Dr. Volker Schmauch, Psychiatrische Poliklinik

Nolte nickte, ein wissendes Lächeln umspielte seinen Mund. Pirnau hatte sich nicht an den Leuten gerächt, die zu seiner Unterbringung im Maßregelvollzug beigetragen hatten. Er hatte die ganz alten Rechnungen beglichen. Nolte griff zu seinem Handy und wählte eine gespeicherte Nummer. Nach kurzem Klingeln meldete sich Kommissaranwärterin Jelnek.
„Ich bin's, Nolte. Ich brauche so schnell wie's geht eine Personenauskunft über eine Frau Magdalene Pirnau, Jahrgang '52 oder '53, gestorben in Hamburg im Juni 1981, wahrscheinlich an einer Überdosis Medikamente." Er wartete, bis Jelnek sich alles notiert hatte. „Rufen Sie mich an, sobald Sie die Daten haben!"
Jelnek rief zurück, als Nolte sich im vierten Stock des Speichers über das bleiche Gesicht Walter Meyers beugte.
„Ich hab sie im Register des Standesamtes gefunden. Wir haben Glück, die alten Daten wurden gerade erst digitalisiert", sagte sie. „Magdalene Pirnau, geboren am 30. September 1952 in

Stettin, gestorben am 23. Juni 1981. Letzter Wohnort in Hamburg-Barmbek. Ledig, evangelisch-lutherisch. Sie hatte einen Sohn, Robert Pirnau, geboren am 6. August 1976 in Hamburg. Vater unbekannt. Und ..."
„Danke!", unterbrach Nolte seine Kollegin. „Das ist alles, was ich wissen wollte. Sobald ich hier fertig bin, komme ich zurück ins Kommissariat."

Jans Unbehagen wuchs mit jedem Schritt. Er näherte sich dem Grab seines Chefs. Die Stille bedrückte ihn.
Der dichte Bewuchs aus Laub- und Nadelbäumen, Sträuchern und Hecken schirmte den Ohlsdorfer Friedhof vom Lärm der angrenzenden Fuhlsbüttler Straße und des Flughafens ab und bewahrte auf der riesigen Parkanlage inmitten der Großstadt eine pietätvolle Ruhe. Die unzähligen, über das ganze Gelände verteilten Rhododendren ließen ihre welken Blüten herabhängen und zu Boden fallen. Sie verwandelten die noch vor wenigen Wochen in prächtigem Lila erstrahlenden Knicks des Parks in ein Meer toter Blüten. Ein gewaltiger, trostloser Grabkranz auf einem der größten Friedhöfe der Welt.
Jan schritt die Gräber entlang, die sich unter dem Blätterdach haushoher Erlen und Buchen in scheinbar unendlicher Folge aneinanderreihten. Als sollte die perfekte Symmetrie ein Gegengewicht bilden gegen die Unberechenbarkeit des hier allgegenwärtigen Todes.
Er erkannte das Grab von Weitem an dem Haufen frischer Blumen, Kränze und Gebinde. Volker Schmauch war an selber Stelle wie seine Frau bestattet worden.
Jan kniete nieder und pflanzte eine einzelne Rose, die er aus Schmauchs Garten gerettet hatte, an eine freie Stelle am Kopfende des Grabes. Er dachte zurück an sein letztes Gespräch mit dem Professor und dessen Worte, die er Jan hinterhergerufen hatte. „Es ist nicht zu spät, um Frieden mit Ihrem Vater zu schließen."
Das letzte Gespräch mit seinem Vater lag über ein Jahr zurück. Er hatte in seinem Lieblingssessel im Wohnzimmer gesessen,

und Jan hatte sich erschrocken, als er ihm gegenübergetreten war.
Der Vater war abgemagert, das Gesicht grau und eingefallen, die Augen müde und gebrochen. Auf dem Schoß hielt er ein Buch, aber Jan wusste, dass er sich schon lange nicht mehr ausreichend konzentrieren konnte, um mehr als zwei Absätze am Stück zu lesen. Er fragte seinen Vater nach dessen Befinden. Der zuckte erschöpft mit den Achseln.
„Du siehst nicht gut aus, Papa. Und abgenommen hast du doch auch, oder?“ Jan fragte ihn, ob er seine Medikamente nehme, regelmäßig esse und trinke und ob er noch einmal über die Möglichkeit einer Krankenhausbehandlung nachgedacht habe.
„Ich möchte nicht mit dir über meine Behandlung reden.“ In der Stimme des Vaters blitzte ein Rest von Kraft und Bestimmtheit auf. „Nicht mehr.“ Sein Vater schaute ihn an, und Jan spürte deutlich, dass ihm etwas auf dem Herzen lag. „Jan, ich möchte dir gerne …“
„Es ist doch kein Wunder, dass du schwächer wirst und abnimmst, wenn du nicht genügend isst. Wenn du willst, kann ich mit Dr. Wulff sprechen, damit er dir ein appetitsteigerndes Antidepressivum verschreibt.“

Ein Regentropfen fiel auf eines der Rosenblätter. Jan hob den Kopf und schaute in den diesigen Abendhimmel, an dem die Sonne ihren Kampf gegen die Wolken aufgegeben hatte. Von Regen keine Spur. Ein weiterer Tropfen fiel auf die Pflanze, und Jan bemerkte, dass es seine eigenen Tränen waren.

„Ich nehme bereits ein appetitsteigerndes Antidepressivum“, hatte sein Vater geantwortet. „Du bist mein Sohn, Jan, nicht mein Psychiater.“
„Das muss sich ja nicht unbedingt ausschließen.“
Die beiden Männer schwiegen sich an. Jans Mutter kam herein und fragte, ob sie störe. Sie erhielt keine Antwort und begann, den Kaffeetisch zu decken.

Eine knappe Stunde später trat Jan aus der Tür des Hauses seiner Eltern. Sein Vater stand hinter ihm im Flur. Jan spürte seinen Blick im Rücken. Er drehte sich um und schaute ein letztes Mal in die traurigen Augen seines Vaters.
Vier Tage später hatte seine Mutter ihn angerufen und ihm mitgeteilt, dass sein Vater tot sei. Gestorben an einer Überdosis Schlaftabletten.

Jan schluchzte. Wegen seines gekränkten Stolzes hatte er seinem Vater den Wunsch verwehrt, ein letztes Gespräch mit seinem Sohn zu führen und sich von ihm in Würde zu verabschieden. Er wünschte, er könnte es nachholen. Auch wenn sich ihr Verhältnis in den letzten Jahren abgekühlt hatte, tief im Innern hatte er nie daran gezweifelt, dass sein Vater ihn liebte, dass er sich freute und stolz darauf war, was aus seinem Sohn geworden war. Aber hatte Jan sich je gefragt, was sein Vater sich von ihm wünschte? Beistand, Akzeptanz und Liebe in einer trostlosen Situation statt aufmunternder Parolen und Ratschläge, die ebenso von einem der behandelnden Ärzte hätten stammen können?
Volker Schmauch war für ihn wie ein zweiter Vater geworden. Ein Vorbild, als Arzt ebenso wie als Mensch. Schmauch hatte an ihn geglaubt, ihn unterstützt, ihn herausgefordert und gefördert. Auch Schmauch hatte er im Zorn den Rücken gekehrt. „Ihre Wut verzehrt Sie!“, hatte er gerufen. Hatte Jan auch seinem Chef gegenüber so kläglich versagt? Hätte er dessen Tod verhindern können, wenn er schneller gewesen wäre? Oder mutiger?
Die Fragen erdrückten ihn. Jan spürte eine Hand auf seiner Schulter. Stephanie stand hinter ihm und streichelte ihm über den Rücken.

20

Nolte verließ den Speicher. Den Umschlag mit den Papieren trug er bei sich. Den Rest konnte er den Spezialisten von der Spurensicherung überlassen. Er setzte sich in sein Cabrio und startete den Motor. Er schaute in den Himmel. Hoch stehende Wolken, es wurde langsam dunkel, aber nach Regen sah es nicht aus. Per Knopfdruck öffnete er das automatische Dach seines Audis und fuhr los.

Etwas passte nicht. Er kannte dieses unruhige Gefühl, wenn er etwas übersehen oder nicht richtig beachtet hatte, und grübelte angestrengt über alles nach. Pirnau hatte seinen Rachefeldzug beendet. Er hatte die Papiere sicher nicht versehentlich zurückgelassen. Vielleicht hoffte er, dass mit den Papieren und Zeitungsausschnitten die unliebsamen Erinnerungen aus seinem Leben verschwanden. Dass er sich endgültig befreien könnte von den Spuren der Vergangenheit.

Nolte bog in die Hauptstraße ab und fädelte sich in den stockenden Verkehr ein. Pirnau irrt sich, irgendetwas bleibt immer übrig, dachte er. Seinen inneren Frieden wird er niemals finden. Zumindest nicht, solange er lebt.

Nolte trat auf die Bremse. Reifen quietschten, die nachfolgenden Fahrer hupten aufgebracht.

Der Polizist beachtete sie gar nicht. Atemlos zog er sein Handy heraus und rief erneut seine Kollegin im Kommissariat an.

„Jelnek, Sie hatten vorhin das Todesdatum von Pirnaus Mutter genannt, wann war das doch gleich?“

Die Kommissaranwärterin kramte in ihren Unterlagen und antwortete ihm, aber das Hupkonzert der Autos, die um seinen mitten auf der Straße stehenden Wagen herummanövrierten, übertönte ihre Stimme. Genervt ließ er das Cabriodach wieder ausfahren. Als es sich über ihm schloss, wurde es merklich ruhiger.

„Es war der 23. Juni 1981. Heute vor genau neunundzwanzig Jahren."
Das Blut pochte in Noltes Schläfen. „Ich muss sofort wissen, wo die Frau beerdigt wurde, je genauer, desto besser. Okay?"
„Wird erledigt, kann aber 'ne Minute dauern."
Er fuhr langsam weiter, immer wieder fiel sein Blick auf das Handy, das neben ihm auf dem Beifahrersitz lag. Nach scheinbar endlosen Minuten klingelte es, Jelnek war dran.
„Gut, ich habe es. Magdalene Pirnau wurde eingeäschert und am 30. Juni 1981 auf dem Ohlsdorfer Friedhof beigesetzt. In einem Abschnitt für anonyme Bestattungen. Ohne Grabstein und so. Der Ort liegt am südlichen Ende des Friedhofs. Inzwischen hat das Friedhofsamt dort umgebaut und Einzelgräber angelegt."
Nolte hatte längst sein mobiles Blaulicht aus dem Handschuhfach gezogen und es unterhalb der Windschutzscheibe seines Cabrios befestigt. Mit geübtem Griff fuhr er sich unter das Jackett und ertastete das Holster seiner Dienstwaffe.
Jelnek wartete auf eine Reaktion, und als die nicht kam, fragte sie nach. „Sollen wir jemanden hinschicken? Glauben Sie, dass Pirnau dort sein könnte?"
Noltes Hand streifte den Griff seiner Walther P99. Im Gegensatz zu den Dienstwaffen seiner meisten Kollegen besaß seine P99 ein spezielles Abzugssystem, das ein Vorspannen des Hahns und nachfolgend einen leichteren Abzug ermöglichte. Diese Waffe war eigentlich den Spezialeinheiten von Polizei und Militär vorbehalten.
Nolte führte die Hand zurück ans Lenkrad. „Nein, noch nicht. Ich melde mich gleich wieder."
„Verstanden. Aber da ist noch eine Sache, die Sie über die Pirnaus wissen sollten."
„Ich bin ganz Ohr."
Jelnek sagte es ihm. Nolte grinste. Jetzt passte alles zusammen. Er achtete darauf, dass die Telefonverbindung unterbrochen war, bevor er losfuhr und mit Blaulicht und Hupe die vor ihm fahrenden Autos von der Straße scheuchte.

Kommissaranwärterin Jelnek tigerte in ihrem Büro auf und ab. Alle paar Sekunden streifte ihr Blick das Telefon auf dem Schreibtisch, und mit jedem Mal wuchs ihre Anspannung. Seit Noltes Anruf waren mehr als zehn Minuten verstrichen. Vor fünf Minuten hatte sie nicht weiter abwarten wollen und ihn auf dem Handy angerufen. Es war abgeschaltet. Weber war vor über zwei Stunden mit einer Handvoll Leute der SOKO aus seinem Büro gestürmt und seitdem nicht erreichbar. Sie überlegte fieberhaft, was zu tun sei. Nolte hatte ihr Angebot, Verstärkung zu schicken, ausdrücklich abgelehnt. Aber natürlich führte er etwas im Schilde, verfolgte eine Spur, die ihn zum Ohlsdorfer Friedhof führte. Vielleicht auf direktem Weg zu Pirnau, der dem Grab seiner Mutter zu deren Todestag einen Besuch abstattete.
Jelnek griff erneut zum Hörer des Telefons und aktivierte die Wahlwiederholung. Eine vertraute Stimme meldete sich noch vor dem ersten Klingeln: „Hi, Christopher Nolte, bin leider nicht erreichbar, rufe aber zurück, sobald es geht.“
Jelnek atmete schwer aus und legte auf. Ein weiterer Tastendruck. Das Diensthandy von Weber. Wieder eine Stimme: „Guten Tag, dies ist der Anschluss von Hauptkommissar Karl Weber. Ich bin zurzeit leider nicht zu sprechen …“
Jelnek fuhr sich mit den Fingern durch die Haare. Sie zählte langsam von zehn rückwärts und hatte eine Entscheidung getroffen. Sie wusste, dass sie ihre Befugnisse überschritt und dass es, wenn sie Pech hatte, ihre letzte Entscheidung bei der Hamburger Kriminalpolizei sein würde, aber das war ihr jetzt egal. Mit zitternden Fingern wählte sie die Nummer der Zentrale des Mobilen Einsatzkommandos.
„MEK-Einsatzleitung“, meldete sich eine knarrende Stimme am anderen Ende der Leitung.
„Jelnek, Mordkommission.“ Sie versuchte, ihrer Stimme einen festen Klang zu geben. „Ich habe Grund zu der Annahme, dass sich ein Mitarbeiter der Mordkommission in ernsten Schwierigkeiten befindet.“
„Nennen Sie mir bitte Ihren Dienstgrad und Ihre Funktion.“

„Ich bin Kommissaranwärterin und derzeit einer SOKO unterstellt. Der leitende Hauptkommissar Weber ist nicht erreichbar, und sein Stellvertreter …"
Ein Summen im Hörer signalisierte einen parallel eingehenden Anruf, auf dem Display des Telefons erschien die Handynummer von Karl Weber. Jelnek musste einen Jubelschrei unterdrücken.
„Einen Augenblick, bitte." Ihre Stimme überschlug sich vor Erleichterung, sie drückte ihren Gesprächspartner in eine Warteschleife und nahm Webers Anruf entgegen. „Ich bin ja so was von froh, Ihre Stimme zu hören. Ich glaube …"
„Jelnek!" Weber brüllte ins Telefon, um den Lärm des Martinshorns zu übertönen. „Hören Sie mir zu. Sie müssen sofort Hauptkommissar Nolte anrufen und ihn ins Präsidium beordern. Es gibt mächtigen Ärger."
„Ja, aber Sie müssen …"
„Hören Sie zu, Jelnek. Ich komme gerade aus der Innenbehörde und habe die Büroräume des Staatsrats von Meuren durchsuchen lassen. Sie ahnen nicht, was ich entdeckt habe."
„Herr Weber, ich muss Ihnen unbedingt …"
„Von Meuren und seine alten Freunde vom Verfassungsschutz wussten von Anfang an über alles Bescheid. Sie kannten die wahre Identität Pirnaus. Und sie haben einen ihnen treu ergebenen Polizisten ins Ermittlerteam der Sonderkommission geschleust: Hauptkommissar Christopher Nolte."
„Nolte ist gerade …"
„Nolte hat früher für von Meuren gearbeitet, als der Staatsrat noch Chef des Landesamts für Verfassungsschutz war."
Jelnek verstummte. Langsam erfasste sie die Tragweite von Webers Worten und konnte sich nicht entscheiden, ob sie lieber weiter zuhören oder Weber von den aktuellen Entwicklungen erzählen sollte.
Weber nahm ihr die Entscheidung ab. „Von Meuren hat sich seit Pirnaus Verhaftung 1995 intensiv mit ihm beschäftigt. Der Verfassungsschutz besitzt ein streng geheimes Dossier über Pirnau alias Wagner. Pirnau ist offenbar eine Art Ziehsohn des Zuhälters Bullinger. Der wiederum stand im Zentrum des kor-

rupten Netzwerks von organisierter Kriminalität, Polizei und Justiz. Manche dieser Verbindungen reichen offenbar bis in die Gegenwart. Und Pirnau hat über all dies genaue Informationen. Er kennt Namen und Fakten. Als Pirnau 1998 aus dem Maßregelvollzug flüchtete, haben von Meurens Leute ihn gejagt. Und hier kam Nolte ins Spiel. Er leitete ein Team von Ermittlern, die ein einziges Ziel verfolgten: Wagner aufspüren und ausschalten. Und jetzt will Nolte zu Ende bringen, was er damals nicht geschafft hat. Wir müssen ihn zurückpfeifen, bevor er und Pirnau aufeinandertreffen."
Weber holte Luft, und Jelnek nutzte ihre Chance.
„Dann hören Sie mir doch jetzt einmal zu."

Pirnau streifte an den Gräbern entlang. Unentschlossen schaute er sich um. Die Inschriften der Grabsteine waren allesamt jüngeren Datums. Jenseits der Grabreihen, hinter dichten Büschen versteckt, begrenzte in fünfzig Meter Entfernung ein gut zwei Meter hohes Eisengitter das südliche Ende des Friedhofs.
Pirnaus Blick blieb an einer alten Linde haften. Verharzte Einhöhlungen und tiefe Kerben übersäten den meterhohen, knorrigen Stamm, und im Gegensatz zu den anderen Laubbäumen in der Umgebung sprossen an dem weitläufigen Astwerk nur wenige junge Blätter und Blüten. Zwischen den glatt polierten Grabsteinen und zentimetergenau parzellierten Gräbern wirkte der halb tote Baum wie ein düsteres Relikt aus einer anderen Zeit.
Pirnau ignorierte den durch die Grabbegrenzungen markierten Weg und stapfte über die Gräber hinweg direkt auf die alte Linde zu. Als würde er einen alten Freund begrüßen, blieb er neben dem kahlen Baum stehen und strich mit der Hand über dessen zerklüftete Oberfläche. Er peilte mit zusammengekniffenen Augen den Südzaun an und ging ein Dutzend abgemessene Schritte darauf zu.
Pirnau war am Ziel. Er stand am Fußende des Grabes eines Ende der Neunzigerjahre im hohen Alter verstorbenen Hamburger Kaufmanns. Aber dieser Mann interessierte ihn nicht. Er kniete nieder, seine Hand griff in den feuchten Mutterboden.

Eine Handvoll Leute steht auf einer kleinen Fläche, in deren Mitte eine prächtige grüne Linde Frieden und Hoffnung verbreiten soll. Der Pastor, ein nervöser junger Mann mit Pickeln im Gesicht, liest seine Ansprache von einem Zettel ab.
„Möge die Verstorbene, Magdalene Pirnau, in Frieden ruhen und in Gottes Reich mehr Liebe und Barmherzigkeit erfahren als auf Erden."
Der Pastor spricht von zerplatzten Träumen einer jungen Frau, die mit ihrer musikalischen Leidenschaft und Begabung im erbarmungslosen Lebensalltag keine Chance hatte. Dann schaut der Pastor den Jungen an, der mit unbewegter Miene neben einem großen, kräftigen Mann steht.
„Magdalene Pirnau hinterlässt den vierjährigen Robert und die kleine Sophie. Der Vater der Kinder ist unbekannt."

„Es ist vorbei, Pirnau. Steh langsam auf und dreh dich um. Eine falsche Bewegung, und du bist ein toter Mann, verstanden?"
Nolte hatte sich von hinten an den auf dem Boden knienden Mann herangeschlichen. Das breite Kreuz Pirnaus stellte ein nicht zu verfehlendes Ziel da.
Sekunden vergingen, bis Pirnau sich rührte. Wie in Trance hob er zunächst den Kopf, stützte sich dann mit beiden Händen auf dem Boden ab.
Noltes Finger bebte am Abzug. Das Gefühl des Sieges berauschte ihn. Er musste sich beherrschen, nicht sofort abzudrücken, den Kerl, den er so lange verfolgt und gejagt hatte, einfach abzuknallen wie einen Straßenköter.
„Du wärst besser in deinem russischen Drecksloch geblieben."
Nicht in den Rücken, das könnte er im Nachhinein schlecht begründen, dachte er. Gut möglich, dass Pirnau seinen eigenen Tod ohnehin billigend in Kauf nehmen würde. Wahrscheinlich legte er es sogar darauf an. Mit Vollendung seiner Rachepläne verlor Pirnaus Leben jeglichen Inhalt und Sinn. Die Dämonen der Vergangenheit hatte er besiegt. Mit der Ermordung des Professors hatte er zum Abschluss gebracht, worauf er Jahrzehnte hingearbeitet hatte, was ihm jeden einzelnen seiner trostlosen Tage Mut, Kraft und Antrieb gegeben hatte. Aber eine Zukunft

gab es für Pirnau nicht. Kein Ziel, keine Hoffnung, keine Menschen, für die zu leben es sich lohnen würde. Pirnau war ein Kämpfer, und er war ein Killer. Er wäre nicht der erste Serienmörder, der den schnellen Tod aus der Waffe eines Polizisten einer unbestimmten Zeit der Leere und Sinnlosigkeit im Gefängnis vorzog.

„Dreh dich um."

Nolte spannte den Hahn seiner Walther P99. Hart und kalt läutete das mechanische Klicken der Waffe die Endgültigkeit des Geschehens ein. Das letzte Kapitel im Leben Robert Pirnaus. Aber bevor Nolte es beenden konnte, musste er noch den Aufenthaltsort der Geisel aus ihm herauskitzeln.

Eine zittrige Stimme hinter ihm beantwortete die Frage, bevor er sie stellen konnte.

„Nehmen Sie die Pistole herunter. Ich bitte Sie. Sie dürfen ihm nichts tun!"

Aus den Augenwinkeln sah Nolte die zierliche Gestalt der Opernsängerin. Sophie Levantes stand zwei Schritte hinter ihm und zielte mit einer Waffe in seine Richtung. Ihr feines helles Kleid, über dem sie eine dünne Jacke trug, schimmerte in der aufkommenden Dunkelheit.

„Er ist kein schlechter Mensch. Lassen Sie ihn einfach gehen, ja?"

Ohne seine P99 auch nur einen Millimeter von Pirnau abzuwenden, musterte der Polizist die zierliche Frau. Unsicher und mit beiden Händen klammerte sie sich an einen kleinkalibrigen Revolver, als könnte sie sich daran festhalten. Ihre Arme schaukelten mitsamt der Waffe unregelmäßig auf und ab. Nolte hatte keinen Zweifel, dass Sophie nicht auf ihn schießen würde. Sofern der Revolver überhaupt geladen und entsichert war. Um die Sängerin würde er sich noch kümmern müssen. Aber erst einmal war Pirnau dran. Ohne weiter auf die Frau einzugehen, wandte er sich wieder an den Mann, der vor ihm auf dem Boden kniete.

„Wir können es jetzt hier zu Ende bringen, Pirnau. Ein für allemal."

Der Angesprochene regte sich. Noch immer halb auf dem Boden kauernd, drehte er langsam Oberkörper und Kopf zu dem Polizisten herum. Die Blicke der beiden Männer trafen sich.
„Du hättest deine kleine Schwester besser aus der Sache herausgehalten." Nolte blickte in die dunklen, regungslosen Augen seines Gegners. „Nicht gerade fürsorglich."
„Ihr habt sie doch hineingezogen." Pirnau spie die Worte aus, als wären sie Gift. „Habt gedroht, ihr etwas anzutun, wenn ich auspacke."
Nolte neigte den Kopf. „Jeder hat so seine Schwachstelle, nicht wahr? Sogar ein Serienvergewaltiger und Frauenmörder." Er hörte, wie Sophie ein Schluchzen unterdrückte.
Pirnau kniff die Augen zusammen. Nolte hielt den Atem an. Sein Zeigefinger am Abzug spannte sich. Pirnaus linker Arm, der vor dem Polizisten verborgen war, wirbelte hervor, und ein großkalibriger Revolver in Pirnaus Hand richtete sich auf Nolte.
Dessen rechter Zeigefinger krümmte sich um den Abzug. Ein Schuss explodierte hinter seinem Rücken und ein heftiger Schlag fuhr ihm in den Arm. Seine P99 donnerte los. Das Leder am rechten Hosenbein Pirnaus platzte auf und die Kugel bohrte sich in seinen Oberschenkel. Pirnau reagierte blitzschnell. Er riss seinen Revolver endgültig herum und streckte die Beine durch. Aus der Hocke kommend schnellte er in die Höhe. Im Sprung feuerte er. Nolte folgte mit dem Lauf seiner Pistole der Sprungbewegung Pirnaus und schoss ein zweites Mal. Pirnau tauchte hinter einem Grabstein ab, das Projektil platzte in die glatt polierte Steinplatte.
Nolte verharrte ohne Deckung zwischen den Gräbern. Die Sängerin stand zitternd hinter ihm. Eine kleine Rauchsäule kräuselte über Lauf und Trommel ihres Revolvers. Die Waffe war nach unten gerichtet. Sophie war über ihre Tat offenbar mehr erschrocken als Nolte. Ihr Streifschuss hatte ihn am Arm getroffen, Nolte hatte die Waffe verrissen und Pirnaus Oberkörper verfehlt.

In Sekundenbruchteilen wog Nolte seine Möglichkeiten ab, und sofort wusste er, was zu tun war. Den Grabstein mit einer Salve von Schüssen eindecken, damit Pirnau nicht aus der Deckung kam und sich nicht bewegen konnte. Dann zwei, vielleicht drei Schritte schräg zur Seite, und er hatte freie Schussbahn.

Sein Verstand gab das Startsignal, aber seine Schusshand und seine Beine rührten sich nicht. Schwerfällig wie eine Marmorstatue verharrte er an seinem Platz. Er starrte an sich herunter und konnte nicht fassen, was er sah. Auf seinem Hemd und dem Sakko breitete sich ein Blutfleck aus. Sein Herz und seine Lunge bebten und flatterten wie ein Auto, dem in voller Fahrt alle Reifen gleichzeitig zerschossen worden waren.

Pirnau hatte ihn erwischt.

Jan und Stephanie knieten am Grab des Professors, als Schüsse die andächtige Stille zerrissen. Die beiden schauten sich erschrocken an. Die Schüsse kamen aus ihrer unmittelbaren Nähe. Keine hundert Meter entfernt.

Nolte wollte nicht glauben, dass Pirnau ihn getroffen hatte. Wegdämmernd sah er zu, wie immer mehr Blut sein Hemd und seinen Anzug durchtränkte. Er wusste, dass der Treffer tödlich war. Sein Kopf spulte nüchterne Zahlenreihen herunter: Sein Herz trieb mit jedem Schlag knapp zweihundert Milliliter frisches Blut in den Körper und ins Gehirn. Wenn davon nur die Hälfte über die Schussverletzung nach außen drang, blieben ihm bei einer Herzfrequenz von hundertvierzig Schlägen pro Minute höchstens einige Sekunden bis …

Ihm wurde schwarz vor Augen. Die Kraft wich aus seinen Beinen, und er sank auf die Knie. Seine Arme fielen herab, und die Walther P99 glitt ihm aus der Hand.

Jan und Stephanie näherten sich einer durch dicht gewachsene Laubbäume und Büsche abgeschiedenen Lichtung am südlichen Ende des Friedhofs.

Durch die Zweige und Blätter hindurch erahnte Jan im Dämmerlicht die Umrisse einer Gestalt. Er packte Stephanie, die einen halben Schritt vorauseilte, am Handgelenk und hielt sie zurück. Sie verlangsamte ihr Tempo, Jan ließ sie wieder los, und sie schlichen an die Lichtung heran. Stephanie kauerte sich auf den Boden und spähte durch eine Rhododendronhecke.

Mitten auf der Lichtung kniete Nolte. Sein Kopf hing schlapp herab, und sein Oberkörper wippte vor und zurück. Er verlor den Kampf gegen die Schwerkraft, fiel nach vorne, und sein Gesicht versank in dem weichen Mutterboden des vor ihm liegenden Grabes. Der Polizist rührte sich nicht mehr. Keine zwei Schritte neben ihm stand Sophie Levantes. Sie hielt einen Revolver in der Hand und starrte wie apathisch auf Nolte. Schließlich ließ sie die Waffe fallen und ging leise wimmernd in die Knie.

Stephanie hatte genug gesehen. „Christopher!“, schrie sie, und ehe Jan sie aufhalten konnte, sprang sie aus der Deckung und rannte auf die Lichtung. Sie kniete sich neben den leblosen Polizisten, packte ihn an der Schulter, drehte ihn auf den Rücken und wischte ihm die Erde aus dem Gesicht. Noltes tote Augen starrten durch Stephanie hindurch, seine Haut war leichenblass. Hemd und Jacke trieften vor Blut.

Die nüchterne Stimme ihres medizinischen Verstandes ließ keinen Zweifel daran, dass Nolte tot und nicht mehr zu retten war. Tränen schossen ihr in die Augen, und voller Wut, Trauer und Unverständnis schaute sie zu der Person, die sie für den Mörder ihres Exfreunds hielt.

Sophie Levantes hatte aufgehört zu schluchzen. Irritiert hatte sie das Auftauchen der jungen Ärztin beobachtet, aber als Stephanie sie anblickte, erwiderte sie den Blick nicht. Mit regloser Miene und aufgerissenen Augen starrte sie seitlich an Stephanie vorbei. Erschrocken folgte die Ärztin ihrem Blick.

Pirnau trat hinter dem Grabstein hervor und zielte mit dem Revolver auf ihren Kopf.

Jans Gedanken fuhren Achterbahn. Pirnau stellte sich in die Mitte der Lichtung. Er blickte genau auf die Stelle, an der sich der Psychiater verborgen hielt. „Rauskommen!“, befahl er.
Jan arbeitete sich umständlich durch das dichte Geäst des Rhododendrons. Die Zweige zerkratzten ihm das Gesicht und die Arme. Pirnau kam langsam auf ihn zu. Vor dem Gebüsch richtete Jan sich auf. Er stand direkt vor der mächtigen Gestalt Pirnaus und blickte in den Lauf seines Revolvers. Jan ahnte, dass die kalte Öffnung der Waffe das Letzte sein würde, was er in seinem Leben zu Gesicht bekam.
Pirnau musterte den Psychiater wie ein Bluthund ein angeschlagenes Stück Wild.
„Lass ihn in Ruhe, Robert, er hat mir nie etwas getan. Er hat nur versucht, mir zu helfen, so wie du auch.“ Jan hörte an Sophies Stimme, dass sie selbst nicht an die Wirkung ihrer Worte glaubte.
Ein mechanisches Klicken ließ Jan mit dem ganzen Körper zusammenzucken. Aber es stammte nicht vom Revolver. Pirnau senkte seine Schusswaffe und hob sein Springmesser in die Höhe. Blitzschnell sprang er vor und packte zu. Jan fand sich unversehens in einem Würgegriff wieder. Sein Hals war zwischen Pirnaus Unterarm und dessen mächtiger Schulter wie in einem Schraubstock eingespannt, und das gespannte Knirschen in seinem Nacken ließ keinen Zweifel daran, dass die kleinste Bewegung ihm das Genick brechen würde. An der Kehle spürte er den kalten Stahl der Messerklinge, die schon einmal Bekanntschaft mit seinem Hals gemacht hatte. Das Metall drückte sich in seine Haut.
Stephanie richtete sich auf. Ihre Beine fühlten sich merkwürdig taub an und schienen ihr Körpergewicht nur mit größter Mühe halten zu können. Ihr Blick flog umher. Das wutverzerrte Gesicht Pirnaus. Jans vor Schreck aufgerissene Augen. Direkt neben ihr die Sängerin, deren zierliche Gestalt in der Dämmerung schimmerte wie ein Gespenst. Die Leiche Christophers zu ihren Füßen. Seine Pistole. Für eine Sekunde hefteten sich ihre Augen an die Waffe, deren kalte, harte Oberfläche auf dem

Boden neben dem toten Polizisten glänzte. Nein, dachte sie. Pirnau würde reagieren, lange bevor sie die Pistole erreicht hätte. Sie konnte nichts tun außer abwarten.

Jan kniff die Augen zusammen und fügte sich. Pirnau würde ihn töten. Erst ihn, anschließend Stephanie. Aus reiner Lust, wegen seines sadistischen Hasses, oder auch nur, um keine weiteren Zeugen zu haben, die ihm die Flucht erschweren könnten. Er würde ihm die Kehle durchschneiden, Jan würde elendig verrecken, und Pirnau würde es Sekunden später bereits wieder vergessen haben. Jans Tod hätte keine weitere Bedeutung für ihn. Oder doch?

Der Druck des Messers auf seiner Kehle verstärkte sich, gab dann leicht wieder nach, als die scharfe Klinge durch die obersten Hautschichten schnitt wie durch weiche Butter. Warmes Blut lief an seinem Hals herunter.

„Robert, nein!"

Sophies kreischende Stimme riss Jan aus seiner Erstarrung. Wahrscheinlich musste er sterben. Aber er wollte nicht enden wie ein Lamm auf der Schlachtbank. Das vorsichtige Aufglimmen von Trotz und Widerstand schwoll rasch an zu einem Feuersturm von Wut und Hass. Ohnmächtigem Hass.

Bilder schossen Jan durch den Kopf. Das Foto der ermordeten Prostituierten, achtlos in ein Gebüsch geworfen wie eine Tüte mit Abfall. Die Polizeifotos des Staatsrats, zerschunden und verstümmelt, mit erloschenen Augen auf dem Bett in seinem Schlafzimmer liegend. Sein Chef, ausgeblutet wie ein geschächtetes Schaf. Der hasserfüllte Blick Pirnaus, nachts unten am Hafen.

Hass, immer wieder Hass. Ein niemals endender Kreislauf, der sich aus sich selbst speist und aus dem es keinen Ausweg gibt. Keinen?

„Ihr Hass wird keinen Deut schwächer, egal ob Sie mich töten oder nicht." Jan war selbst überrascht über die Festigkeit und Sicherheit seiner Stimme.

Zu seiner Überraschung ließ der Druck des Messers etwas nach.

„Er ist noch nie schwächer geworden. Der Hass. Immer nur stärker."

Pirnau hatte ihm geantwortet. Jan witterte seine Chance, und er wusste, dass von seinen nächsten Worten sein Leben abhing. Er schloss die Augen und versuchte sich zu sammeln. Er würde Pirnau überreden, aufzugeben. Ihm aufzeigen, dass es aus seiner Hassspirale einen Ausweg gab. Pirnau müsste ihn nur am Leben lassen. Es gab Therapien, vielleicht Medikamente.
Der Kerl hasst Psychiater mehr als alles andere auf dieser Welt, schoss ihm durch den Kopf. Hohles Geschwätz, durchsichtige Pläne, seine Haut zu retten. Das elende Gewinsel eines Beutetiers in den Fängen seines Jägers.
„КАК ВОЛКА НИ КОРМИ, ОН ВСЁ В ЛЕС ГЛЯДИТ“, hörte Jan sich sagen. „Wie viel man dem Wolf auch zu fressen gibt, er wird trotzdem zum Wald hinschauen.“
„Was sagen Sie da?“
Schlagartig verstärkte sich der Druck des Arms um Jans Hals, und frisches, warmes Blut rann aus dem tiefer werdenden Schnitt an der Kehle. Jan bekam kaum noch Luft. Aber er wusste, dass er richtig lag.
„Das waren die letzten Worte, die Vladimir Victor zu mir gesagt hat“, presste er hervor. „Wenige Stunden, bevor er sich in seiner Zelle erhängt hat.“
Jan sah die schwarzen Augen Vladimir Victors vor sich und hörte seine Worte: „Haben Sie Kinder? Ich weiß, Sie werden auf die Frage nicht antworten. Ich möchte Ihnen etwas sagen, Dr. Decker …“

„Magdalene Pirnau hinterlässt den vierjährigen Robert und die kleine Sophie. Der Vater der Kinder ist unbekannt." Die Stimme des Pastors mit dem Pickelgesicht.
Der Junge wirft einen verstohlenen Blick zur Seite. Abseits der kleinen Versammlung steht ein Mann. Er hat, genau wie der Junge selbst, dunkle und kräftige Haare und schwarze Augen.
Der Pastor blättert durch seinen Notizblock. Der Mann mit den toten Augen schaut zu dem Jungen herüber, und für einen kurzen Moment treffen sich ihre Blicke. Der Junge sucht in diesen Augen vergeblich nach Güte, Wärme oder Liebe. Er findet nicht einmal Ärger, Ablehnung oder Verachtung. Die Augen sind leer, in ihrer Tiefe lauert ein großes schwarzes Nichts. Der Junge weiß, dass er die gleichen Augen hat wie dieser Mann. Als er vor wenigen Tagen in seinem eigenen Spiegelbild das gleiche schwarze Nichts gesehen hat, ist er beinahe wahnsinnig geworden.
Der Pastor beendet seine Predigt. Die Anwesenden legen Blumen auf das Grab. Der Junge tritt als Letzter hervor. Mit versteinertem Gesicht zieht er eine große, strahlend weiße Feder aus der Jacke. Er hält sie in der Hand, streicht mit den Fingern über die weichen Kanten, spürt die Festigkeit und Elastizität des Federkiels.
Hinter ihm wird es unruhig. Die Trauergäste wenden sich zum Gehen, und Bullingers Stimme dröhnt über den Hügel: „Robert, komm jetzt. Zeit zu gehen."
Die Stimme reißt ihn aus seinen Gedanken. Er lässt die Feder los. Sie schwebt in einer sanften Kreiselbewegung zu Boden und bleibt neben den Blumen und Kränzen liegen.

„Vladimir Victor war Ihr Vater, nicht wahr?" Jan spürte, wie ihm frisches Blut in den Kopf schoss, als sich der Schraubstock an seinem Hals lockerte. Pirnau atmete schwer.
„Es dürfte kaum einen Menschen auf dieser Welt geben, den Sie so sehr hassen wie ihn. Und zu dem Sie sich trotzdem immer hingezogen fühlten, habe ich recht?"
Das Messer verschwand von seiner Kehle, Jan wurde erneut herumgewirbelt und stand Pirnau jetzt direkt gegenüber. Er blickte in dessen dunkle, hasserfüllte Augen.

„Ich hoffe, dieser Drecksack hatte einen einsamen und qualvollen Tod."

Pirnaus Stimme bebte vor Wut. Doch in seinem Blick lag noch etwas anderes. Jan brauchte einen Augenblick, um es zu erfassen. Er schaute in die wütenden und doch ebenso verzweifelten Augen eines bodenlos von der Welt und den Menschen enttäuschten Jungen, dessen unerträglicher Hass sich immer wiederkehrend gegen die richtet, die ihn erschaffen und gleichzeitig zerstört, ihm Hoffnung gegeben und ihn doch immer wieder zurückgestoßen haben.

Jan fühlte sich merkwürdig ruhig, sein eigener Hass verschwand. Der Blick in diese Augen machte ihn traurig, und er empfand, was er nie für möglich gehalten hätte. Der Serienmörder tat ihm leid.

Pirnau rührte sich keinen Millimeter. Unbewegt stand er vor Jan, starrte ihm seinerseits in die Augen, als suchte er darin Antworten zu finden auf Fragen, von denen er bisher nicht einmal geahnt hatte, dass er sie stellen konnte.

Weber holte das Letzte aus seinem Kleinwagen heraus, und das mobile Blaulicht auf dem Dach verschaffte ihm freie Fahrt im abendlichen Verkehr auf der Fuhlsbüttler Straße. Über Funk meldete sich die Einsatzzentrale und teilte mit, dass Friedhofsbesucher Schüsse auf dem Gelände gehört hatten. Kurz vor der Einfahrt auf den Ohlsdorfer Friedhof überholten ihn die Beamten des Mobilen Einsatzkommandos. Sie donnerten in ihren hoch motorisierten Zivilfahrzeugen mit Blaulicht auf den Dächern an ihm vorbei, und Weber war froh, seinen speziell für solche Situationen ausgebildeten Kollegen den Vortritt zu lassen.

Jan und Pirnau standen sich regungslos gegenüber. Jeder Muskel in Pirnaus Gesicht bebte. Verwirrt und ungläubig starrte er den Psychiater an, in dessen Augen er etwas fand, an dessen Existenz er lange nicht mehr geglaubt hatte. Jan fühlte sich wie gebannt von Pirnaus fragendem und hungrigem Blick. Die schwarzen Augen bohrten sich tief in seine Seele, als würden sie niemals wieder daraus auftauchen wollen. Und Jan hielt dem Blick stand. Fügte sich, bot sich an. Er glaubte, die Zeit stünde still.

Aus der Entfernung drang Motorengeräusch zu ihnen herüber, und der hohle Klang mehrerer Martinshörner näherte sich.

Pirnau senkte die Hand mit dem Messer. Er trat einen Schritt zurück. Die Klinge fiel zu Boden. Und dann, endlich, wandte er den Blick ab.

Jan taumelte, er war benommen, als erwachte er aus einer tiefen Trance. Er fühlte sich leer, wie ausgesaugt, aber er war frei und am Leben. Die schwarzen Augen hatten sich an ihm satt gefressen und ihn losgelassen.

Pirnau drehte sich zögernd weg und ging mit raschen Schritten an den Rand der Lichtung.

Automotoren heulten auf, Bremsen quietschten. Durch die Dämmerung blitzten Blaulichter.

„Robert!"

Pirnau blieb stehen. Sophie stand in der Mitte der Lichtung und blickte zu ihrem Bruder. Pirnau schaute sich zu ihr um. Das rhythmische Blaulicht eines der Einsatzfahrzeuge beleuchtete sein verstörtes Gesicht. Er hob den Arm. Streckte die Hand in ihre Richtung aus.

Sophie lief zu ihm hinüber. Ihre Finger berührten sich, ihre Hände griffen ineinander. Zusammen verschwanden sie hinter den Bäumen.

21

Jan stand in seinem Badezimmer über die Toilettenschüssel gebeugt und musterte das durchsichtige Tütchen, das er aus der Innentasche seiner Lederjacke gezogen hatte. Die Jacke hatte von Jans nächtlichem Tauchgang in der Elbe vor vielen Tagen erhebliche Wasserschäden davongetragen. Das Veloursleder war spröde und weißlich verfärbt, das Innenvlies roch nach Algen und war steif wie getrockneter Fisch. Aber das restliche Kokain in der Tüte war dank eines wasserdichten Falzverschlusses unversehrt geblieben. Gerade genug, um sein Ego für einige Minuten in ein narzisstisches Schlaraffenland zu befördern.

Jan wunderte sich darüber, dass er die Tüte mit dem Kokain nicht einfach in die Kloschüssel fallen lassen und die Spülung betätigen konnte.

Einfach wegspülen, zusammen mit den unliebsamen Erinnerungen, die sich immer wieder heimlich in seinen Lebensalltag und seinen Nachtschlaf schlichen.

Die Augen. Wieder und wieder sah er sie vor sich, diese dunklen, leblosen Abgründe in Pirnaus Gesicht. Jedes Mal aufs Neue fühlte Jan sich gelähmt, ausgeliefert und beraubt. Pirnau hatte sich in seinen Kopf geschlichen. Oder hatte der Psychiater ihn hereingelassen? Der Serienmörder hatte irgendetwas mitgenommen, für das Jan keine Worte fand. Etwas herausgerissen aus seiner Seele. Jan spürte, dass es Zeit brauchen würde, bis es nachgewachsen war, und dass es wahrscheinlich eine Narbe hinterließ.

Dabei war es eigentlich vorbei. Endgültig. Robert Pirnau war seit seinem Verschwinden vom Ohlsdorfer Friedhof vor über einer Woche nicht wieder aufgetaucht. Trotz sofort eingeleiteter Großfahndung war er der Polizei entwischt. Die letzte Spur, die er seinen Jägern hinterlassen hatte, war seine Schwester Sophie. Die Opernsängerin war vor einer Woche auf einem verlassenen Waldweg in Thüringen, nahe der ungarischen Grenze, aufgefunden worden. Sie war körperlich unversehrt gewesen und hatte sich standhaft geweigert, Angaben zum Verbleib ihres Bruders zu machen. Sie hatte den Polizisten einen Brief von Pirnau übergeben, und Weber hatte angesichts der dort aufgeführten Namen und Daten Luftsprünge gemacht. Der Hauptkommissar war sicher, dass Pirnau Deutschland auf Nimmerwiedersehen verlassen hatte. In Richtung Osteuropa oder Asien.

Der Vibrationsalarm von Jans Mobiltelefon brummte in der Hosentasche. Er zog es mit der freien Hand heraus. Auf dem Display blinkte Stephanies Nummer.

Jans Gesicht hellte sich auf. Er warf das Tütchen ins Klo, drückte die Spülung, trat aus dem Bad und nahm das Gespräch an.

Epilog

Die letzten Strahlen der untergehenden Sonne umspielten die kargen Grate der östlich gelegenen Bergkette. Das Spiegelbild des Abendhimmels tauchte die Wasserfläche des Weihers, der sich weitläufig in der Tiefebene ausbreitete, in leuchtend rotes Licht.

Unzählige Angler, zumeist einfache, mit schmutzigen Hemden bekleidete Arbeiter und Tagelöhner aus der nahe gelegenen Provinzhauptstadt, machten sich daran, ihre Habseligkeiten zusammenzupacken, um vor Einbruch der Dunkelheit in die Stadt zurückzukehren. Die dunkelhäutigen, zumeist bärtigen Gesichter der Männer waren rau und verdreckt, aber die aufrechte Körperhaltung und der offene, feste Blick zeugten von Selbstbewusstsein und Stolz. Die Männer verpackten ihr Angelgerät und den Fang des Abends in Plastiktüten und Stofftaschen. Die Wenigen von ihnen, die ein Auto besaßen, verstauten alles in den winzigen Kofferräumen verrosteter Zweitakter russischer Bauart und fuhren knatternd davon, gefolgt von ein paar alten Motorrädern, auf denen Menschen und Material abenteuerlich balancierten. Die meisten Männer gingen zu Fuß. Rauchend und schwatzend setzten sie sich in kleinen Gruppen in Bewegung, tauchten ein in die schmutzig blauen Abgaswolken, die Autos und Mofas zurückgelassen hatten.

Am Wegesrand wartete ein Fremder. Die Männer betrachteten den großen, kräftigen Kerl mit einer Mischung aus Misstrauen und Neugierde. Seine Kleidung aus einfachem, kakifarbenem Stoff war ebenso wie die schwere Reisetasche verdreckt und abgewetzt. Der Fremde grüßte nicht. Die Männer beachteten ihn nicht weiter und ließen ihn stehen.

Als alle Angler verschwunden waren, stellte sich der Mann an die flach abfallende Uferböschung und blickte auf die im verblassenden Sonnenlicht rötlich glänzende Wasserfläche hinaus.

Wasservögel schwammen am Ufer entlang, Enten, Kraniche und einige Schwäne. Einer von ihnen, ein junges, kräftiges Tier, bewegte sich mit stolz aufgerichtetem Hals auf ihn zu. Keinen

Meter vom Ufer entfernt öffnete er seine mächtigen Schwingen. Ein provozierender Schlag der Flügel hob den Schwan weit aus dem Wasser und ließ schimmernde Tropfen aus dem Gefieder perlen. Regungslos, die Hände in den Hosentaschen vergraben, betrachtete der Mann den Vogel. Der Schwan verharrte einen Augenblick, dann wandte er sich ab und schwamm fort.
Der Mann am Ufer blickte dem Vogel nach. Der Schwan glitt in einer langen, geraden Bahn über das Wasser und teilte dabei die glatte Oberfläche, sodass sich hinter ihm kleine Wellen keilförmig ausbreiteten. Der Mann trat vom Ufer weg, warf sich die Reisetasche über die Schulter und machte sich auf in die Stadt, deren Lichter ihm den Weg durch die aufkommende Dämmerung wiesen.

Bibliografische Information der Deutschen Bibliothek
Die Deutsche Bibliothek verzeichnet diese Publikation in der Deutschen Nationalbibliografie; detaillierte bibliografische Daten sind im Internet über <http://dnb.ddb.de> abrufbar.

ISBN 978-3-8319-0387-0

Christian Kraus, geboren 1971. Der promovierte Arzt arbeitet in Hamburg als Psychiater und Psychotherapeut.

Lektorat: Simone Winkens, Hamburg
Gestaltung: Büro Brückner + Partner, Bremen
Gesamtherstellung: CPI books GmbH, Leck

Die Textpassagen aus „Der Fliegende Holländer“ wurden zitiert aus: „Richard Wagner nach Heinrich Heine. Dresdner Fassung, Dirigent: Otto Klemperer; EMI Classics, 2000“.

Titelbild: Bildagentur Huber, Garmisch-Partenkirchen